D0644662

DE BOIS DEBOUT

ÉDITIONS LA PEUPLADE
415, rue Racine Est — bureau 201
Chicoutimi (Québec)
Canada G7H 1S8
www.lapeuplade.com

DISTRIBUTION POUR LE CANADA
Diffusion Dimedia

DISTRIBUTION POUR L'EUROPE
Librairie du Québec à Paris (DNM)

DÉPÔTS LÉGAUX
Bibliothèque et Archives
nationales du Québec, 2017
Bibliothèque et Archives
Canada, 2017

ISBN 978-2-924519-43-1
© JEAN-FRANÇOIS CARON, 2017
© ÉDITIONS LA PEUPLADE, 2017

Les Éditions La Peuplade reconnaissent
l'aide financière du gouvernement du
Canada, par l'entremise du Fonds du livre
du Canada, pour ses activités d'édition
et remercient le Conseil des arts du
Canada, la Société de développement
des entreprises culturelles du Québec
(SODEC) et le gouvernement du Québec,
par l'entremise du Programme de crédit
d'impôt pour l'édition de livres du Québec
(gestion SODEC), du soutien accordé
à son programme de publication.

DE BOIS DEBOUT

Jean-François Caron

LA PEUPLADE **ROMAN**

I think perfection is ugly. Somewhere in the things humans make, I want to see scars, failure, disorder, distortion.

— YOHJI YAMAMOTO

Abuse du présent. Laisse le futur aux rêveurs et le passé aux morts.

— FÉLIX LECLERC

PARTIE I

PARIS-DU-BOIS

la mort du père

Je l'ai vu mourir. Je viens de voir mourir le père, que je me répète en courant. Branches qui fouettent, autres qui craquent sous mon pas, je fais du bruit, me fais du mal, ne peux pas m'en empêcher, ne peux pas m'empêcher de courir dans le bois : je viens de voir mourir le père.

Mon père.

Et mon père, je l'ai encore plein les yeux, affolé, marqué sur la rétine. C'est juste avant, une fraction de seconde avant, c'est mon père rémanent dans mes yeux, fixé dans cette position, ce moment où il comprend, enfin, il comprend qu'il meurt.

Le père dans mes yeux m'a empêché de voir où je mettais les pieds.

C'est mon père qui comprend que quelque chose ne va pas, qu'il n'y arrivera pas, qu'il est dans le trouble, vraiment dans le trouble. Il s'est imprimé comme ça dans mes yeux qui le dévisageaient au moment où sa tête allait exploser.

– LA VOIX D'ALEXANDRE

Alexandre, que je m'appelle, et je suis le fils d'André. Il faut pas oublier mon nom, celui de

mon père. Alexandre, c'est un peu comme si le
père avait son nom dans le mien. Alexandre :
André. Comme s'il était un peu de moi depuis
le début de l'histoire. Et chaque fois qu'on
m'appelle Alex, c'est comme si le père dispa-
raissait une fois de plus. Un trou dans ma vie.
Une béance dans la tête.

Je cours, et je cours longtemps, mon père André en
peine plein les yeux. Je le revois comprendre subite-
ment, juste avant, cette seconde où il est encore vivant
mais pourtant déjà mort, cet instant fixe entre la déflagration et l'impact de la balle. L'entre-deux de sa vie.
Le juste-avant.

C'est là que tout se fige dans l'œil.

Et alors que je cours, c'était prévisible, je m'effondre
dans les branches et dans la douleur subite, parce que
l'image de mon père plantée dans mes yeux m'empêche de voir où je mets les pieds, et parce que sans
voir où je vais, je m'étale de tout mon long au travers
des branches, des pierres, des hautes herbes et des
fougères. C'est le droit, mon pied droit, cette douleur.
C'est ma cheville, ma cheville droite qui est foulée. Une
racine sur laquelle j'ai glissé, puis une branche cassée
sous mon poids qui vient s'enfoncer dans ma joue, un
pouce, deux pouces sous mon œil droit. Et mon sang
qui coule.

– LA VOIX D'ALEXANDRE
Le bois. Quelque chose comme un père qui

enfante. Être dans le ventre du bois. Saigner.
Être une plaie qui saigne. Quand l'écho de la
même phrase retentit toujours, porté par la
voix du père.

– LES VOIX DU PÈRE ET D'ALEXANDRE
Tu te tais, et tu apprends.

Ç'aurait pu être pire, pu être mon œil qui se vide, chaud
sur ma peau, mais non, ce sera le sang de ma joue, c'est
mon sang qui coule.

Ç'aurait pu être bien pire : le jus de ma cervelle,
comme pour mon père éclaboussé, le jus de mon père
éclaboussé sur la banquette d'un char de police.

Silence. Dans le bois c'est comme ça. C'est du silence. Du silence qui ne se bûche pas.

Il y a ma respiration. Le bruissement flûté et ondulant du vent dans les branches nues de l'automne.
C'est un son que je connais bien, ça bruisse, ça n'arrête jamais, comme un acouphène intolérable dans le
silence creux.

Il y a ma face dans l'humus frais, ça sent les feuilles
mortes, c'est imbibé, d'eau de sous-bois et de parfums
terreux. Ça sent le conifère, le compost forestier, avec
tout ce qui grouille dedans, mais ça sent que j'ai peur,
aussi, sent l'urine que je viens de lâcher entre mon bassin douloureux et la terre brune, la seule chaleur qu'il
me reste alors que je m'enfonce dans l'humidité glaciale du sol imbibé d'eau de sous-bois, la seule chaleur,
dans la région des cuisses, du pubis, du bas-ventre. Une

autre éclaboussure de moi dans le bois, après le jus de mon père et le sang de ma joue. Un autre déversement de moi dans le sous-bois. Je laisse des traces, des fluides sur mes traces, et mon corps appose sa signature dans le spongieux écrin de mousses, de racines et de feuillage brunissant où je me suis répandu.

– LA VOIX D'ALEXANDRE

Dans ma tête, il y a l'Ours, cet homme immense du milieu du village, capable d'occuper tout l'espace, bulle blanche et vibrante dans mon esprit. Chair nue, comme un autre bouddha dans son lit blanc, il récite toujours le même texte, d'une voix qui se fond presque en un chant, comme un interminable mantra, cette litanie extraite de son livre préféré : *Dune*, de Frank Herbert. Dans cette caisse de résonance qui se cache derrière mes yeux, il répète inlassablement la litanie contre la peur du Bene Gesserit.

– LES VOIX D'ALEXANDRE ET DE L'OURS

« Je ne connaîtrai pas la peur, car la peur tue l'esprit, la peur est la petite mort qui conduit à l'oblitération totale, j'affronterai ma peur, je lui permettrai de passer sur moi, au travers de moi, je ne connaîtrai pas la peur, pas la peur, lorsqu'elle sera passée sur moi, je tournerai mon œil intérieur sur son chemin, et là où elle sera passée, il n'y aura plus de risque. Plus rien, que moi[1]. »

– ALEXANDRE, *seul dans la forêt*

J'ai pas cette force, je suis plus rien, déjà.

Je ne veux plus bouger, seulement écouter la voix de l'Ours tonner dans le bois, écouter le silence.

Plus jamais, je ne veux plus bouger, mon cœur qui bat tout croche finira bien par me tuer ; pour ça, je lui fais confiance, à mon cœur qui bat tout croche.

Bruyant silence, toujours, soleil qui émerge de l'épaisseur grise du couvert nuageux, qui se fraie une lumière entre les branches nues, dans le filtre du bois où je me coule. Silence, toujours, le vent s'écorche, la lumière s'égratigne aux branchages de la futaie presque autant que moi plus tôt, parmi les buissons et les aulnes en fouets qui me claquaient au visage.

Silence, rassurant silence.

– ALEXANDRE, *pense*

Pas l'impression qu'ils me cherchent.

J'avais juste à enlever le *plywood*. J'avais juste à tirer sur l'ostie de chaîne. Aussitôt que l'auto du père serait passée, je descendrais avec mes gants, avec mes mains bien gantées dedans, je refermerais la portière, je courrais au bord du marécage et je tirerais sur la chaîne, l'ostie de chaîne, même rien qu'un peu, juste assez pour que le char de police en arrière ait au moins deux roues qui s'enfoncent dans la boue.

– LA VOIX DU PÈRE

Il faut juste que tu saches compter jusqu'à deux. Tu sais compter jusqu'à deux, oui ?

Qu'il m'a demandé sur ce ton désagréable qu'il prend, qu'il prenait parfois, alors j'ai dit que je pouvais faire ça, que je saurais le faire, tirer d'un coup sec sur la chaîne pour enlever le *plywood* au bon moment. Il fallait attendre deux secondes, rien que compter jusqu'à deux, quand le char de police apparaîtrait derrière nous autres sur le chemin de bois, ça devait être assez pour qu'il s'embourbe et reste poigné là, le char de police. Je l'ai fait. C'est exactement ce qui est arrivé. Ce qui devait arriver. Voilà, le char s'est enlisé.

C'est ce qui devait arriver, je ne comprends pas que ça ait si mal viré. Et le père devait les attirer dans le bois, les perdre dans le bois. Dans son bois, celui qu'il connaissait comme les creux de sa femme autrefois. Celui dont il savait chaque recoin, chaque enflure, chaque chenail. Celui dont il connaissait chaque arbre par son histoire, les épinettes étêtées d'en haut de la montée, le chêne redressé par halage à bras, en criant « mon bois mon bois mon bois ».

Le père qui criait « mon bois mon bois ».

Son bois.

Et, pendant ce temps-là, je devais fouiller le char. C'est tout ce que j'avais à faire : fouiller le char. Pas été capable. Suis resté figé à le regarder, debout devant le char abandonné là par les deux bœufs. Ils couraient en arrière du père parti en belle peur vers le fouillis marécageux du coteau ouest du lot.

Suis resté figé. Malgré la portière ouverte devant moi. Malgré les deux policiers qui en étaient sortis.

Suis resté figé.

Les deux policiers pouvaient revenir n'importe quand.

Incapable.

Et le père qui avait semé ses poursuivants, qui croyait avoir semé ses poursuivants, il est revenu, la gueule pleine de « tabarnaque d'ostie » et d'autres « gériboire de saint-câlisse », et encore plus quand il m'a vu planté là, les pieds dans le marécage, resté figé, incapable, la chaîne lourde encore entre les mains, les mains encore dans les gants, les yeux toujours fixés sur le char de police abandonné là, à pas savoir si je pleurais ou si je bandais, à trembler violemment dans le marécage où je m'enfonçais des deux bottes. Et en sacrant : « ostie de p'tit jésus d'plâtre de saint-sacrement », le père s'est engouffré dans le char des policiers pour le fouiller à ma place, il cherchait une arme, il voulait une arme, un douze qui devait être caché là, entre les deux sièges.

Je ne sais pas pourquoi, il ne m'a pas dit pourquoi, mais c'est ce qu'il voulait que je trouve : une carabine, devant. Il avait déjà vu ça, y avait un bout de temps, un douze entre les deux sièges d'un char de police. C'était dans les années soixante-dix, plus simple dans ce temps-là.

Puis là, du bois, on a entendu la course des deux autres qui revenaient déjà, le cliquetis métallique de tout leur attirail. Ça sonnait une guerre de tranchées qui se prépare, sonnait la chasse avant que le soleil se lève, sonnait les corps qui se dépêchent, qui se garrochent avant de grêler comme une poignée de garnotte.

Ça menait du train entre les troncs.

Ça dégringolait.

Ça brisait des branches.

Ça glissait sur les mousses, dans les boues.

Ça revenait de la coulée, déjà, bien trop vite. Ça sacrait presque autant que le père.

    – UN POLICIER

        Christ de tabarnaque, il est dans l'char, Marc,

        il va partir avec le char.

Et ça sacrait, surtout quand un des deux s'est étalé de tout son long, quelque part un peu plus en haut, dans les fougères et les pierres roulées du bord du chemin de bois.

    – ALEXANDRE, *s'adressant au père*

        Laisse, laisse faire ça, viens-t'en.

J'étais toujours hypnotisé, à ne pas savoir encore si je pleurais ou si je bandais, et j'ai répété :

    – ALEXANDRE, *vers le père*

        Laisse faire ça, viens, tu trouveras autrement,

        un autre moyen.

Mais pas assez fort, faut croire, ou pas distinctement, j'imagine. Et alors j'ai dit, presque chuchoté, d'un mince filet de voix :

    – ALEXANDRE, *avec empressement*

        Dépêche, sors de là. Faut qu'on sacre notre

        camp.

Sauf que le père ne m'a pas entendu, évidemment. Ne m'a pas écouté, peut-être. C'est pareil. Il a continué de fouiller. Il voulait une arme, le père, il voulait trouver une arme, c'est ce qu'il avait dit, pas un mot de plus, ou peut-être :

    – ALEXANDRE ET LA VOIX DU PÈRE
    Faut que quelqu'un fasse la job à c'pourri-là.
    Peut-être qu'il avait dit ça. Je ne sais plus.

    – LA VOIX D'ALEXANDRE
    L'un des héritages du père. Ses yeux qui
    deviennent pensifs, tournés vers un horizon
    qui existe que dans sa tête. Et cette voix, la
    sienne, d'une profondeur incomparable, qui
    me dit que, des fois, il faut que tu fasses la job
    tu seul.

    – LA VOIX DU PÈRE
    Des fois. Faut faire la job tu-seul.

Il faut bien que quelqu'un la fasse, la job, qu'il m'a dit en chemin. Je m'en souviens, maintenant. Comme s'il cherchait mon approbation. Comme s'il en avait déjà eu besoin pour quoi que ce soit. La mère n'était plus là pour y donner, son approbation, faut dire, pour y dire :

    – LA VOIX DE LA MÈRE
    Bin oui, t'as raison.

Même quand tout le monde savait que ce n'était pas vrai.

    – ALEXANDRE
    Sors de là, ils arrivent !

Puis j'ai vu mourir le père : ils étaient arrivés pour de vrai.

Je viens de voir mourir le père. Ça me vrille en tête, lancinant, la même phrase, le même constat. Je viens de voir mourir le père, que je me répète, comme pour, je ne sais pas, comme pour tâter la profondeur de ce que je ressens, et alors, dans le torrent brun qui m'entoure, je la dis encore, la phrase, je viens de voir mourir le père, comme pour, j'essaie de saisir, de comprendre, c'est juste ça.

C'est le bœuf, un policier vient de tirer sur mon père. Je l'ai vu plus haut, il s'est arrêté sur le bord du chemin, ses deux pieds écartés, ses deux mains soudées à l'arme dans son poing. Ses bras bien droits, il tenait son pistolet devant lui. Ça faisait comme un vieux bateau, son pistolet en figure de proue au-devant de son corps qui cherchait à rester à flot, se retenant de trop tanguer. Droit. De plus en plus stable. Et. Le coup est parti.

Le policier. Il a tiré sur mon père. Juste au moment où il venait de se redresser dans la voiture.

Une balle, une seule. C'était suffisant. Une balle directement dans sa tête, percutant son arcade sourcilière, fragmentant l'os et entrant par l'orbite. Et alors tout lui, tout ce qu'il était, tout l'homme qu'était le père s'est liquéfié par la crevaison de sa tête dans le char de police.

J'ai pensé à ce documentaire enregistré par le père sur la mort de Kennedy, il a fait un gros « X » rouge sur le boîtier de la cassette, qu'on comprenne qu'il ne fallait pas l'effacer, comme s'il se doutait que cette histoire serait aussi la sienne. Et j'ai pensé au père qui me disait :

— LA VOIX DU PÈRE

Viens t'asseoir, viens regarder ça, il faut que tu saches ces affaires-là toi aussi.

Et qui commentait, pause, chaque nouvelle image, *play*, pause, chaque instant, *play*, pause, comme s'il pouvait y lire quelque chose, comprendre quelque chose que personne avant lui n'avait pu comprendre.

– LA MÉMOIRE D'ALEXANDRE

C'est ça, la mort du père. C'est le spectacle qu'il me laisse. Ce que me laisse aussi le père : cette curiosité morbide. Ce souci du détail obscur. « As-tu vu le mouvement de sa tête ? As-tu vu le nuage vaporeux derrière Kennedy ? La balle devait venir de par là, je pense. » Ce besoin d'émettre des hypothèses. Et toujours ce regard d'horizon absent, mais plein de science et de compréhension, rivé sur le téléviseur.

le diable en personne

– TISON
Il fallait être là pour la voir, cette chose sortie
du bois. Comme un diable qui te saute dans'
face.

Abasourdi, Tison se dit que ce n'est rien que ça, un
homme, ça ne peut pas être autre chose.

Il est là, à regarder par la fenêtre, comme il le fait
souvent, parce que son horaire le lui permet, c'est certain. C'est comme ça quand on travaille à la maison.
Le temps de s'arrêter, de se poser, de voir tourner le
monde et vivre la vie.

– TISON, *qui se plaint*
Moi, avec la face que j'ai.

Avec la face qu'il a, il n'a pas vraiment le choix, c'est ce
qu'il croit. Ne peut semble-t-il faire que ça, travailler de
chez lui. Là où il n'a à voir personne. Là où il ne peut être
vu par personne, surtout. Alors c'est ce qu'il a choisi : il
écrit, Tison. Sans grand talent, il ne s'est jamais bercé
d'illusions à ce sujet, sans délicats échafaudages ni parfaite architecture. Que ces quelques contrats réguliers :
la gazette du village, qu'ils appellent *Le Jaseux*, avec un

oiseau qui gazouille comme logo au frontispice ; le bulletin officiel d'une papeterie, en ville, qui a bien besoin de soigner ses communications avec ses employés ; la revue *Prendre le bois*, censée en mettre plein la vue au touriste en exposant les « attraits » qu'on trouve dans les régions forestières de la rive sud du Saint-Laurent ; aussi ces quelques catalogues d'artistes qu'il réussit à l'occasion à publier grâce aux relations qu'il a tissées avec des centres d'artistes disséminés un peu partout dans la province.

Il écrit, Tison, mais sans étincelle. Des tartines alimentaires dont il se passerait volontiers.

– TISON

Si je pouvais, comme avant, aller enseigner les arts, enseigner dans les écoles, sans que les enfants se mettent à pleurer en me voyant, je veux dire, sans qu'ils se mettent à faire des cauchemars, sans que je me mette à en avoir moi-même. Sans que je revoie mon fils en dix-huit ou vingt exemplaires devant moi, je veux dire, sans que je revoie mon fils, à travers les autres enfants, me regarder avec les yeux vides de celui qui est parti.

Le plus souvent isolé, Tison ne voit plus guère du chemin que le morceau de rang qui apparaît dans les carreaux de sa vieille fenêtre. Et seulement lorsqu'il se lève, regarde dehors, pour se changer les idées, en susciter de nouvelles, pour évacuer les miasmes de l'ennui.

André Marchant

Justement, c'est ce qu'il fait, aujourd'hui. Il a abandonné son ordinateur derrière lui, sur la table de la cuisine, parmi quelques papiers et des photos pêle-mêle : sur l'une d'elles on voit la colline du Borgne Blanc, sur une autre la Petite rivière Brûlée dans ses plus beaux méandres ; aussi : la Déboulante, la chute qui se trouve en amont de Paris-du-Bois. Et puis le Camping municipal Petit-Paris, avec en son centre la petite structure de bois censée représenter la tour Eiffel en miniature. Et d'autres encore.

Sur la table de merisier achetée trop cher dans une brocante parce qu'il ne voulait pas prendre le temps de négocier, craignant d'intimider le vendeur, les photos sont étalées sans ordre particulier, éclats d'une région ramassés comme des biscuits découpés à l'emporte-pièce dans une seule et même pâte passée sous le rouleau.

les retailles

Ça sent le biscuit chaud partout dans la maison chez Alexandre. Sucre, vanille, orange. Marie-Soleil, la petite voisine, doit repartir chez elle. Elle aura dans son sac six cœurs sucrés à offrir à sa mère. Elle avait demandé :

– MARIE-SOLEIL
Maman Pauline, je peux en apporter à ma mère ?

– ALEXANDRE, *pouffant de rire*
Depuis quand t'as deux mères, toi ?

La mère adore la petite. Elle est la fille qu'elle n'a jamais eue, en quelque sorte. La Brigitte à laquelle elle parlait quand Alexandre était dans son ventre. Dès son arrivée dans la maison d'en face, elle l'avait prise sous sa protection, lui avait ouvert la porte, son cœur, et tout ce qui devait venir avec. André avait eu la même attitude.

– LA VOIX D'ANDRÉ
Elle a tout de suite fait partie de la famille, pauvre petite chouette.

La mère jette un regard réprobateur à son fils. Les biscuits en forme de cœur sont pour Marie-Soleil et sa mère. Les étoiles sont pour Pauline. Les ronds, ce sont des soleils. Ils sont pour Alexandre. Et les brisés, et les retailles, c'est pour le père, qui rassure la petite d'en face en lui disant que ce n'est pas la forme qui donne la saveur. Il lui fait un clin d'œil, mais c'est Alexandre qui le voit.

la Brûlée

> – TISON, *qui regarde vers une table encombrée*
> C'est pour des articles, les photos. (*Il fait un geste vers son travail.*) Des articles que je dois écrire pour la revue *Prendre le bois*. On commence déjà à travailler sur le numéro qui doit sortir au printemps.

Tison, éteint par l'ennui des longues heures d'écriture en solitaire, s'est levé. Il a tout laissé sur la table pour regarder par les carreaux de la fenêtre, ces vieux carreaux qui ondulent le monde, le même morceau de paysage qu'il y trouve toujours, presque inchangé, sinon par les saisons, qui accomplissent leur lent travail de métamorphose autour de la maison.

Et la chose sort du bois, c'est comme un diable qui te sauterait dans' face. Tison est là, devant la fenêtre, il voit sortir la chose du bois comme si ça voulait le charger, mi-homme, mi-bouc.

> – TISON
> À ce moment-là, je me dis que c'est peut-être pas le diable, peut-être pas, mais que ç'a l'air tellement affolé que, si c'est juste un homme,

ça doit être parce que ce qu'il a vu, lui qui est juste un homme, c'est le diable en personne.

Le diable en personne, c'est certain.

Tison reste planté devant la fenêtre, comme si nul ne pouvait l'apercevoir, à se demander quelle sorte d'animal c'est ça, ce qui se passe, qui est cet homme, d'où il vient, combien de temps il a marché avant d'aboutir dans le rang de la Rivière-Brûlée.

le diable, encore

Personne ne se promène dans ce bois-là, se dit Tison,
à raison. Ni touriste aventureux ni chasseur.

> – TISON, *pense*
> Parce qu'y a rien dans ce bois-là. Combien
> d'hectares au sud avant de trouver quoi que ce
> soit ? Avant de rencontrer qui que ce soit, avant
> d'aboutir sur le rang des Érables, et encore, y a
> pas un chat qui vit là.

Personne ne se promène par là. Sauf peut-être le vieux
Caron, qui va chercher son bois de chauffage sur son lot,
mais son chemin fend la terre presque deux kilomètres
plus loin dans le rang, en allant vers le village.

> – TISON, *pense*
> Et il vient jamais en face, sur mon lot. Ça peut
> pas être lui, ce diable-là, ça peut juste être per-
> sonne. Qu'est-ce que c'est que ça ?

Au bord du chemin, la silhouette plie les quenouilles
blettes, ça fait de petites mousses blanches qui volent
autour.

> – TISON, *pense*
> Ça pourrait quasiment être beau.

Tison voit bien ce qu'il voit, mais il ne comprend pas grand-chose à ce qui se passe. L'homme sorti du bois trébuche. Ça tombe. Ça se relève. Ça peine à se sortir du fossé.

Ça fait que la chose sort du bois, ça prend juste le temps de le dire, puis elle sort du fossé en deux temps puis trois ou quatre mouvements, puis elle s'enligne directement sur la vieille maison de Tison.

– TISON, *pense*
Droit sur ma vieille maison de fond de rang.
Sur moi.

Lorsqu'il comprend ce qui est en train de se passer devant les yeux qu'il écarquille, le sorti-du-bois traverse le rang, longe la courte allée couverte de gravillons, entre les rangées de touffes jaunissantes d'hémérocalles, saute sur la galerie sans même toucher les trois marches de l'escalier.

– LA VOIX DE TISON
Quand il se met à frapper, je peux même pas faire semblant. De pas être là, je veux dire. Je me dis :

– TISON, *pense*
Merde. Faut que j'ouvre, pauvre diable.

Le pauvre diable, dans l'entrebâillement de la porte, le remercie précipitamment.

– LA VOIX DE TISON
Quand je le vois comme ça, son air fou de plus tôt devient juste un air misérable. C'est même

pas un homme, mais un enfant. Il doit avoir seize ou dix-sept ans tout au plus. Ses cheveux sont un champ hachuré par un ravage de chevreuils. Il a la veste déglinguée, sale, et de la boue au visage, mélangée à des traces d'un sang rose et particulièrement clair qui commence à peine à coaguler. Ça lui fait de petits dessins rouge et brun, les lignes des grafignes qui lui cisèlent les joues. Pas beau. Pantoute.

Surprenante réflexion de la part de Tison, quand même.

– LA VOIX DE TISON

Faut bien que j'avoue.

L'inconnu réfugié là a peur. Vraiment. Peur du vieux chien qui n'a pourtant même pas sourcillé, répandu dans le coin du salon. Peur du bois, auquel il jette des coups d'œil rapides, comme s'il s'assurait que personne ne le suivait. Peur de Tison, évidemment.

– LA VOIX DE TISON

Le garçon vient de me voir la face. Il a l'air de plus rien savoir, plus rien comprendre.

– LA VOIX D'ALEXANDRE

C'est sûr que je me sens complètement perdu.

Séparés par le seuil, les deux hommes se dévisagent.

l'hôte de Tison

Ce n'est pas la première fois qu'Alexandre et Tison se
rencontrent. Une fois, déjà, au garage à Thiboutot,
c'était arrivé. Alexandre s'en souvient.

> – LA VOIX D'ALEXANDRE
> On peut pas oublier la première fois qu'on voit
> Tison.

Tison, lui, ne se rappelle pas trop. Il a l'habitude de
se faire reconnaître, alors il n'est qu'à moitié surpris
quand, aussitôt la porte refermée derrière lui, le jeune
homme fraîchement balafré l'appelle par son surnom,
lui dit Tison, lui dit encore merci.

Le jeune s'effondre au sol, sale, coulant de boue et
d'eau de bois sur le tapis de l'entrée, le dos contre le
battant de la porte, des résidus de feuilles mortes sur
le corps.

> – TISON
> Qu'est-ce qui t'est arrivé, pauvre diable?

Le jeune ne répond pas aux interrogations de Tison.
Avachi contre le seuil, il ne relève les yeux que pour
s'assurer que personne n'apparaît à la fenêtre tout près
ou au carreau de la porte. Derrière son dos, le battant de

bois garde les stigmates de longues griffures de chien
et, près de sa tête, la poignée chancelante montre les
signes d'une indéniable fatigue.

    – LA VOIX DE TISON

    C'est drôle. Sur le coup, je me suis dit
    qu'Alexandre et la porte se ressemblaient.

Dès lors, il ne peut s'empêcher de ressentir de la tendresse pour l'adolescent effondré au seuil de sa porte.
Et de sa vie.

    – TISON

    C'est bon, reprends ton souffle.

    – ALEXANDRE

    Merci.

    – TISON

    Après, si tu veux, tu iras prendre une douche.
    Je vais te trouver des vêtements. Tu peux pas
    rester comme ça.

Alexandre relève la tête. Il a le visage rouge, gonflé
d'émotion, et apparemment tuméfié. Il y a beaucoup
de soulagement dans sa voix lorsqu'il remercie encore
son hôte.

    – ALEXANDRE

    Merci. Merci, Tison.

    – TISON

    Ça va, mon gars. Ça va. Ça va aller.

Encore ce surnom, Tison. Il sait bien qu'il lui colle à la
peau depuis son arrivée dans la région, mais jamais il
ne l'a entendu dire avec autant d'aplomb.

Je me demande même si c'est pas la première
fois, en fait, que quelqu'un ose m'appeler
comme ça en pleine face.

Tison s'active, va chercher un chiffon qu'il lance près du
jeune intrus pour éponger une flaque grandissante sur
le vieux plancher de pin rouge. Elles en ont vu d'autres,
ces vieilles planches, des décennies de bottes secouées,
mais, quand on est chez soi, on soigne.

Et, tandis que le vieux chien se décarcasse pour
essayer de se lever, ses pattes endolories par une
arthrose envahissante, qu'il s'approche pour renifler
cette chose affalée sur le sol,

> *ça sent le bois sent l'odeur ferreuse*
> *des terres d'en haut sent du monde*
> *inconnu*

son maître va faire couler l'eau de la douche

> *sent bon mais sent lourd sent que*
> *ça a peur*

et trouve une longue serviette molletonneuse qu'il
déplie en la secouant d'un coup sec,

> *sent que ça va pleurer sent le village*
> *ça vient du village sent quelque*
> *chose que sent aussi le maître ça*
> *ira ça ira*

Alexandre n'a plus peur du chien. L'animal s'est laissé
choir près de lui après avoir fait frétiller son museau
noir et sec près de sa cuisse. Puis, il a reposé au sol sa

gueule piquée d'une barbe grisonnante, redevenant tout entier une masse à peu près inerte, inoffensive. Le jeune homme pose la main sur lui.

– ALEXANDRE

On est pas diable en forme, hein mon gros.

Alexandre se lève, tant bien que mal, laissant sa trace sur le tapis et le plancher.

– ALEXANDRE

Je suis désolé, vraiment.

Sa voix se rend à peine dans la salle de bain où Tison en est aux derniers préparatifs de la douche de son invité. Dans toute la cuisine, ça sent l'urine et le chien mouillé, et cette boue d'automne qu'il faudra nettoyer entre la porte d'entrée et la salle de bain, malgré les bottes abandonnées près du tapis. Le vieux chien soulève la tête et se renverse sur le côté pour que son museau rejoigne la flaque où était assis Alexandre. Sa truffe se remet à frétiller.

ça sent encore le bois ça sent humide
sent que ça vient d'en haut

Tandis qu'Alexandre se déshabille, Tison revient éponger le plus gros du dégât. Derrière lui, la porte de la salle de bain a été laissée à demi ouverte par le jeune étranger.

Lorsque le garçon est enfin sous la douche et que l'eau nettoie ses plaies :

– ALEXANDRE

Ça fait mal, bordel, c'est comme si j'avais la peau de la face arrachée.

Tison ramasse en une pile ses papiers et photos, referme l'écran de son gros ordinateur portable, qu'il repousse sur un coin de la table, puis va chercher quelques vêtements qui seront sans doute trop grands pour son rescapé. Passant la tête par le cadre de la porte ouverte, il dépose le pantalon de coton, le vieux t-shirt, les bas de laine.

> – TISON
> Prendrais-tu un café, quelque chose ?

Le garçon ne répond pas, absorbé par la sensation de l'eau ruisselant sur son visage. Tison lui en prépare tout de même un, juste au cas, pour le réchauffer, pour qu'il se sente à l'aise. Et pour avoir quelque chose à lui dire, sans doute. Il suffit souvent d'un peu d'eau chaude dans une tasse pour que les plus grandes histoires se racontent.

La douche est longue.

> – LA VOIX DE TISON
> J'arrêtais pas de me demander dans quoi je
> m'étais encore embarqué.

La pompe à eau n'en finit plus de faire claquer son piston dans la cave. Dix, quinze minutes, bientôt vingt. Le café aura eu le temps de tiédir.

> – TISON
> Mais bon, c'est correct, pauvre diable. J'espère
> juste qu'il est pas en train de crever là.

Tison s'assoit à la table.

> – TISON
> Est-ce que tout va bien ?

Et il attend. Ne pourrait de toute façon rien faire d'autre, bouleversé comme il l'est par cette arrivée impromptue dans son après-midi. Si personne n'était venu, il aurait terminé son premier article de la saison, écouté un peu de be-bop en cuisinant, lu une quarantaine de pages, fait le tour du jardin avec le vieux Bob, qui l'aurait suivi à hauteur de genou avec tout l'enthousiasme dont il est encore capable, lu de nouveau quelques pages, juste assez pour trouver le sommeil. Comme hier, comme avant-hier, et comme il avait eu toutes les raisons de croire qu'il le ferait chaque jour de sa vie pour toujours. Mais voilà, les choses venaient de changer.

> – TISON
> C'est certain. Y a un gars que je connais pas
> dans ma douche.

Trop tard, il se rend compte que, de la place qu'il occupe à table, de cette chaise où il s'assoit toujours, il voit tout ce qui se passe dans la salle de bain à cause de la réflexion dans le grand miroir qui flanque le meuble-lavabo. À vivre seul, on ne pense pas à ces choses. Le jeune l'a remarqué aussi. Leurs yeux se sont croisés, mais le malaise n'a pas été partagé, comme si Tison l'avait gardé pour lui, habitué qu'il est à absorber la gêne qu'il provoque chez les autres avec la peau en charpie de son visage couvert de boursouflures rapiécées.

Tandis que Tison détourne le regard vers son vieux chien qui ronfle près de la porte, Alexandre essuie

lentement son corps maigrelet, grimaçant discrètement, gémissant même une plainte qu'il s'empresse
d'étouffer.

– LA VOIX DE TISON

Un souffle de gorge qui lui a échappé, j'ai pas
pu m'empêcher de me tourner vers lui. J'ai eu
peur qu'il ait eu un malaise.

Le garçon n'est pas blessé qu'au visage. Tison aperçoit
des stries roses, pointillés sanguins qui découpent ses
bras, et deux méchantes ecchymoses d'un jaune déjà
violacé qui tachent son torse adolescent, à la hauteur
des côtes, sur son flanc gauche. Des blessures semblables ornent ses jambes. Son tibia gauche est particulièrement meurtri.

Debout au milieu de la petite pièce, Alexandre
s'immobilise, comme épuisé. Il tient mollement
devant son sexe sa serviette beige maculée de sang.
Ses yeux sont fixés sur ses vêtements souillés qui
jonchent le sol à ses pieds.

– TISON

Je t'ai approché des vêtements.

Alexandre regarde autour sans précipitation. Rien
n'attire son attention.

– TISON

Sur le coffre, derrière toi. On va laver les tiens,
tu les remettras tout à l'heure, si tu veux.

Du bout du pied, le garçon soulève la chemise de coton
et la veste qu'il portait plus tôt. Il affiche une moue

dégoûtée. Alexandre relève les yeux vers le miroir où il s'entrevoit.

> – ALEXANDRE
>
> J'ai tout déchiré.

Tison tente de le rassurer, lui dit de ne pas s'en faire, qu'il pourra garder les vêtements qu'il lui a sortis. Que ce n'est pas un problème. Alexandre s'habille lentement. Chaque geste semble combattre une lourdeur invisible. Soulever l'un après l'autre ses pieds pour les glisser dans le pantalon de coton ouaté. Se redresser pour remonter la ceinture dont l'élastique demeurera trop ample sur ses hanches. Un bras après l'autre, la tête surtout, enfiler ce vieux t-shirt imprimé qui s'imbibe de grises traces d'eau en épongeant les cheveux mal séchés d'Alexandre. C'est ainsi, flottant dans des vêtements trop grands, qu'il vient s'asseoir à la table de la cuisine. Devant lui, Tison pose une tasse de café.

le premier café

Accroché à la main du père, j'ai cinq ans, les yeux collés, le corps qui ne veut pas suivre, parce qu'il est bien trop tôt. Le père vient de me réveiller.

– LE PÈRE
Envoye, lève-toi, c'est le temps. Je te l'avais dit que ce serait pas facile.

– LA VOIX D'ALEXANDRE
En fond de tête, toujours, cet héritage indélébile du père. Une vérité nouée dans les muscles, plaquée sur le corps comme une crampe. Son « ce sera pas facile », tranchant, définitif.

Je viens de les avoir, mes cinq ans. Il y avait maman, papa, et la grande Marie-Soleil d'en face, et c'était une belle fête. Nous autres, on a mangé de la cochonnerie, les parents nous ont regardés. Ils l'ont fait aussi en cachette, je pense.

Une partie de la journée, j'ai tiré les couettes de Marie-Soleil. Ça lui a donné une bonne raison de les défaire, ses couettes, elle qui déteste ça. Et ensemble, on s'est moqués de la chienne, Miss Tache, qui courait derrière des balles qu'on ne lançait pas vraiment.

Je viens de les avoir, mes cinq ans, et, après le gâteau, après que j'ai soufflé les cinq chandelles longues comme des spaghettis que la mère avait plantées dedans, le père m'a accroché, m'a ramené contre sa cuisse et il m'a enveloppé du bras, et ça sentait l'homme et j'aimais ça.

Et, alors que j'étais à la place du père, au bout de la table, à la place du père avec lui, je regardais saliver Marie-Soleil devant une grosse part de gâteau au chocolat *homemade*, et il m'a dit que j'étais rendu un grand bonhomme, et c'était vrai, c'était vrai que j'étais grand.

— ALEXANDRE
Pis je peux aller à la chasse, à c't'heure.

Le père, son rire le plus franc. La mère, à peine un sourire. Marie-Soleil, aucune réaction – elle était occupée à lécher le crémage sur ses doigts.

— ALEXANDRE, *qui répète*
Je peux aller à la chasse, à c't'heure.

Si je répétais, c'était peut-être pour faire rire encore celui qui m'embrassait et qui sentait l'homme. Parce que c'était si beau de l'entendre rire, le père. Il ne riait pas souvent.

Moi je pensais : aller à la chasse avec lui, avec le père, comme un vrai homme, comme un grand, avec Miss Tache encore vive, la chienne de chasse du père, jusque dans les champs pour aller abattre l'oie, ou le canard, ou l'outarde.

– LA VOIX DE LA MÈRE
Aller abattre l'outarde, quelle idée. Ça pouvait
juste mal tourner.
La mère était découragée, alors j'ai répété si je suis
grand je peux aller à la chasse moi aussi.
– LE PÈRE, *qui le prend au mot*
Demain matin, mon homme, demain matin,
mais tu vas voir, ce sera pas facile.
Une fois mangées les parts de gâteau – la mère avait
vraiment fait de la belle ouvrage, avec du chocolat,
beaucoup de chocolat –, une fois partie la belle Marie-
Soleil d'en face, avec ses couettes défaites et sa robe
verte, une fois le sommeil venu tard, repoussé par la
surdose de sucre et l'excitation de la fête, une fois le
temps passé et la nuit avec, arrive ce matin qui vient
trop vite.

Mon petit corps de petit gars de cinq ans encore petit
pour mon âge, dans ma chambre, et le silence.

Je dors, sans doute que je rêve, je sens une grosse
main qui s'étend sur mon front, me caresse un peu les
cheveux. J'ai la couenne humide et les mèches emmê-
lées, parce que, quand je dors, à cinq ans, j'ai chaud,
et je me tortille, je m'assois soudainement dans le lit,
regarde dans tous les sens sans voir ce qui s'y trouve,
me recouche comme ça vient. Et comme ça toutes les
nuits, plusieurs fois par nuit.

Je dors, sans doute que je rêve, la grosse main me
pince doucement le lobe de l'oreille.

– LE PÈRE

Bonhomme, va falloir que tu te lèves.

La main me chatouille le cou, retire mes draps et se glisse sous mon chandail de pyjama, me caresse le dos en insistant, me chatouille le ventre, me chatouille encore, remontant jusqu'à l'aisselle. À cinq ans, mon petit corps n'est pas facile à ranimer quand je dors, et ça se vérifie quand le père apparaît dans le matin toujours à peu près ennuité.

– LE PÈRE

Envoye, lève-toi, c'est le temps, je te l'avais dit
que ce serait pas facile.

C'est vrai qu'il me l'avait dit. J'ai presque envie de pleurer, mais je me retiens. Parce que je suis un homme, maintenant, un vrai.

Ça fait qu'il me prend dans ses bras, le père, me sort du lit,

– LE PÈRE

Viens là.

et je m'agrippe solidement à son cou, la tête encore dormeuse accotée sur son épaule de père.

Il me garde d'abord dans ses bras. C'est pour que je ne réveille pas la mère en marchant à petits pas sur le vieux plancher craquant de la maison. Je pense qu'elle n'était pas d'accord pour que j'y aille, pour qu'il m'amène dans le champ, pas d'accord pour que j'aille à la chasse comme un grand.

Être seul avec le père. Il y a quelque chose d'extra-ordinaire là-dedans.

Être seul avec le père. Croire que c'est un peu comme du bonheur. Me prendre au jeu. Souhaiter que ça arrive plus souvent.

Il y a lui et moi dans la cuisine froide, tous les deux dans cette cuisine sans la mère, à déjeuner alors que c'est toujours presque la nuit, alors que la mère dort encore profondément.

Il y a lui et moi, que nous deux, comme si nous étions le centre du monde, comme si rien d'autre n'existait, comme si la mère était disparue et avec elle toute personne connue.

Lui et moi dans la cuisine. Lui avec sa voix enrouée du matin qui joue la caisse de résonance. Le père qui ne dit pas grand-chose, mais qui parle de ce qui s'en vient, de l'humidité et du froid.

    – LE PÈRE

Faudra que tu t'habilles comme du monde ;
mange, à c't'heure.

Je l'écoute en hochant la tête, mange sans appétit un bol de blé soufflé que le père a arrosé de lait chauffé, mousseux, et de sirop d'érable.

Devant le père, j'essaie de me tenir droit sans y arriver. Il y a moi avec ma tête en brin d'herbe qui oscille, ma tête qui penche dangereusement vers la table où m'attendent encore quelques ouates de sommeil. Et

c'est quand je ferme les yeux, chaque fois, que le père
se remet à me parler.

     – LE PÈRE

     Oublie pas de manger. Penses-tu que tu vas

     tuer ? T'es rendu grand, mon homme.

Et toutes ces phrases qui ne servent à rien d'autre qu'à
me tenir éveillé. Il me sert aussi un fond de tasse de
café, avec de la crème et beaucoup de sucre.

     – LE PÈRE

     À matin, mon homme, t'es rendu un grand

     bonhomme, c'est clair, t'es un grand bon-

     homme.

Il approche la tasse de moi. Ça sent le café, mais ça sent
autrement plus sucré que celui que boit la mère.

     – LE PÈRE

     Allez, bois ça, jeune chasseur.

J'avance mes lèvres vers la boisson chaude. Étrangement, c'est bon.

l'amertume

Alexandre répond sans attendre à Tison que ça ira,
qu'un café, ce sera parfait, le remercie encore, le remercie toujours, c'est de l'ordre du réflexe, presque. Tison
dépose sur la table une boîte de lait et un sucrier de
verre à fermoir métallique. Le jeune homme noie de
lait son café, jusqu'au bord du déversement, et y ajoute
encore quatre cuillerées combles de sucre, pour cacher
l'amertume, comme il dit.

Il n'aime pas particulièrement le goût de fond de
langue du café, mais il y a plus : toute l'amertume, celle
d'une journée qui ne pouvait pas bien se terminer, de
celles dont on sait qu'elles sont sans retour.

   – LA VOIX D'ALEXANDRE
   Cette image qui revient parfois, soudainement : le père qui souffle entre les dents un
   soupir qui se termine sur cette phrase pleine
   de misère, soudée au corps de la reddition.
   – LES VOIX D'ALEXANDRE ET DU PÈRE
   Y a des jours de même.

première chasse

J'ai cinq ans et j'ai froid. Même si le père m'a bien habillé, même s'il a fait très attention. Et le café m'a réveillé, mais il ne m'a pas réchauffé, pas assez, pas plus que le lait chaud des céréales ni la tuque noire trop grande qu'il a enfoncée sur ma tête et qui me retombe constamment sur les yeux.

Sur le chemin qui nous sépare du champ, la camionnette brinquebale, ça mène du train dans le silence du père tandis qu'on roule à la lisière de l'aube, jusque là-bas où seront les outardes, là où on a, en quelque sorte, rendez-vous avec elles : c'est la terre des Morel, du nom de celui qui a sa terre proche du lac des Lignes, plein sud, sur le chemin des États.

Arrivés là, nos deux corps ramassés dans la cache. On se serre dans le canal d'irrigation creusé par Morel-le-grand-père. Ça s'est passé il y a longtemps, quand le champ est devenu un champ, mangé sur le bois dense que le gouvernement ne vendait pas cher aux familles les moins riches pour qu'elles puissent s'établir.

Là, nos deux corps collés l'un sur l'autre. Le soleil, qui a l'air d'avoir froid lui aussi, se lève de l'autre bord des montagnes, quelque part dans le décor lointain où le village se coule encore dans l'ombre. Moi sur le père, avec son arme à côté, et l'odeur que prend le champ quand vient l'automne.

– LA MÉMOIRE D'ALEXANDRE

Ce qui reste vraiment : un frisson qui suit les sillons du champ avant de s'amortir sur la nuque, et la voix pleine de science du père.

l'appeau

C'est moi qui ai installé les appâts. Des oiseaux de plastique, disposés un à la fois : cinq outardes, deux corneilles.

> – LE PÈRE
> Les corneilles vont jamais se fourrer là où elles
> se sentent pas en sécurité.

Pendant qu'il parlait, sa main balayait l'air frais, secouant la lumière de ce matin-là comme pour en chasser les étoiles blafardes.

> – LE PÈRE
> Les corneilles vont jamais se fourrer là où elles
> se sentent pas en sécurité, pis les outardes le
> savent, ç'a l'air, ça fait que, quand elles voient
> les corneilles au travers des outardes en plas-
> tique, elles se méfient pas. Elles viennent pareil.

Entre les bêtes en plastique immobiles, des traces de petits pas, les miens. Dans la terre du champ, gorgée de l'eau de l'automne et au bord du gel, ça fait quelques chemins sinueux qui reviennent toujours vers le canal où on s'est cachés, le père et moi. Puis, vient l'heure, le père se met à jouer de l'appeau.

– L'APPEAU DU PÈRE
Couac, couac.
– TOUS LES CHASSEURS DE L'HISTOIRE
Couac, couac.

C'est quelque chose du genre, de ces sons indescriptibles, qui retentissent dans le marine du ciel tranquillement blanchi à la chaux de l'aube. J'ai cinq ans, j'ai froid, mes petites bottes de caoutchouc font des bruits aqueux au bord du canal, et j'entends le père parler l'outarde.

– L'APPEAU DU PÈRE
Couac, couac.

Et je pouffe de rire, c'est inévitable. Le père réagit promptement.

– LE PÈRE
Ta gueule.

Je me fige, surpris, parce que, malgré les sautes d'humeur et les colères pas possibles dont il est capable, jamais mon père ne m'a dit une telle chose. C'est un « ta gueule » de bronze qui résonne comme une cloche immense au-dessus de ma tête.

– LE PÈRE
T'es rendu un homme, mon bonhomme, t'es à
la chasse, alors t'es rendu un homme ; sais-tu
ce que ça veut dire ?

Le père relève la main, tient l'appeau près de sa bouche. Il n'attend pas que je réponde. Je ne sais pas quoi lui dire, de toute façon.

– LE PÈRE

T'es un homme, alors tu te tais. Tu te tais, et
tu apprends.

Et il se remet à l'appel.

– L'APPEAU DU PÈRE

Couac, couac.

C'est encore drôle, j'ai encore cette envie de m'abandonner à la secousse d'un rire, c'est presque irrésis-
tible. Je me pince les lèvres, les mords de l'intérieur.
Il verra, le père. Je suis un homme pour de vrai, il ne
s'est pas trompé.

– LE PÈRE

Quand je vais avoir tué, quand la chienne va
détaler, c'est toi qui vas aller chercher l'oiseau,
t'as compris ?

L'appel est efficace, des oies sont là. Je suis fier, du
père, de moi, du regard que le père pose sur moi, fier de
toute cette confiance charriée par sa voix, tellement fier
d'être un homme pour le père qui sait appeler les oies.
Tellement fier que, lorsque le père crie pour faire lever
l'outarde, lorsque le coup part enfin, que l'oiseau tombe
en tourbillonnant jusqu'au sol où il se met à se secouer
et à faire de la plume, à cinquante pieds de là dans le
sens du champ, j'entends encore dans mes oreilles ou
dans ma tête :

– LA VOIX DU PÈRE

C'est toi qui vas aller chercher l'oiseau.

Et je me lève.

– LA VOIX DU PÈRE, *répète*

C'est toi qui vas aller chercher l'oiseau.

J'y vais. Je vais chercher l'oiseau. Et, tandis que j'avance vers l'outarde, le père est coincé par la surprise. Et moi, je trouve qu'elle est un peu grosse, l'outarde, plus grosse que je ne pensais, à mesure que j'approche. Et elle se gonfle et s'étire les ailes. Et l'autre bernache aussi, elle est grosse, celle qui revient, qui redescend du ciel où elle s'était accrochée pour tournoyer après le coup tiré. Et les deux, la blessée et la saine, elles tombent sur moi, le cou à l'horizontale, le bec prêt à pincer.

Les deux, elles tombent sur moi et je m'effondre à plat ventre au sol, couché dans la boue du champ.

Le père me regarde en riant, son fils attaqué par deux bernaches. Pas longtemps, mais juste assez, riant avant de venir me réchapper de l'assaut des oiseaux. Il n'a jamais vu ça, ce n'est juste pas possible.

– LE PÈRE

Jamais vu ça, p'tit jésus d'plâtre, p'tit christ de jésus d'plâtre, on a jamais vu ça.

Alors je l'espère, et ça pince tellement fort, pas comme les doigts de Marie-Soleil quand elle se jette sur moi en riant, plus fort. Et j'entends qu'il vient enfin me chercher, j'entends ses sacres, son rire se rapprocher.

– LE PÈRE

T'aurais dû attendre qu'elle soit morte, saint-ciboulot, t'aurais dû attendre que je te le dise.

Sa voix tonne comme quinze cloches dans ce matin

que j'aime moins, que je n'aimerai probablement plus jamais.

— LE PÈRE

Wouch, crissez votre camp.

La voix du père tonne dans la plume qui vole et l'aube jeune, son corps immense découpé en ombre dans le ciel blanc-bleu-mauve, qui fait des gestes larges pour faire fuir les deux bernaches. L'une s'envole, l'autre s'éloigne en trottinant, que le père achèvera dès qu'elle sera assez loin de nous et de la chienne.

Elle, folle raide, ne sait plus où donner de la tête, ne comprend plus rien depuis qu'elle m'a vu m'élancer à sa place sur la bête abattue. Elle court dans tous les sens autour de nous, jappe après l'outarde qui n'est pas morte, et je pleure, couché dans le champ. Mon corps garde la mémoire des pincements des outardes. Je suis séparé du monde par ce que j'ai versé de larmes, de sang et d'urine dans le champ. Et le père, au-dessus de moi, penche la tête en riant.

— LE PÈRE

Je te l'avais dit que ce serait pas facile. Mais t'es rendu un homme, mon bonhomme. T'es à la chasse, alors t'es rendu un homme.

Le père, pensif, relève la tête, regarde vers le lac et dit presque pour lui-même cette maxime qui finira par cicatriser sur la paroi de mon cœur :

— LES VOIX DU PÈRE ET D'ALEXANDRE

Tu te tais, et tu apprends.

– LA MÉMOIRE D'ALEXANDRE

Soudain mouvement du chœur, déflagration vocale inattendue. Depuis ce jour de matin jeune et pour toujours, les voix entonnent un canon de couacs, avec des aigus, puis des graves. Et c'est bientôt toute une volée d'oiseaux qui se soulève dans l'espace autour de moi, qui chante des airs volatiles. Je suis porté par les voix mélangées des chanteurs anonymes qui peuplent ma mémoire.

C'est beau et inquiétant. Un feu qui crépite, des pieds en bas de laine qui battent la mesure sur un plancher de plywood 3/4. *Et on frappe des mains comme on battrait des ailes, je le fais avec eux. On s'envolera, bientôt, peut-être. En attendant, c'est beau, c'est effrayant, c'est drôle. Un canon de volailles. Une volée de couacs.*

Et, dans cet espace qui m'appartient, l'écho des enseignements du père. Toute la résignation du monde, et cette humilité qui réprime la moindre parole. Tu te tais. Et tu apprends.

le légendaire Broche-à-Foin

    – ALEXANDRE
    Fait chier.

Tison ne relève pas le commentaire d'Alexandre, qui semble de toute façon tourné vers l'intérieur. Il se contente de regarder le café épaissi en un sirop blanchâtre que le garçon agite de sa cuiller comme s'il n'était pas déjà tiède. Le son redondant de l'ustensile frappant la céramique brille dans le silence qui n'est autrement perturbé que par les ronflements irréguliers du chien.

    – TISON
    Tu t'es perdu ? Veux-tu me dire ce qui s'est
    passé ?

Alexandre grimace en guise de réponse aux questions de Tison, mais sa réaction coïncide avec le moment où il met les lèvres au bord de sa tasse, si bien que Tison ne peut savoir avec certitude s'il réagit aux questions ou à la saveur de cette mixture qu'il est en train de goûter.

    – ALEXANDRE
    J'y tiens pas. Pas vraiment.

Alors Tison cherche autrement à inciter le garçon à

parler, rien ne presse de toute façon. Il lui fait remarquer qu'il ne le connaît pas. Il admet toutefois que son
visage lui rappelle vaguement quelque chose.

— TISON

Je me doute que tu es de Paris-du-Bois, mais.

Mais. C'est bien là le problème. Mais, et tout ce qui est
possible de doute, d'hésitation, de crainte. Le garçon
le comprend et, même s'il n'a aucune envie de faire la
conversation, il se présente.

— ALEXANDRE

Je suis Alexandre. Le fils à Broche-à-Foin.

Au village, Broche-à-Foin, il est connu de tout le monde,
comme Tison, de qui tout le monde a déjà parlé ou
entendu parler. Mais pas pour les mêmes raisons.
Broche-à-Foin n'est pas qu'une histoire qu'on se raconte.
Il a les deux pieds bien plantés dans la réalité des gens.

— LA VOIX DU PÈRE

Une réalité plutôt prosaïque, comme on pourrait dire.

— ALEXANDRE

Le père est toujours partout, parce qu'il s'arrange pour être utile, et parce que le monde sait
de quoi il est capable.

Rien à voir avec Tison qui n'est, pour les Pariboisiens,
qu'un spectre qui vient hanter le village à l'occasion.
Une fois toutes les deux semaines, pour faire son épicerie, acheter du pain à la boulangerie. Rarement plus. Il
est un étranger venu occuper la vieille maison blanche,

celle qui est retranchée à la limite de la municipalité. Il est là sans y être vraiment, même si on le voit parfois déchirer le quotidien de la postière, plutôt impressionnable, ou encore jeter une bombe de silence tantôt dans la salle d'attente du garagiste, tantôt dans les allées de l'épicerie, ou au guichet automatique, que l'institution financière n'a pas encore abandonné.

Le père d'Alexandre, lui, c'est différent. On l'appelle, on lui fait signe, on veut lui parler. Parce qu'il est en quelque sorte l'homme de la situation, une sorte d'homme à tout faire pour le village, celui qui arrive à régler tous les problèmes du monde avec les moyens du bord.

– DES VOIX DU VILLAGE
Hé, Broche-à-Foin, viendrais-tu icitte ? J'ai
d'quoi pour toé.

Pour de vrai, l'homme s'appelle André, mais, si tout le monde le sait, ça n'empêche personne d'avoir recours à son surnom quand la situation le commande.

– UN CHŒUR DE VILLAGEOIS
T'as juste à appeler Broche-à-Foin, qu'on dit.
Il va te faire ça c'est certain, il l'a déjà fait chez
Landreville.

– ENCORE DES VOIX, *côté cour*
Broche-à-Foin, il a déjà fait ça chez Ladouceur.

– ET D'AUTRES VOIX EN PLUS, *côté jardin*
Broche, il a dû le faire quelque part, peut-être
chez les Loyer d'en haut, vérifie.

Broche, c'est pour faire plus court, parce que, de toute façon, pour parler des jobs qu'il fait, on ne prend pas trop de détours, d'habitude. Une fosse septique.

– LA VOIX DU PÈRE

C'est ça. Prosaïque.

Un fossé. Un plancher à sabler. D'autres affaires, aussi.

– ALEXANDRE, *qui explique à Tison*

Du bizounage, comme il dit souvent. Suffit de demander. Il l'a peut-être jamais fait, mais il trouvera bin un moyen, c'est certain. C'est ce qu'ils racontent, les gens du village. Et c'est pour tout ça qu'il se fait appeler Broche-à-Foin.

La vie de Broche, celle qu'on connaît, est pareille à celle de plusieurs autres hommes du village. Au début, il était juste un gars du moulin, mais, quand ils l'ont fermé, le moulin, les grands boss de la compagnie, quand ils ont passé Paris-du-Bois sur leur grande scie, qu'ils lui ont fendu le cœur croche, il a refusé de brailler dans son coin comme d'autres effondrés du village.

– LE CHŒUR DES GARS DU MOULIN

C'que j'vais faire, maudit ? Mais c'que j'vais faire ?

André s'est retroussé les manches et il est allé vendre ses bras blancs par la grand-route et par les rangs. On lui a fait faire de tout. Peinturer des cadres de fenêtres en bleu, en vert, en rose. Déneiger des toitures. Briser des barrages de castors. Ramasser des roches. Décaper, vernir des meubles, des portes, des fenêtres qu'il avait déjà peinturées. Creuser à la pelle, dans la terre glaiseuse du bord de la rivière, des trous qui auraient pu servir de tombe pour toute une famille. Démolir, construire. Mais convaincre, aussi. Dissuader. Fermer des gueules. Brasser des cages, quand c'était nécessaire. Au point de devenir une espèce de gros bras d'usage courant, puis de se faire appeler occasionnellement Gros-Broche, même s'il n'avait absolument pas une constitution d'armoire à glace. Selon la job qu'on voulait lui confier, on l'appelait d'une façon ou d'une autre.

> – LA VOIX D'ALEXANDRE
> Il me reste la voix sans regard du père, quand il se retournait pour me faire taire, scellant toute conversation de cette vérité qu'il s'acharnait à vérifier tous les jours de sa vie depuis la fermeture du moulin :
> – LES VOIX DU PÈRE ET D'ALEXANDRE
> Tu vaux toujours quelque chose pour celui qui en a besoin. Ça fait que grouille-toi. Va t'offrir.
> – LA VOIX D'ALEXANDRE
> Je pense qu'il avait pas tort.

Quand sont venus les jours creux, il a bien fallu qu'Alexandre aille se vendre un bras puis deux au village, lui aussi.

> – ALEXANDRE, *qui relève les yeux vers Tison*
> M'as-tu vu ? Moi, dans le rôle du fils d'un gros bras, je suis pas trop crédible.

Tison sourit devant la moue découragée du jeune devant lui. Alexandre est maintenant plus à l'aise, comme si parler de son père le rassurait. Comme si le raconter lui rendait un peu de vie, essuyait le dégât qu'il avait laissé sur la dernière banquette où il se sera assis.

– ALEXANDRE

J'ai jamais été fait pour tout ça. Dans cette histoire-là, je me suis toujours senti comme, je sais pas, comme la bûche qui s'accorde pas, t'sais.

Sauf que Tison, il ne sait pas, les histoires de bûches. Dans sa vieille maison, on se chauffe à l'eau chaude.

– LA VOIX DE TISON

C'était au mazout, mais je pouvais pas le supporter, alors je me suis payé une conversion du système dès que je suis arrivé. Alimentation électrique, maintenant, un nouveau système de bouilloire à micro-ondes, pas aussi efficace que ça pourrait l'être, la maison est pleine de trous, mais bon, même si ça m'a coûté un bras jusqu'à l'épaule. C'est plus propre.

Pas de fournaise au mazout, pour Tison, et surtout pas de poêle à bois.

– LA VOIX DE TISON

Juste pas de feu, jamais plus, de toute ma vie. L'électricité, oui. Mais pas le feu.

Alors non, Tison, il ne sait pas la science du chauffage au bois. Ni le séchage. Ni le cordage.

– TISON

Je sais pas. J'ai jamais fait ça.

– ALEXANDRE

C'est quand vient le temps de le corder, le bois, t'sais. Quand t'as une bûche que tu veux mettre sur une corde, tu la lâches un peu, que ça fasse toc, comme ça : toc.

Alexandre donne un coup de la paume contre la table.

– ALEXANDRE

C'est juste assez pour que tu sois certain de ton affaire, qu'elle cogne juste assez pour se coincer dans le trou qui est là, entre les autres bûches, sauf que, des fois, ça marche pas, faut que tu te reprennes, que tu te déplaces, que t'essaies encore.

– TISON

Je comprends.

– ALEXANDRE

Moi, j'ai toujours été un peu comme la bûche qui se stabilise pas, qui reste hésitante, déséquilibrée, à laquelle on peut pas se fier, qui pourrait bin faire tomber toute la corde. C'est moi, ça. Qui pourrais bin faire tomber toute la corde.

– LA VOIX D'ALEXANDRE

Même si je me suis jamais débarrassé de ce sentiment de découragement, il y a cet héritage laissé par le père, qui sentait le bois sec et la terre d'automne et qui a depuis su calmer un peu mes angoisses.

– LA VOIX DU PÈRE

Ça existe pas, mon homme, une bûche carrée. Parce que les arbres sont toujours croches. Ils ont toujours de quoi au cœur qui est croche. Les bûches, elles ont besoin d'autres bûches pour se tenir droites. Pis les plus croches, elles finissent toujours par prendre le dessus de la corde.

Tandis qu'il explique son sentiment, Alexandre se rend compte qu'il supporte de moins en moins la vue du visage défait de son interlocuteur. Il recouvre ses esprits, est plus attentif à ce qui l'entoure, et, à la même mesure, le cuir raturé et remodelé du faciès de Tison retrouve cette obscénité apparente qui dérange la plupart des gens. Alors qu'il continue son explication, ses yeux cherchent de plus en plus souvent un ailleurs à regarder, se tournent vers la fenêtre, celle qui donne sur le bois d'en face, celle qui donne à peu près sur le bosquet d'où il est sorti un peu plus tôt. La fenêtre par laquelle Tison l'a vu sortir du bois.

Un silence respectueux vient tempérer la colère qui semblait vouloir faire irruption dans le magma des paroles du garçon. Autour, la maison est de moins en moins un refuge, de plus en plus un lieu habité. Le regard fuyant d'Alexandre remarque : la vieille cheminée de brique, sa maçonnerie au bord de la poussière ; un fer à cheval au-dessus de la porte d'entrée principale ; la ceinture de lambris aux joints ouverts comme des lèvres fatiguées ; un vieux fanal sans mèche pincé au mur comme une applique d'époque ; une grande étagère où s'entassent des conserves, des pots d'épices, quelques plats de service en porcelaine isabelle qu'on devine rarement utilisés.

Alexandre est surpris de voir que, même habitée par un homme seul, la maison est impeccable, à part pour quelques mèches de poils de chien roulant au sol, sous la table, dans les coins de murs et sur les marches de l'escalier pentu qui se dresse au fond de la cuisine. Il faut dire que, depuis que sa mère les avait quittés, son père et lui mesuraient mieux le travail invisible qu'elle avait accompli pendant toutes ces années à la maison. Alexandre connaît maintenant la valeur de chaque geste du quotidien.

le bois, un automne

Quatre degrés dans le bois. Le quatre-roues a arrêté
de roter. Ça sent l'essence et l'huile brûlée, la machine
chauffée à force de creuser ses traces.

> – LE PÈRE
> Des traces profondes de même, dans la boue
> de l'automne, des traces qui vont geler comme
> ça, qu'on retrouvera probablement l'année pro-
> chaine, quand le printemps sera là pour faire
> fondre les restes de l'hiver en gelée grumeleuse
> comme de la chiasse.

L'automne est venu, ils ont pris le bord du bois pour
bûcher. Alexandre profite de cette impression qu'il
a toujours quand son père éteint enfin le moteur du
tout-terrain.

> – ALEXANDRE
> Comme si le monde avait cessé de vibrer,
> ralenti. Comme si soudainement je pouvais le
> voir, le monde. Avec plus d'acuité.

Il y a le bois : la poignée de chênes qui dépassent d'une
tête la canopée boréale rongée par le rouille de l'automne, les seuls qui ont encore une belle masse de
feuilles au faîte.

– LE PÈRE

De ceux qu'on coupera pas, c'est certain, trop
de valeur, on chauffe pas avec du chêne, on
chauffe pas avec ça.

Il y a les mésanges ébouriffées qui s'épivardent puis qui
s'élancent, et il y a leur vol nerveux, changeant. Elles
qui vont et qui reviennent.

– ALEXANDRE

Elles reviennent voir si on a de la graine, si on
a de quoi à manger.

Il y a le père, des gouttelettes ramassées dans sa
moustache, dans sa barbe de père juste pas rasé, dans
sa barbe de père abandonné, dans sa barbe de père
rendu tout seul. Il renifle, il souffle la vapeur des vrais
hommes, de profondes inspirations tranquilles, de longues expirations chargées d'haleine, son haleine à lui,
une haleine qui sent lui, qui sent le père.

– ALEXANDRE, *pense*

J'ai encore le cul sur le banc de cuir, le père est
sur le bord de me dire de me déniaiser.

Du coffre de bois qu'il s'est patenté, coffre de cèdre
peinturé en noir avec des gréements et des attaches en
acier, et qui fait tout l'arrière du véhicule, le père sort
la hache, extrait la lame de son étui de cuir et, la tenant
par la tête, en pousse le manche dans le dos de son fils.

– ALEXANDRE, *pense*

Dans la seconde, quand il verra que je réagis
pas, il m'en donnera un coup dans les côtes,
juste assez fort pour que ça fasse mal, mais pas

assez pour que ça laisse de trace. Cette force
parfaite, il la connaît, le père. Et il me dira :
« Envoye, tabarnaque. » Quelque chose du
genre. « Déniaise, envoye, p'tit jésus d'plâtre,
on est pas icitte pour se reposer. » Ces choses
qu'il me dit. Quand c'est utile.

Mais, cette fois, il reste planté là, tient la hache entre
son fils et lui, sans ciller, en le regardant fixement. Il
ne bouge absolument pas, reste calme. Il doit écouter, lui aussi, la volée d'outardes qu'on a commencé à
entendre jacter. Dans peu de temps, leur vol devrait
les surplomber, elles prendront toute la place, dans
le trou de ciel au-dessus d'eux. Dans le silence du
bois, aussi. Pour l'homme et son fils, l'instant impose
de se taire.

    – ALEXANDRE, *pense*
    Le père, il respecte ça, lève pas les yeux, conti-
    nue de me fixer.

Alexandre prend le manche de la hache que le père ne
lâche pas. Il faudra attendre que la volaille soit passée
avant de pouvoir bouger, le père absorbé par le canca-
nage des outardes, le fils par son silence à lui dans la
cacophonie des migrateurs, et par le frisson qui l'empoigne chaque fois qu'ils passent sur l'automne comme
s'ils lui passaient sur le corps.

    Quand la dernière des bernaches aura traversé le
trou de ciel juste au-dessus de leurs têtes, Alexandre
aura la hache en main, André la scie mécanique, et ils

seront prêts pour l'ouvrage. Les pieds écartés, le père démarrera l'engin. Ils n'auront pas à parler. Le lot à bois du père, il y a encore beaucoup à y faire.

> – LE PÈRE
>
> Des années qu'il y a pas un homme qui est rentré là pour en sortir du bois, on a pas fini de l'effemeller, ce lot-là. Il faut tout nettoyer, couper et débosquer les arbres morts. Ce maudit lot là, on va finir par le mettre propre, y aura plus un arbre mort qui va tenir debout, p'tit jésus d'plâtre, plus un arbre mort. La neige épaisse, le verglas, les grands vents ont fait des ravages. Juste pour nettoyer le chablis de l'hiver dernier, on aura long de bois à brûler. Faudra peut-être en vendre. C'est long, mis bout à bout, les arbres qu'il aura fallu coucher.

Le père vient justement d'étendre un érable mort ; dans le craquement sec qui a suivi le vrombissement accéléré de sa scie mécanique, on entend retentir une frise de sacres.

> – LE PÈRE
>
> Ostie de saint-ciboire de tabarnaque de p'tit jésus d'plâtre de christ de bois mort.

Alexandre ne s'énerve pas, ne s'inquiète pas.

> – ALEXANDRE, *pense*
>
> C'est pas moi, le bois mort, c'est pas moi, j'ai rien fait, cette fois, c'est parce que l'arbre, parti dans le mauvais sens, il a bien failli s'encrouer

dans les branches d'un autre érable. Un sain,
debout à quinze pieds du bord de par en haut.

– LA MÉMOIRE D'ALEXANDRE

Dans un espace qui les surplombe tous, comme un vent qui survole le bois, des voix se mettent à exister, un peu plus vives, un peu plus fortes. J'en suis.

Je revois le père, la tête tournée vers le ciel, le regard visant la cime d'un érable, et j'entends sa voix à rebours, brisée par le respect qu'impose ce qui est grand. Il dit que, quand on met à terre un arbre déjà mort, on ne peut jamais être certain du côté où il ira tomber.

Même avec les vivants, on ne sait jamais de quel bord le cœur fendra.

Même avec les vivants. On peut mourir quand le cœur fend.

un nœud dans le vide

Dans le bois, l'érable affalé subit les assauts secs et réguliers d'Alexandre.

> – ALEXANDRE, *pense*
> Dans le bois, j'ai toujours froid. À force d'élaguer, je sue dans ma froc carreautée, et l'humidité me fait rentrer la fraîche jusque dans le corps.

Alors : donner plus de coups de hache, la lever plus haut chaque fois avant de l'abattre, le faire plus rapidement. Pour la chaleur.

> – ALEXANDRE, *pense*
> Quand je travaille de cette façon, je sue encore plus, j'ai encore plus froid. Mais j'apprends.

> – LES VOIX DU PÈRE ET D'ALEXANDRE
> Tu te tais, et tu apprends.

Le père n'a pas dit un mot encore depuis que l'érable est étalé de tout son tronc. Il dépose la scie mécanique qui tourne au ralenti. Alexandre sait qu'il n'a pas intérêt à s'arrêter, mais, entre deux coups de hache, il jette un œil vers lui qui s'approche du tout-terrain, puis il revient à son affaire.

Alexandre donne un coup. Jette un œil au père qui ouvre le coffre de bois. Il revient à son érable, abat la hache. Jette un œil au père qui sort un sac, et du sac une bouteille thermos, puis revient se concentrer sur sa branche. Il réussit à la décrocher du tronc. Elle n'y est plus attachée que par une éclisse mince d'écorce qui résiste en se pelant longuement.

– LE PÈRE

Laisse faire ça deux minutes, j'ai apporté du
café, ça va te réchauffer le dedans.

Le père s'en verse une gorgée au fond de la tasse en aluminium, café noir et sans sucre, presque de l'huile à moteur, qu'il boit vite fait et en sapant, finissant le geste en exprimant bruyamment sa satisfaction dans un « ha » soufflé, bien étiré. Puis, il en verse encore, tend la tasse à son fils.

– LE PÈRE

Y a du sucre dans le sac.

Il ne parlera pas plus, déposera le thermos sur le marchepied du véhicule, ira reprendre sa scie qui ron-ronne. Pendant qu'Alexandre boira lentement sa tasse de café fumant, le père en profitera pour remettre de l'essence mélangée dans le réservoir, et il reprendra du service, retirant une à une les branches les plus grosses de l'érable couché, en coupera des rondins qu'il faudra corder au bord du chemin.

Le temps dure longtemps, dans le bois, ça s'étire, c'est lourd et ça donne faim.

– LE PÈRE

Y a aussi des sandwichs dans le coffre.

Le père vient de regarder l'heure et, le temps de parler, a laissé tourner le moteur, sa scie ronflant à bas régime. Alexandre saisit l'autre sac : deux sandwichs de pain blanc. Il en ouvre un : tranche de jambon fade, une seule, et cuillerée de moutarde baseball au milieu de la mie.

– ALEXANDRE, *pense*

Là, je m'ennuie de la mère.

En ce moment précis, c'est tout ce qui existe : l'absence de cette mère.

– ALEXANDRE, *pense*

J'ai hâte qu'elle revienne de l'hôpital, qu'elle
se remette, belle et fière comme avant. Qu'elle
reprenne sa place chez nous.

Il voudrait pour toujours se souvenir de la science de la mère qui fait les lunchs, de la façon dont elle roule trois tranches de jambon fumé dans chaque sandwich pour donner de la texture à la viande, pour que les dents s'y enfoncent jusqu'à la gencive, aussi du savant mélange de mayonnaise, de moutarde, d'ail et d'origan, et du lit de feuilles d'épinard bien croustillantes, des trois couches tissées de fromage, tranches minces comme du papier bible, et de son pain lourd comme bûche de mélèze, chargé de noix, de graines de tournesol, son pain aux trois farines. Tandis qu'il s'enfonce les dents au bord du lunch écroûté du père, il veut se souvenir :

les sandwichs de la mère comme s'il était en train de les manger.

Le père l'a vu ouvrir les deux tranches de pain, probablement faire une grimace ; il s'est retourné avec un nœud pris dans le vide entre le cœur et la gorge, et il s'est remis à scier comme un forcené.

– ALEXANDRE, *pense, ému*

Je le jurerais pas, mais je pense qu'il pleure. Ça peut pas être juste de la sueur, jusque dans sa barbe. Je suis tellement désolé. Pauvre père.

un trou dans la maison

Alexandre se secoue la tête et les idées. Il a senti l'émotion venir. Devant ses yeux s'était glissé le visage crevé de son père, comme s'il fondait sur celui de Tison. Le père est là, dans la cuisine du brûlé, à pleurer discrètement et d'un seul œil. Pour se défaire de cette présence avec laquelle il ne sait pas encore négocier, il reprend son observation des lieux en tentant d'ignorer l'homme qui se trouve devant lui. *Les deux hommes.*

En retrait, un long divan est tourné vers le néant : quelques plantes vertes, dont un immense yucca qui chatouille le plafond de la feuille, et une table basse où s'empilent pêle-mêle quelques revues, écrasées par un livre à couverture crème. Lorsqu'il remarque l'absence de téléviseur dans l'espace du salon, Alexandre a un discret mouvement de surprise. Chez lui, entre les téléromans de sa mère et les journaux télévisés du père, leur vie a toujours tourné autour de la boîte à images. Soudainement conscient de cette absence, il se sent happé par le trou immense qui semble s'être ouvert dans la maison.

– ALEXANDRE, *se levant pour visiter l'espace*
C'est une vieille maison. (*Et, comme s'il vou-*

lait excuser sa curiosité, il insiste.) Une bin belle
vieille maison.

Puis, l'air de rien, il observe autour, ne serait-ce que
pour voir si un petit écran n'aurait pas échappé à son
regard, incapable de croire qu'un homme si seul, et si
laid, de surcroît, il faut bien se le dire, puisse vivre en
plus enfermé dans un perpétuel silence. Si elle n'empêche pas la solitude, la télé a au moins le don de nous
laisser croire que d'autres hommes existent encore.

> – ALEXANDRE, *pense*
> Si j'avais cette face-là, en tout cas, me semble
> que j'aurais besoin de ça.

Lorsqu'il voit entrebâillée la porte de la petite pièce au
fond, Alexandre comprend mieux. Dans ce cube minuscule, tous les murs sont flanqués d'immenses bibliothèques patentées avec des planches dépareillées, de
vieilles briques et des bouteilles translucides – plusieurs
bouteilles de vin, mais d'autres aussi, aux formes et aux
couleurs plus rares, dont plusieurs bouteilles carrées,
bleu profondeur, que Tison a patiemment extraites de
la cour en aménageant le terrain autour.

> TISON, *dans un murmure*
> Tu as remarqué mon capharnaüm.

Il arrive derrière Alexandre en tenant le cul de sa tasse
de céramique à hauteur de poitrail. Le plus jeune, qui
s'est levé et a fait quelques pas dans la direction de la
bibliothèque, tourne un sourire amusé vers son hôte.

> – ALEXANDRE
> Ce sont des livres à l'index ?

– LA MÉMOIRE D'ALEXANDRE

*La lecture me laisse parfois des héritages aussi
indéchiffrables que ceux du père.*

Du livre Le libraire *de Gérard Bessette, le mot
« capharnaüm », la révélation de ces livres mis à
l'index, cette injustice qui faisait écho à la façon
que le père avait de m'éloigner de toute lecture, et le
détail de cette peinture en couverture où on voyait
un homme, jouqué dans une échelle, devant une
bibliothèque qui semblait infinie.*

la trace des fantômes

Apparemment, le petit gars crasseux, habillé tout croche et probablement pas encore assez vieux pour être entré au cégep lui réserve quelques surprises. Quelque chose comme une complicité pourrait bien se construire entre eux sur la matière des livres, qui sait? René se félicite finalement d'avoir ouvert sa porte au jeune survenant en se demandant s'il a aussi lu Guèvremont[2].

Au centre du réduit où est maintenant entré Alexandre trône un sofa défraîchi recouvert d'un velours turquoise élimé.

> – ALEXANDRE, *pense*
>
> Le coussin est usé. On dirait qu'il y a un fantôme qui est toujours là en train de lire, comme si le spectre d'un lecteur s'y enfonçait à perpétuité, condamné à errer entre les chapitres de livres disparates.

Tout près sont cordés ce qui a dû être auparavant une table de chevet, petit meuble à la surface ciselée par les stigmates qu'il doit accumuler depuis le tournant des années soixante-dix, sur lequel repose une minichaîne stéréo, et encore, un lampadaire halogène légèrement incliné vers la fenêtre, comme une fleur qui chercherait la lumière. Mouvements, lumières et sons, tout dans cette pièce semble feutré.

— LA VOIX D'ALEXANDRE

Cette impression d'entrer dans un nid de papier, comme si tous les écrivains du monde étaient les abeilles de cette ruche. Les vagues hésitantes de leurs voix qui vont et viennent bourdonnent continuellement dans ma vie et dans ma tête.

Autour, les quatre murs sont mis à contribution : il ne reste de place que pour deux ou trois tablettes, tout au plus, à condition d'en échafauder une au-dessus de la fenêtre, ce qui serait sans doute hasardeux étant donné l'état des tablettes déjà en place. Alexandre s'avance doucement dans le cocon de Tison.

— TISON

C'est la première fois que quelqu'un vient ici.

Le garçon glisse l'index sur les couvertures. Alexandre reconnaît quelques auteurs, mais pas la majorité. Certains livres ont de toute évidence été dénichés dans des bouquineries et des ventes-débarras de bibliothèques décidées à lâcher du lest.

— TISON

Après l'incendie...

La gorge de Tison se noue et un silence s'étire longuement. Sa voix joue la braise qui étouffe dans le flageolement frémissant de ses dernières flammes. Il tousse.

– TISON

Après l'incendie, par hasard, je me suis rendu
compte que les sœurs de Notre-Dame du Bon-
Conseil organisaient une vente de livres. On
pouvait aller lever quelques titres dans les
rayons de leur minuscule bibliothèque. J'en
ai profité pour refaire ma collection de gentils
classiques. C'est évidemment pas là que j'ai
trouvé *Les fleurs du mal* ou *Justine*[3].

Alexandre sourit.

– TISON, *pense, surpris*

Le garçon connaîtrait-il déjà ces titres aussi?

La plupart des autres livres, Tison les a fait venir par
colis.

– TISON

C'est d'ailleurs souvent pour cette raison que
je dois me rendre au comptoir de la poste voir
l'exubérante madame Lajoie.

Tison hisse sa tasse jusqu'à ses lèvres en observant les
gestes absorbés du garçon qui arpente avec un respect
rare la petite pièce poussiéreuse.

Lorsqu'il prend conscience qu'un silence de plusieurs minutes vient de s'écouler et qu'il a passé tout
ce temps à détailler la bibliothèque de son hôte, le jeune
homme se sent gêné. Cherche à combler le silence.

– ALEXANDRE

Le père, lui, il aime pas les livres.

le métier qui veut rentrer

– LE PÈRE

Tu peux pas vouloir ça. Tu peux pas vouloir être ça.

– ALEXANDRE

Quoi, ça, papa?

– LE PÈRE

Tu peux pas vouloir être comme le monde qui écrit ces livres-là, le monde qui reste en dehors du monde, t'sais. T'as des livres qui parlent du bois, mais là, christ, voyons donc! Brûle ça dans le poêle, ces livres-là, pis vas-y dans le bois, toi!

– ALEXANDRE

Bin là, j'y vais, dans le bois!

– LE PÈRE

C'est comme ça, juste comme ça que tu vas le connaître, le bois. Pas dans les livres des autres. T'as même des livres qui te disent comment penser, mais penses-y un peu... As-tu vraiment besoin d'un livre pour ça?

Pendant qu'il harangue Alexandre, il se frappe du poing dans la main, comme si ça pouvait donner de l'épaisseur à ses arguments, de l'effet à son discours.

– LE PÈRE

T'sais, ce serait correct si tu allais à l'école des métiers, si tu faisais de quoi de tes mains.

– ALEXANDRE

Je l'sais.

– LE PÈRE

C'est pas une obligation d'étudier toute ta vie. C'est pas plus beau. Ni plus grand. Ni plus vrai.

La voix du père se répercute sur les murs de la chambre du garçon. Alexandre a peur, sans savoir de quoi. Il voit ses livres, aurait voulu les avoir cachés derrière son lit ou sous son oreiller, comme il le fait d'habitude. Mais il n'a pas entendu son père monter l'escalier, traverser le corridor, ouvrir la porte de sa chambre.

– LA VOIX D'ALEXANDRE

Cette envolée de mon père m'est revenue avec une puissance percutante quand j'ai lu *Le vrai monde ?* Cette phrase, qui me fait toujours aussi mal : « Calvaire de p'tit intellectuel ! C'est toujours ça que vous avez pensé de nous autres, hein, toé pis ta gang[4] ? » Je me suis souvent dit qu'il m'en voulait peut-être, au fond, le père. Qu'il avait pu croire que je rejetais ses choix, sa vie. Que je le repoussais lui-même, chaque fois que j'ouvrais un livre.

– LE PÈRE

T'auras jamais rien de vrai dans les livres,
c'est juste assez bin écrit pour que tu penses
que c'est vrai, mais ça l'est pas. Ça existe pas,
la vérité. Ou, en tout cas, ça peut pas s'écrire.

– ALEXANDRE

Pourquoi tu dis ça?

– LE PÈRE

T'auras jamais rien d'aussi vrai que c'que t'as
quand tu travailles avec tes mains, comme
quand tu viens couper pis fendre pis corder
du bois avec moi. Y a rien de plus vrai que ce
qui sent l'essence, la sueur pis la marde. Les
livres, ils disent le contraire des fois, mais
c'est juste parce qu'ils sentent rien. C'est de la
propagande. C'est pour que tu commences un
autre livre après. Juste pour ça. Les livres, ils
se protègent entre eux autres. Plus que le vrai
monde. C'est bin ça le pire.

Le père se retourne, s'approche de la fenêtre qu'il tente
d'ouvrir.

– LE PÈRE

Dans un livre, t'apprends rien d'autre qu'un
livre. Les mots disent pas la moitié de ce que
tu peux vivre.

Dehors, c'est janvier, et il fait tellement froid qu'il a de la
difficulté à desceller les battants de la fenêtre à carreaux.

— LE PÈRE

Pas la moitié de ce que tu dois vivre.

Mais il y arrive en sacrant.

— LE PÈRE

Sens-moi ça.

Il laisse s'engouffrer le froid dans la pièce. De la vapeur
sort de la chambre, forme une trace nuageuse qui fait
briller des brins de neige neufs en s'exprimant vers le
ciel. Il retombe quelques flocons jusque sur le plancher.
Le soleil est couché depuis longtemps et le vent vient
par bourrasques pour fouiller l'intérieur.

— LE PÈRE

Sens comme ça c'est vrai.

André prend son fils par le chignon du cou, comme il
dit quand il dit « attends pas que je te poigne par le
chignon du cou ». Ça se trouve généralement quelque
part entre le col du chandail et les cheveux du haut de
la nuque, parfois c'est seulement l'épaule, ou vraiment
la nuque, quand sa grande main arrive à l'envelopper,
entre le pouce et les autres doigts, étirés jusque sous
chacune de ses oreilles. Comme ce soir-là.

— LE PÈRE

Sens-moi ça, parce que ça, c'est vrai. T'as
frette ?

— ALEXANDRE

Oui, papa.

— LE PÈRE

Tu sens le frette ?

– ALEXANDRE

Oui, papa.

– LE PÈRE

Bin, le frette, c'est vrai. Pis tu trouveras jamais
un livre capable de dire à quel point.

Alexandre se met à pleurer en silence.

– LE PÈRE

Pleure. Tu pisseras moins.

– ALEXANDRE

Je pleure pas.

– LE PÈRE

Pleure, c'est correct. Mais souviens-toi que
c'est ça qui est vrai.

le vrai monde

— ALEXANDRE, *cette fois à haute voix, en se tournant vers Tison*
Le père, lui, il aime pas les livres.

— TISON
Ça existe encore, ça...

— ALEXANDRE
Bin, j'veux dire, c'est surtout qu'il aime pas que je perde mon temps à lire des livres. Il voudrait que je fasse autre chose. Quelque chose de plus... réel.

— TISON
Ah oui, perdre son temps. Je connais ça.

Tison lève un coin de sourire qui n'arrive pas à dire grand-chose, mais qui, avant la refonte forcée de son visage, aurait ajouté une tonalité ironique à son discours.

— ALEXANDRE ET LA VOIX DU PÈRE
À'm'ment d'né, va bin falloir que... À'm'ment d'né, faut que tu fasses des efforts pour être dans le monde, t'sais. Dans le vrai monde. À'm'ent d'né, faut bin que quelqu'un la fasse, la job que le monde fait pas pendant qu'il lit des livres.

Tison se dit que lui, le vrai monde, il n'est pas fait pour y être.

— TISON

Le seul vrai monde, pour moi, il est ici.

Sur les tablettes, des livres de toutes les dimensions, de toutes les couleurs. Des romans, surtout, mais aussi des livres exhibant en couleurs criardes le nom d'artistes passés à l'histoire. La main d'Alexandre continue d'effleurer doucement les couvertures inégales, rebondissant aléatoirement sur un titre ou un autre. Là dorment ensemble les plus grands et quelques anonymes, sans distinction d'origine, d'époque ou de genre. Ils reposent, patientent, s'occupent à condenser le monde en attendant que Tison, ce brûlé qui erre toujours par là, déjà fantôme de lui-même, vienne enfin les fouiller.

— ALEXANDRE

Il dit que le vrai monde se trouve pas là, le père.

— TISON

Et qu'est-ce qu'il dit encore ?

— ALEXANDRE ET LA VOIX DU PÈRE

Lâche tes livres.

— ALEXANDRE

Il dit de faire comme lui, le père. Me demande de me trouver des travaux à faire. Il veut que j'aille voir le monde, que je rapporte de l'argent. Il arrête pas de dire :

– ALEXANDRE ET LA VOIX DU PÈRE

Il faut que tu arrêtes de perdre ton temps avec
ces affaires-là.

– ALEXANDRE

Ça va faire trois ans que je cours les jobines et
il est toujours pas content.

Il réfléchit, puis dans sa tête se détachent ces mots iné-
dits qui soudainement deviennent réels.

– ALEXANDRE, *pense*

Était. Il était toujours pas content.

la grand-route

De la maison d'Alexandre jusqu'au cœur de Paris-du-Bois, où le village est coupé par la Petite-Seine, un peu plus de deux kilomètres s'étirent sur la grand-route.

Ce bout de chemin, le garçon l'aura fait presque tous les jours de l'été depuis ses quinze ans, et de l'automne aussi. Il y sera souvent allé à pied, simplement pour voir ce qui se passait. À l'occasion, Alexandre se sera rendu à vélo complètement à l'autre extrémité de Paris-du-Bois, sur le terrain en ruine de l'ancien Hôtel 24, du numéro de la grand-route qui longe la frontière des États-Unis. On l'avait construit pour l'ouverture du poste-frontière en espérant que les voyageurs seraient nombreux. Sauf que ceux-ci ne s'étaient jamais présentés, préférant passer plus à l'ouest. Ce serait un euphémisme de dire que le poste de Lac-des-Lignes est depuis toujours plutôt tranquille.

Dans la cour de l'ancien hôtel, Alexandre aura profité de la piscine désaffectée dont il se sera servi comme d'une rampe de BMX. C'était avant que les propriétaires ne remblaient le trou à grand renfort de pépine et de pelleteuse.

— LA VOIX D'ALEXANDRE

Peur qu'un jeune fou vienne se casser un bras
là-dedans, qu'ils disaient. C'était moi, le jeune
fou, je pense.

– LA MÉMOIRE D'ALEXANDRE

Je me souviens de la première fois, un jour de rien-à-faire, le père était enfermé à l'étage de son atelier, gueulant avec sa musique des années soixante-dix, un truc comme Highway Star *de Deep Purple. Il y avait monté avec une caisse de bière et n'en redescendrait que de peine et de misère une fois toutes les bouteilles vidées. La mère, elle, faisait les cent pas dans la maison, tantôt en poussant l'aspirateur, tantôt en époussetant les meubles et les bibelots, et elle prévoyait de laver toutes les fenêtres dans l'après-midi.*

C'était l'une de ces journées où ni l'un ni l'autre n'était capable de me voir m'arrêter pour lire quoi que ce soit sans exiger ma contribution physique à une des tâches ménagères inscrites sur la longue liste de la mère, toujours ostentatoirement affichée au milieu de la porte du frigo.

En pattes de mouche :
lavage
pliage du linge

repassage

époussetage

aspirateur

toilette et bain

souper: chiard? steak haché? macaronis longs?

Pour ne pas me prendre les pieds dans l'un des éléments de la liste, je suis sorti devant la maison, j'ai regardé l'allée qui mène à la maison de Marie-Soleil, puis la route allant vers le village et, pour la première fois, mais comme je le ferais très souvent par la suite, j'ai choisi le chemin le plus long. À mesure que j'avançais, je regardais devant, puis derrière. Cette audace que j'avais l'impression d'avoir, de partir sans rien dire, de marcher où personne ne marchait, de faire quelque chose qui me prendrait tout ce temps, ça m'a plu.

Énormément, ça m'a plu.

Je me suis dit: ce n'est pas pour rien que je m'appelle Marchant. Soudainement, mon nom disait quelque chose, racontait quelque chose que je pouvais assumer.

Pinotte et l'Ours

La première fois qu'il va au village, il se dit qu'il pourrait se chercher du travail, que ça mettrait le père de bonne humeur. Il erre un peu, manquant de cette assurance qui lui aurait permis de proposer ses services. C'est finalement chez l'Ours, l'enfermé de Paris-du-Bois, qu'il se rend en premier lieu.

> – LA VOIX D'ALEXANDRE
>
> C'est ce qui m'est d'abord venu à l'idée. Je me suis dit : gros comme il est, c'est clair qu'il doit avoir besoin de se faire aider, ça fait que je vais le voir pour lui demander s'il a du travail à me donner, du ménage, une tablette à poser, n'importe quoi qu'il pourrait me payer, n'importe quoi qui pourrait prouver au père que je suis capable. Moi aussi. Que je suis capable. N'importe quoi qui dirait : le fils aussi, il est capable. T'as vu ? Il est capable.

En frappant, Alexandre réveille l'Ours qui dort. En fait, c'est plutôt le chien de l'Ours, son chiendent d'animal, qui se met à japper à s'en cracher la plèvre, jusqu'à baver de colère, qui réveille l'Ours affalé dans sa tanière.

– ALEXANDRE, *pense*

C'est comme, c'est comme si entrait dans l'appartement et jusque dans sa gueule de Poméranie une famille complète d'outardes enragées. L'œil rouge et le cou jouant à attaquer l'horizon.

Comme ces outardes qui brisent souvent les nuits d'Alexandre.

– LE RÊVE D'ALEXANDRE

hurlements de bêtes à plumes
chiens aviaires enragés
dans l'air humide, mon corps couché
enfoncé par leur piétinement palmé
sous les coups d'éventail secs
les coups et les pincements de bec
mon sang qui vient salir les herbes glacées
mon sang qui vient sans la douleur
quand je me sens seulement vidé
quand je me sens pourrir dans le fossé
un rêve de pourrissement dans le champ
sous le harcèlement indolore mais harassant des
bernaches
leurs jappements agressifs d'oiseaux effarouchés
qui attaquent au lieu de fuir
qui attaquent
les ailes grandes comme ça
qui attaquent au lieu de fuir
mon corps incapable et englué
dans la vieille eau de pluie
le jus de boue et mes propres fluides

un vaisseau de chair

Alexandre se ressaisit, frappe de nouveau, comme s'il
en avait besoin. Le chien se remet à tourner sur lui-
même en hurlant sèchement. On entend l'Ours rugir
du fond du corridor sombre qui fait face à la vitre de
la porte, un « ta gueule » surgissant des abysses de sa
chair. La petite bête affolée cesse sa ronde nerveuse, se
tourne vers l'Ours et s'assoit. S'il n'y avait pas la porte
entre eux, Alexandre pourrait donner un bon coup de
pied à cette créature haïssable qui remue le pompon de
sa queue, docile.

> – ALEXANDRE, *pense*
> J'imagine son corps de chiendent d'animal, son
> corps qui va s'échouer contre la patte de table,
> ses hurlements de douleur, la vitesse à laquelle
> il se redresse pour fuir en boitillant.
> – LA VOIX D'ALEXANDRE
> Saleté de... Saleté de p'tit chien fou.

Mais il y a la porte. Alexandre frappe une troisième
fois, comme s'il avait peur de ne pas avoir été entendu.
Quand il aperçoit Alexandre par la fenêtre, l'Ours a une
drôle de réaction de surprise.

– ALEXANDRE, *pense*

Il se demande ce que je fais là, je le vois dans les yeux minuscules qui sont plantés dans la masse de pâte immense qui lui sert de tête.

– ALEXANDRE, *crie à travers la porte*

Je suis là parce que je cherche des petites jobs, monsieur, je peux faire à peu près n'importe quoi, monsieur, excusez-moi, monsieur, je peux m'en aller.

L'Ours s'arrête, imposant, au milieu du corridor.

– L'OURS

Pis tu m'réveilles pour ça.

Il regarde Alexandre qui ne bronche pas, regarde le chien. Regarde Alexandre. Lui fait signe d'ouvrir et d'entrer.

– L'OURS

T'as juste à aller promener le chien une p'tite heure, ça va y faire du bien.

Sa bouche est d'abord une béance grande comme le monde, puis il s'y trace un sourire en coin, portant cet air un peu baveux qu'ont parfois ceux qui ont souffert mais qui dominent à leur tour. Alexandre pense que l'Ours le fait exprès, qu'il a senti à quel point le garçon déteste son chien.

– L'OURS

Juste à aller promener Pinotte, j'vais te donner cinq piastres.

Alexandre regarde l'Ours, regarde le chien. Regarde l'Ours. Réfléchit.

> – ALEXANDRE, *pense*
> Cinq piastres, c'est juste assez pour faire rire
> de moi par le père.

Celui qui se tenait jusque-là dans l'entrebâillement entre et referme la porte derrière lui. Pinotte se met à déraper sur le linoléum taché en hurlant, puis à déféquer, à semer des boules de crottes sous la table. L'Ours désigne le dégât.

> – L'OURS
> Si tu ramasses ça itou, je te donne cinq piastres
> de plus.

Puis, il montre une esse derrière la porte, montre où est accrochée la lanière de cuir rose qui doit servir à promener Pinotte.

> – L'OURS
> Sa laisse est là.

Lorsque l'homme se retourne vers la chambre d'où il est sorti, Alexandre est fasciné par le mouvement de son corps, par le piétinement nécessaire pour faire faire demi-tour à cet immense cargo charnu dans l'espace réduit du corridor, par la façon dont il doit poser les mains aux murs pour ne pas chavirer.

> – ALEXANDRE, *pense*
> S'il fallait.

Alexandre imagine la scène, le bruit mat de cette chair

répandue, la plainte étouffée de l'Ours et son désœuvrement.

    — ALEXANDRE, *pense, imitant la voix de*
    l'Ours
    Si tu viens me ramasser itou, je te donne cinq
    piastres de plus.

Alexandre sourit, puis il sent monter un sentiment
proche du dégoût.

    — ALEXANDRE, *pense*
    S'il fallait. Mettre les mains sur cette chair...

Il en frissonne. Enfoncer ses mains dans toute cette
viande pour tenter de remettre l'Ours sur pied. Se sentir comme avalé par ses flancs, absorbé par ses aisselles
moites. Avoir peur de se perdre dans son dos s'il lui
retombait dessus.

    — ALEXANDRE, *pense*
    Mourir étouffé entre ses omoplates gargan
    tuesques...

Alexandre est frappé par cette image : l'Ours, c'est
Gargantua. Il l'imagine sortir dans la rue et manger le
village, une maison après l'autre, et l'école comme si
elle était de chocolat.

    — ALEXANDRE, *pense*
    Et puis, il pisserait dans la rivière au point d'en
    faire un fleuve, de noyer les ruines du village,
    avec nous autres dedans.

– LA MÉMOIRE D'ALEXANDRE

Il me semble bien que c'est Rabelais qui écrivait :
« Courez tous après le chien, jamais il ne vous
mordra ; buvez toujours avant la soif, et jamais
elle ne vous adviendra. »

Tous les livres s'emmêlent dans ma tête, les
auteurs fondus l'un dans l'autre. Ils prennent la
même voix, parlent la même langue, suivent les
mêmes détours. Ils sont, sans bibliothèque, ramas-
sés dans les mêmes pages chiffonnées, empilés et
opaques. Mais, parfois, les mots reviennent sans
s'annoncer. Comme un livre ouvert au hasard
dans un fouillis indicible. Comme s'ils chantaient
ensemble. Plusieurs voix. Un seul chant.

les voix des villageois

De retour dans l'appartement de l'Ours. Sa silhouette
traîne un pas hésitant. Alexandre a déjà mis la main
sous la laisse, sent le chien qui s'est assis sur son pied,
il veut sortir de là au plus pressé. Finalement, cinq
piastres, ce sera bien assez, il ne jouera certainement
pas avec la crotte de Pinotte. Il attache la bête au bout
de la laisse. Sur son collier trop ample, une ribambelle
de têtes de squelettes.

      – ALEXANDRE, *vers le chien*
      T'es pas mal effrayante, Pinotte, j'te jure.
Et ils sortent, le chien et lui, laissant derrière eux ce
vaisseau de chair retourner s'échouer dans son lit-
bateau. Et un petit chapelet de crottes rondes sous la
table de la cuisine.

      Pour un premier travail, c'est parfait. Marcher une
heure à Paris-du-Bois, c'est en faire au moins deux fois
le tour complet, en prenant bien son temps. C'est assez
pour faire jaser. Une publicité parfaite.

      – LES VOIX DES VILLAGEOIS
      Tiens, le fils à Broche-à-Foin qui promène
      Pinotte.

Les passants s'informent, certains sortent même de la maison, et il peut dire à tout un chacun qu'il cherche de petits boulots pour se faire de l'argent de poche.

– LES VOIX DES VILLAGEOIS

T'es bin comme ton père. En tout cas, si j'ai de quoi, m'en vais t'appeler, crains pas.

les lectures d'Alexandre

Tison redécouvre ses livres à mesure qu'Alexandre les sort de ses bibliothèques, montrant ceux qu'il a lus, ceux sur lesquels il n'a pas encore mis la main. Le jeune homme ouvre parfois un livre, fait la lecture d'un paragraphe ou d'un passage souligné, prend le temps de feuilleter un ouvrage annoté pour saisir ce qui a pu intéresser Tison lorsqu'il l'a lui-même abordé.

Dans sa bouche viennent au monde quelques mots de Giguère soulignés dans le poème en haie d'épines.

– LES VOIX D'ALEXANDRE
ET DE ROLAND GIGUÈRE

« Un homme déjà atteint par un poème en porterait jusqu'à sa mort les étincelantes et belles cicatrices[5]. »

– LA VOIX D'ALEXANDRE

C'est une vérité en trompe-la-mort : le texte marque. Pour toujours. Cette trace de Roland Giguère, depuis, dans mon corps. Dans chaque livre, un nouveau père qui m'enseigne à être un homme.

Et dure la séance de lecture improvisée. On papillonne entre les rayons, éclipsant la distance qui devrait encore exister entre les deux hommes, évacuant du monde la douleur – d'abord physique – qu'endure le garçon, dissipant aussi la prégnance de la mort du père, comme si chaque phrase lue étouffait le disparu, l'enfonçant dans une tranchée sans écho, comme si, quelque part dans le tombeau blanc d'un alinéa ou dans le vide d'un pied de page, étaient ensevelis son corps crevé comme une outre et son image implosée. Chaque phrase devient une nouvelle façon de faire son deuil.

En ouvrant un à un ses livres, Alexandre remarque que Tison laisse beaucoup de traces dans les textes qu'il lit. Ses doigts s'arrêtent sur un livre apparemment ancien, au papier jauni, dont chaque page a dû être précautionneusement massicotée par son premier propriétaire. Avec un respect presque religieux, le garçon ouvre délicatement l'ouvrage, tournant les pages en les tenant pincées entre le pouce et l'index. Les feuillets épaissis par la poussière et le temps, mais qui n'ont été souillés par aucun lecteur, ne sont marqués d'aucune façon, au point où Alexandre se demande si Tison l'a même lu. En tournant quatre, cinq pages de plus, il trouve toutefois une fiche de carton intercalée, comme un signet improvisé, où quelques notes sont griffonnées.

– LA MÉMOIRE D'ALEXANDRE

Cette marque a le poids d'un livre dans les paumes, et celui de la tragédie de Tison. Je ne me souviens plus qui de lui ou de Lautréamont avait vraiment écrit ces phrases, mais elles me sont restées en mémoire, et j'aime croire que le temps n'en a pas effacé un mot : « Mais je ne me plaindrai pas. J'ai reçu la vie comme une blessure, et j'ai défendu au suicide de guérir la cicatrice[6]*. »*

la mémoire des vers

Dans le capharnaüm de Tison, à mesure qu'il lit, Alexandre prend conscience que chaque rature, chaque trait, chaque encerclement est une trace, une marque profonde. Il est question de se souvenir, mais aussi de laisser une mémoire pour quiconque entrera dans les mêmes ouvrages et suivra les mêmes chemins.

> – ALEXANDRE, *pense*
> C'est comme pour les lombrics.

Le père lui avait dit un jour que les vers de terre arrivent à se transmettre une certaine mémoire, d'une génération à l'autre, comme si elle était inscrite dans leurs gènes, dans le même paragraphe que l'instinct, et que, pour survivre, les petits vers devaient savoir déchiffrer ces précieux codes dont ils détenaient eux-mêmes les clés.

> – ALEXANDRE, *pense*
> Peut-être que ce n'est pas vrai. Je me serais pas permis de demander au père dans quel livre il avait trouvé cette information. Il m'aurait dit que je n'avais rien compris. Mais n'aurait rien expliqué de plus. C'était probablement

ça. Seulement une histoire pour me faire comprendre autre chose.

– LA MÉMOIRE D'ALEXANDRE

Je me souviens qu'il y avait ce livre de Camus, mais je n'avais prêté attention qu'au nom de l'auteur, pas au titre. Ce que la mémoire me laisse comme image : le livre ouvert, et, dans la page de droite, soulignée au plomb d'un trait hésitant, une phrase qui dit à peu près que la joie est une brûlure qu'on ne peut pas savourer[7]. Évidemment, je saisissais quel écho pouvait avoir une telle image dans l'esprit de Tison.

un vent dans le sapinage

Partout brillent des brûlures et des cicatrices, chaque
soulignement traverse le texte, rappelant des balafres
prêtes à se rouvrir. Alexandre se sent soudainement
triste. Il ne s'agit pas d'un élan empathique. Le garçon
prend conscience que son père ne lui a laissé aucun
témoignage comme celui-là. Il ne pourra jamais revivre
avec lui ces moments de compréhension soudaine, de
lucidité éclairante, qui surviennent lors de la lecture
des traces d'un autre. Il ne pourra jamais comprendre
l'évolution du père dans le monde des idées. Il ne saura
jamais de lui que ce que les gens du village en auront
dit. Que le vent qu'il a été dans le sapinage.

– LA MÉMOIRE D'ALEXANDRE

L'héritage le plus fort du père : son silence. C'est lui qui m'accompagne chaque jour de ma vie, sur lui que je marche, en lui que je lis. C'est une marque profonde : entre guillemets, des points de suspension.

la voix haute

La voix d'Alexandre fait son effet. Tison, resté en retrait, l'écoute avec attention, laissant son café refroidir entre ses mains. Puis, le silence revient, et le garçon pose son livre sur un rayon.

> — TISON
>
> Tu sais lire. À haute voix, je veux dire.

Alexandre acquiesce sans rougir, comme s'il était habitué à recevoir le compliment. Puis, il explique.

> — ALEXANDRE
>
> J'ai fait toutes sortes d'ouvrages au village, toutes sortes de jobines, mais la plus régulière, c'était de lire. Chez madame Desjardins, entre autres. Mon ancienne enseignante de sixième année. Elle a même enseigné à ma mère, t'imagines ?

Madame Desjardins, une femme de routine. Elle aime que les choses se placent par elles-mêmes, que le quotidien se fasse écho de jour en jour. Pendant toutes ces années où elle enseignait à la petite école Charles-de-Gaulle, elle a lu les mêmes histoires aux enfants, puis aux enfants des enfants auxquels elle avait déjà enseigné.

C'est ainsi que ça se passe, dans un petit village comme Paris-du-Bois.

Quand Alexandre lui rend visite pour une corvée ou une autre – toujours à la même heure, les samedis, surtout pour s'occuper de ses plates-bandes, fleuries toujours par les mêmes fleurs aux mêmes endroits, la longue bande de capucines, les délicats cosmos au feuillage évanescent juste sous la fenêtre du salon, et les lourdes pivoines qui s'écrasent sous le soleil brûlant, et le pavot éclatant comme une ceinture d'explosifs, et les pensées ici et là, seul élément d'anarchie dans ce décor mûrement réfléchi –, elle en profite pour lui faire réciter quelques poèmes,

– LES VOIX D'ALEXANDRE

ET DE NELLIGAN

Ce fut un grand vaisseau taillé dans l'or massif[8]

ou pour lui rappeler quelques règles de grammaire,

– LES VOIX D'ALEXANDRE

ET DE MADAME DESJARDINS

S'accorde en genre et en nombre avec le complément d'objet direct s'il est placé devant.

et encore faire une révision de géométrie, ou lui demander d'épeler un mot ou un autre, lui promettant une pause ou un verre de limonade s'il réussit le défi qu'elle lui lance.

– ALEXANDRE, *pense*

Ça me dérange pas trop, je suis payé pour tout ça, dans le fond, pas juste pour les fleurs.

Il y a les plates-bandes à désherber, la clôture à peinturer,
la pelouse à tondre, mais aussi les matières à réviser.

    – ALEXANDRE, *pense*

    Ça fait partie des conditions de travail chez
madame Desjardins.

– LA MÉMOIRE D'ALEXANDRE

Il me revient ce souvenir enfoui. Le père qui rentre du village, sale et puant le purin. Le dégoût que je ressens en le voyant, et la blessure que je lui inflige en le regardant de ces yeux de honte enfantine. Résigné, il me dit seulement d'une voix éteinte que, « quand on te paie pour une job, tu fais ce qu'on te demande ». Il est sale, mais il est toujours debout.

n'oublie pas le silence

C'est madame Desjardins qui, la première fois, demande à Alexandre de lire à haute voix un roman écrit en caractères trop petits pour ses yeux vieillissants. Pour celle qui fut maîtresse et vieille fille et qui n'avait jamais eu de vie que dans les livres, c'était une tragédie. Comme si elle était exclue de son propre monde.

> – LA VOIX D'ALEXANDRE
> J'imagine que c'est toujours dans ce no man's land qu'on se rend, en vieillissant. Moi, j'y suis depuis toujours.

Ce jour-là, lovée dans le hamac arc-en-ciel étiré par Alexandre entre les deux érables du fond de la cour, elle se trouve constamment aveuglée par le soleil qui crève la bulle de feuillage au-dessus d'elle et vient frotter sa lumière sur le blanc des pages de son livre. Elle a bien essayé de se relever et de s'étendre à nouveau, la tête au pied, rien n'y fait. Alors elle attend, les yeux fermés, qu'Alexandre revienne, pour lui demander, on s'en doute, de lire pour son bon plaisir. Il réapparaît bientôt, poussant la brouette pleine d'herbes et de retailles d'arbustes à composter.

– MADAME DESJARDINS, *souriante*
Tu fais ton chemin de compostage?

Le garçon ne comprend pas l'allusion, d'autant plus que la femme n'est pas particulièrement reconnue pour son humour.

– MADAME DESJARDINS, *souriante*
Viens, mon Alex, tu vas me lire quelque chose.

Surpris du ton familier de la femme, frappé surtout d'entendre quelqu'un d'autre que sa mère l'appeler « mon Alex », il laisse de côté la brouette, essuie son front d'un geste ample de l'avant-bras, regarde ses mains, ça va, elles ne sont pas trop sales, les frotte quand même dans les plis de son t-shirt et prend le livre en main. Pendant ce temps, madame Desjardins, qui n'a pas bougé du hamac, referme les yeux.

La lecture d'Alexandre est d'abord hésitante,

– MADAME DESJARDINS
Prends le temps qu'il faut, mon garçon.

saccadée par son souffle court,

– MADAME DESJARDINS
Respire, ce n'est pas un examen.

et un peu maladroite. En bonne enseignante, elle lui dispense ses conseils,

– MADAME DESJARDINS
Il faut que tu lises les silences, Alexandre.

les lui répète quelques fois,

– MADAME DESJARDINS
N'oublie pas le silence, Alexandre, il fait partie de l'histoire, lui aussi.

mais elle intervient de moins en moins souvent. Dans les faits, le garçon n'est pas long à lire de ses propres ailes, s'abandonne, se laisse porter. Madame Desjardins sourit comme rarement auparavant. Le garçon a une voix magnifique, il est bon lecteur. Elle aussi se laisse porter.

– LA MÉMOIRE D'ALEXANDRE

Je ne me souviens plus des mots exacts que le père avait employés, mais il m'avait expliqué un jour que la différence entre un acte isolé et une tradition, c'est que le premier répond à la nécessité, tandis que la seconde est le résultat d'une satisfaction qui se renouvelle. Ce ne sont pas ses propres mots, ce sont les miens, mais c'est ce qu'il voulait me faire comprendre, je crois. Souvent j'ai pensé qu'il est surprenant qu'un homme lisant si peu ait su réfléchir le monde de cette façon.

la cour attendra

D'une semaine à l'autre, madame Desjardins repose son corps et ses yeux tragiquement vieillissants dans son hamac irisé, imprimé de fleurs impossibles, à la fraîche sous le feuillage de ses deux immenses érables, ou sur le long divan de cuir de son salon si la pluie menace d'attenter à son bonheur. Et elle écoute le garçon qui lit tantôt Kerouac, tantôt Aquin, osant enfin attaquer ces ouvrages qu'elle s'était toute sa vie promis d'emprunter à la bibliothèque sans jamais s'exécuter, rougissant tout de même un peu en entendant l'adolescent relater les désirs effrénés de Dean pour les jeunes filles sur la route de l'Ouest.

> – ALEXANDRE, *pense*
> Je lis bien, il paraît. Même des livres qui se laissent pas toujours facilement aborder. Et ça vaut cher, qu'elle me dit, une belle lecture comme celle que je fais. Alors elle me redemande de lire, de plus en plus, et de moins en moins de travailler dans la cour.

Elle dit :

– MADAME DESJARDINS

La cour attendra, viens me lire quelques pages...

Des livres qu'on la soupçonnera de choisir autant pour son éducation à lui que pour elle, au bout du compte. Des livres qu'elle aurait voulu lire plus tôt, et qu'elle sait porteurs de ces idées que le monde ne laisse pas découvrir à n'importe qui.

Devant la réaction de la retraitée, le garçon prend confiance, s'implique de plus en plus dans ses lectures, nuance ses intonations, joue avec le rythme des mots. Il n'en faut pas plus pour qu'Alexandre propose le même service à d'autres clients devenus réguliers.

le nom de l'Ours

    – L'OURS, *surpris par la question que vient de
lui poser Alexandre*
    Mon vrai nom ? T'as le droit de m'appeler
comme tous les autres, t'sais.
L'Ours, à vrai dire, ça lui allait très bien. C'était respec-
table, c'était imagé, c'était impressionnant.
    – L'OURS, *pense*
    Bin mieux que mon *vrai nom*.
Pour l'Ours, personne n'aurait pu se tromper plus
que sa mère lorsqu'elle avait rempli sa déclaration de
naissance. Petite chose fragile, à cette époque il tenait
encore dans une main, évidemment. Ses membres
frêles n'étaient pas même boudinés. Quelques cheveux
fins et blonds coiffaient cette tête attendrissante, accen-
tuant le rose de son teint. Sa mère s'était penchée sur
lui avec tout l'amour du monde – ça faisait beaucoup
d'amour – et avait caressé son crâne délicat.
    – LA MÈRE DE L'OURS
    Vois-tu comme le monde est beau, mon gar-
çon ? Toi aussi, tu seras beau. Tu seras beau.
Et elle l'avait appelé Roselin. Comme l'oiseau.

Qu'avait-il pu se passer depuis ce jour où son corps avait réussi à faire croire à sa mère qu'il pourrait mériter un nom d'oiseau ? Qu'était-il survenu pour que, de cette enfance délicate, il devienne une telle orgie de chair ? Parfois, jetant un œil au bois derrière le village, il s'imaginait y marcher, laissant des traces profondes dans les sillons du champ jusque-là, puis être accueilli par une meute de loups qui l'attendrait là depuis, oh, une quinzaine d'années, certain. Il se voyait ceinturé de plus en plus près par leurs gueules mugissantes, effleuré par leurs crocs laiteux. Il imaginait le frémissement de leurs babines sanguines retroussées. Alors, la chute lente de son corps. Il s'étendait pour le sacrifice, prêt à laisser les bêtes dévorer tout ce qu'il avait de chairs, se gaver de sa masse, dans les éclaboussures de graisses jaunâtres. Il espérait ce ventre mutilé, ces jambons déchirés, sa carcasse dansant entre les coups de gueule et les batailles hiérarchiques.

Il lui semblait bien que c'était la seule fin possible. Son corps dévoré. Qu'il ne subsiste plus de lui qu'un maigre squelette méconnaissable, délesté du poids de l'Ours, ivoire et rosi par les traces de sang frais, beau dans le feuillage touffu faisant un pied vert à l'orée du bois.

Alors il pourrait porter son nom, enfin, et pour de bon. Roselin, frêle et pourpré au clair de lune.

les écouteurs

Alexandre en fait du chemin, à pied ou à vélo, pour lire des histoires aux Pariboisiens. Toutes sortes d'histoires, à toutes sortes de monde. Des nouvelles, parce que c'est court, des tranches plus ou moins épaisses de romans triés sur le volet, aussi un peu de poésie, quand ça adonne, les amateurs sont tellement rares, même les journaux du matin, s'il le faut. Quand ça arrive, il lit d'abord les titres des articles, un à un, posément, et, lorsque l'un d'eux intéresse celui qui l'écoute, il lit l'article, ou la rubrique. Souvent, c'est la chronique du gars de *La Presse*, Foglia. Ou bien les lettres d'opinion dans *Le Devoir*, quand on n'y transforme pas de pauvres gratte-papiers en fossoyeurs de poésie.

Parmi ses clients, le plus régulier est bien sûr l'Ours, devenu moins bourru depuis qu'il a la visite du fils à Broche-à-Foin. Répandu sur son lit, il n'est pas rare qu'il s'endorme pendant la lecture d'Alexandre. Ce n'est toutefois pas arrivé depuis qu'ils se sont attaqués à *Dune*, que l'Ours a pourtant déjà lu plusieurs fois.

– LA VOIX DE L'OURS
Y a des livres comme ça qui te collent au cœur très longtemps.

Lorsqu'ils se penchent sur le roman de Herbert, c'est généralement pour une lecture plutôt anarchique. Alexandre et Pinotte s'entendent mieux, tous les deux, maintenant. Le chien ne hurle plus quand arrive le garçon, l'accueillant plutôt avec l'enthousiasme que commande leur routinière promenade au village. Pendant leur courte marche, l'Ours choisit le passage qu'il souhaite se faire lire, souvent à la gloire des Harkonnen. Il faut voir l'Ours jouer le baron Vladimir, prenant de l'ampleur, se gonflant d'une confiance donnant l'impression qu'il est sur le point de s'élever dans l'espace pourtant contraint de sa chambre. Il récite même par cœur certaines répliques des dialogues qui ponctuent les lectures d'Alexandre. Alors, il étincelle, il brille comme une immense madone sanctifiée dans la niche de son lit, à demi nu, mêlant les plis de sa peau à ceux de ses draps blancs, enfoncé dans un monticule d'oreillers tout aussi immaculés.

C'est sa mère, la femme du premier magistrat de Paris-du-Bois, qui s'occupe du lavage de l'obèse, toutes les semaines. Il lui est arrivé de croiser Alexandre à l'appartement, mais jamais elle ne lui a adressé la parole, se contentant de lui sourire d'un air affable, comme si une règle tacite l'avait empêchée d'ouvrir même la bouche dans le clapier de son fils.

Cette chambre encombrée est sans doute l'endroit le moins invitant dans lequel le garçon a pu pénétrer de toute sa vie. Elle dégage constamment une odeur d'humidité, sent l'homme qui a eu chaud même quand il y fait froid, quand l'hiver plaque de givre les fenêtres mal isolées. Le lieu manque aussi terriblement de lumière, parce que l'Ours tient constamment le store fermé, même si sa chambre, située à l'arrière du bâtiment, donne sur les champs et le bois d'en arrière.

— ALEXANDRE, *pense*
Comme si ça le dérangeait même d'être vu par les nuages et les oiseaux.

« Ou par les loups », aurait sans doute précisé le principal intéressé.

La pièce devient tout autre lors des lectures d'Alexandre. Au cours de ses plus mémorables prestations, les deux se mettent littéralement à jouer le livre dans des séances qui se terminent par des hurlements guerriers.

— LA VOIX D'ALEXANDRE
Dans ce temps-là, Pinotte aussi se met à hurler.
C'est drôle : un chien de guerre interstellaire.

Ou alors les deux se répandent en cascade de rires opulents et impossibles à retenir alors qu'on se boyaute jusqu'à l'épuisement. Il arrive même que l'Ours-Gargantua, entraîné, soulève sa masse immense avec une aisance insoupçonnée et, debout sur son matelas qui se creuse sous ses pieds, se mette à déclamer deux fois, trois fois la même réplique, la rendant à chaque reprise plus vraie, plus percutante.

– LA MÉMOIRE D'ALEXANDRE

Cette phrase que nous avons rendue véridique à force de la répéter. La litanie de la peur, qui m'a toujours suivi, jusque dans le bois. La voix de l'Ours, jusqu'au fond des bois, où rôdent les loups de la libération.

de bouche à oreilles

Et alors l'Ours reprend la même phrase, de plus en plus fort, de plus en plus glorieux, comme un prédicateur en chaire, immense devant son assemblée muette.

Dans ce temps-là, ça ne veut plus finir. Dans ce temps-là, même Alexandre ne veut plus que ça se termine. Il n'y a jamais réfléchi de cette façon, mais, si on le lui demandait, il arriverait à trouver que l'Ours est beau quand il resplendit de la sorte. L'adolescent n'a plus peur de toute cette chair, même quand elle absorbe l'espace de la chambre, bruyante, enthousiaste, et qu'elle ne veut plus se taire.

Mais le calme revient toujours. Avec l'essoufflement des grandes envolées.

— LA VOIX D'ALEXANDRE
Je savais que c'était fini quand l'Ours s'effondrait sur son lit et cherchait sous un oreiller le petit porte-monnaie de cuir d'où il sortait un dix piastres pour me payer. Des fois il me donnait du *tip*, quand il avait vraiment aimé ça, ce que j'avais lu, ce qu'on avait vécu ensemble. Pis, si on avait eu bin du fun, il me donnait

même un vingt. C'est arrivé. Moins j'avais
l'impression de travailler, mieux j'étais payé.

L'Ours n'est pas le seul sur la liste des clients réguliers
des lectures d'Alexandre. Il y a aussi Chantale, celle
qui garde des enfants, pas loin du bureau de poste.
En fait, officiellement, s'il va faire ses lectures, c'est
plus pour les enfants que pour elle, qui profite de la
présence du garçon pour accomplir ses tâches ménagères sans avoir les jeunes dans les jambes – tout ce
lavage à faire, et le ménage auquel on ne peut échap-
per, misère, et cette vaisselle qu'on ne finit plus de
salir avec toute la marmaille ramassée là. Et il y a les
fenêtres qu'il faut bien nettoyer. Ou cette tache sur le
tapis du salon.

— LA VOIX D'ALEXANDRE

Elle avait l'air de rien, mais elle écoutait aussi,
Chantale. Surtout, je veux dire, quand il se passait *quelque chose*.

Avec l'expérience de toutes ces déclamations, et avec les
conseils de sa première écouteuse, madame Desjardins,
Alexandre a appris à saisir ces instants particuliers.

— LA VOIX D'ALEXANDRE

Quand tu lis, comme ça, tu fais ton possible,
pis, si tu prends ton temps, si tu fais entendre
les bons silences aux bons moments, quelque
chose peut se produire. Je pense que c'est un
peu comme le « it » des musiciens de jazz dont
Kerouac parle dans *Sur la route*.

Alors, Chantale s'arrête au milieu de sa tâche, laisse le fer, ou le chiffon. Elle est curieuse, elle aussi, de ce qui va se passer, comme hypnotisée.

– LA VOIX DE CHANTALE

Je tendais l'oreille. C'était si beau, parfois, quand il lisait, quand les enfants écoutaient. J'écoutais, et j'attendais, tu pouvais pas faire autrement. J'attendais la suite, simplement. Pareil comme les enfants autour qui grouillaient p'us. Chuchotaient p'us. Respiraient p'us, on aurait dit. C'était toujours fascinant.

Ça se passe de bouche à oreilles, cette histoire. Les gens se parlent, parlent d'Alexandre, parlent des livres. Il y a les résidents de la maison de l'Amitié.

– LA VOIX D'ALEXANDRE

C'est une retraite à vieux aménagée dans l'ancien presbytère. C'est Chantale qui m'en a parlé la première. Elle m'a dit que je pourrais aller lire des histoires à sa mère. Que c'était certain qu'elle aimerait ça, sa mère. Parce qu'elle lui en lisait souvent. Avant.

On imagine une chaise berçante et craquante. Petite, Chantale, sur les cuisses maigrelettes de cette femme qui fut si belle, qui l'est toujours, mais autrement. L'oreille de l'enfant sur le sein de sa mère. Un livre rare ouvert devant elles, avec ces images fignolées, tout absorbées de couleurs pastel en aquarelle. Les fables de La Fontaine. Un livre comme celui-là.

Depuis ce temps-là, Alexandre va lire aussi pour d'autres personnes âgées à la maison de l'Amitié.

– LA VOIX D'ALEXANDRE
Parce qu'elles trouvaient ça fatigant, de lire encore. Il n'y avait plus seulement la mère de Chantale, mais c'était surtout des femmes qui le demandaient. Quelques hommes, à l'occasion, dont Émile Mercier et Yvan Langlois, le grand-père de l'Ours. Sauf que je leur demandais rien. Je pouvais pas faire ça. Ils étaient pauvres, ces vieux-là. Et ça leur faisait tellement de bien.

La femme du maire est là, parfois, effectuant sa tournée, venant voir son beau-père. Alors elle met quelques dollars dans la paume d'Alexandre. Sans un mot encore. Avec seulement un sourire. Cette femme pourrait être muette, tellement elle sait se taire.

– LA VOIX D'ALEXANDRE
Et puis, y avait pas juste la fatigue des yeux, mais de ça, j'en parlais pas.

Alexandre lit aussi parce que quelques-uns des résidents ne savent tout simplement pas le faire, en tout cas pas les romans ni la poésie.

– LA VOIX D'ALEXANDRE
Ils déchiffraient quelques mots, ici et là, assez pour que ça passe inaperçu, mais pas tout un livre. Toute une histoire ? Oh non.

C'est un secret qu'Alexandre sait garder. Un contrat de silence scellé entre eux.

Je disais : « Alors, où vous êtes rendu dans votre livre, monsieur Mercier ? » Je savais bien qu'il n'avait rien lu. Je faisais comme si. Et je lui lançais un clin d'œil.

Monsieur Mercier recule son bassin, pose les pieds bien à plat sur le plancher et accote sa tête contre le coussin du sofa.

Pas besoin d'en dire plus, je savais qu'il était prêt, donc je commençais à lire. Et je profitais de cet instant. Presque autant que lui. De cette écoute incomparable de celui qui n'a jamais lu, à qui on n'a jamais raconté les histoires des livres. À quinze ans déjà, quoi qu'en eût dit le père, j'aimais ce que faisaient les livres aux gens.

ce qu'en dit le père

Un soir, le père décide que l'enfance d'Alexandre est finie. Tout ce temps qu'il perd à lire l'exaspère. À peine rentré de l'hôtel, toujours éméché, il se rend dans la chambre d'Alexandre, le réveille rudement.

    – LE PÈRE

    Réveille. Hé, c't assez, réveille, ostie.

    – LA VOIX D'ALEXANDRE

    Le père, c'est un fantôme qui soupire, des mots
    qui tonnent et sonnent creux :

    – LES VOIX D'ALEXANDRE ET DU PÈRE

    Il y a toujours bin des maudites limites.

      LA VOIX D'ALEXANDRE

    Personne n'avait une voix comme la sienne.

Nuit d'octobre, milieu-fin, d'octobre et de nuit. Comme si le pire devait toujours se passer en cette saison. Le père apparaît dans la pièce, réveille son fils en le brassant. Pour l'endormi, l'intrus devient une tache noire au centre d'un tableau de lumière, son corps baignant à contre-jour dans l'éclat jaune de l'applique du corridor. Alexandre reconnaît bien sa silhouette.

– ALEXANDRE, *pense*

C'est la seule silhouette qui puisse être aussi opaque.

Il reconnaît la puanteur de bière et de fumée de tabac, les épis de fin de soirée se dressant sur la tête dégarnie. La voix enrouée, aussi, il la reconnaît. Quand il l'entend tonner.

– LE PÈRE

Demain, tu te lèves. De bonne heure, tu te lèves pis tu mets tes bottes pis tu vas travailler, tu vas au garage pis tu vas travailler : c'est la saison des pneus, Thiboutot m'a dit qu'il va avoir besoin de toi, pis tu vas aller l'aider, ça fait que, demain, tu te lèves, tu mets tes bottes, pis tu vas travailler pour de vrai, c'te fois-là. Mets ton cadran.

Alexandre a encore les yeux dans le sommeil.

– LE PÈRE

Tu-suite, qu'est-ce que t'attends ? Ton cadran.

Et le père se redresse pour sortir de la chambre. Sauf que son pied bute contre une pile de livres posés là.

– LE PÈRE

Ces maudits livres là, tu perds ton temps avec ça.

Il allume la lumière, aveuglant le garçon. Il ouvre la fenêtre. Cette fois, la vérité est un air de nuit d'automne. Puis, il empoigne la pile de livres et les jette dans le

carré de néant où ne brille même pas une étoile. Ça fait
un bruit de battement d'ailes arythmique.

– LA VOIX D'ALEXANDRE
Pour pas pleurer, j'imagine une centaine d'oiseaux blancs s'envoler.

– LA MÉMOIRE D'ALEXANDRE

Chaque fois que j'ouvre un livre, j'entends la voix du père qui m'avertit : « La vie, c'est pas là-dedans, pas dans les livres. »

Longtemps, il a eu seulement tort. Mais aujourd'hui, parfois, je crois qu'il avait aux lèvres un semblant de vérité. Quelque chose qu'il avait saisi, je ne sais pas comment, de l'incapacité du langage à dire ce qui est essentiel.

Le père lui-même était un de ces livres qui ne savaient pas me dire le plus important.

respirer

Le temps s'est arrêté autour d'une volée de livres passée par la fenêtre ouverte. Devant le vide, Alexandre craint de ne plus jamais savoir respirer.

> – LE PÈRE
>
> Faut que tu te déniaises, mon gars. Que tu vives pour de vrai. Que tu prennes le monde pour ce qu'il est. Si tu t'enfermes dans tes livres, tu connaîtras jamais rien de vrai.

Et le père repart sans refermer la porte. Cette nuit-là, Alexandre pleure. Même en dormant. Ça fait que c'est comme ça qu'Alexandre a travaillé au garage. Ce garage où il a vu Tison pour la première fois. C'était son premier emploi payé pour de vrai, avec un vrai chèque de paie, un talon de paie, et, plus tard, une déclaration de revenus.

> – LA VOIX D'ALEXANDRE
>
> Une fois en poche ma première paie, je me suis acheté un livre. Je saurais pas expliquer comment c'est possible, mais c'est le père qui m'a amené au centre-ville de Montmagny, à la librairie. Sans que je lui aie demandé quoi que ce soit. Et il m'a rien dit sur le chemin.

– LA MÉMOIRE D'ALEXANDRE

C'est ça, le mystère du père. Un homme capable d'ouvrir toutes les portes d'une seule main. Capable de comprendre même sans qu'on parle. Peut-être y a-t-il un peu de cette compréhension dans ses silences. Un jour, il m'a dit : « Tu vas voir, y a bin des affaires qu'on dit jamais. »

Ces « affaires qu'on dit jamais », ça, il y en a eu. Des affaires jamais dites. Et jamais entendues.

Tison au garage

En fait, ce jour-là, au garage, Alexandre n'a pas de contact direct avec Tison, ne fait pas vraiment sa rencontre à proprement parler.

> – LA VOIX D'ALEXANDRE
> Pour tout dire, je l'avais pas tout à fait vu en face. C'est impressionnant.

Il a seulement la tâche de changer les pneus d'une vieille camionnette pendant que son propriétaire patiente dans la salle d'attente, debout derrière cette chaise berçante à l'armature chromée, capitonnée de cuirette crème, que les plus âgés affectionnent particulièrement lorsqu'ils doivent passer par là. S'y berçaient déjà les clients en 1971, lorsque Thiboutot père a ouvert la place.

> – THIBOUTOT FILS, *à un client qui voulait lui acheter le fauteuil*
> Ça doit bin dater des années soixante. On a juste changé la rembourrure. Ça va rester là aussi longtemps que j'aurai le garage – et que ça tiendra la route. On change pas les meilleures recettes, pis tous les clients l'aiment, c'te chaise-là.

Alexandre n'a jamais de véritable raison de s'occuper de ce qui se passe dans la salle d'attente, mais il lui arrive d'écouter, entre les pétarades de la boulonneuse pneumatique, les histoires qu'on s'y raconte, les ragots qu'on échange, les rires qu'on partage. Il apprend à connaître autrement les gens du village, même les plus discrets d'entre eux. Se sert même parfois de ce qu'il y apprend pour aller vendre ensuite ses services.

Mais, ce jour-là, quelque chose est différent.

– ALEXANDRE, *pense*

C'est silencieux. Plus que de coutume. Ça dit pas un mot. On se croirait en saison morte. Pourtant, dans la salle d'attente, y a toujours du monde pour jaser, d'habitude. Surtout l'après-midi, avec les marcheurs de village qui se ramassent là, qui lisent le journal, qui font grand cas des nouvelles, qui rapportent des histoires, de celles qu'on étire longtemps. Ça brasse, ça rit, ça éclate et ça hurle, parfois, quand c'est vraiment drôle, ou quand c'est choquant, ou quand on parle de politique. Mais pas cet après-midi. On croirait au silence de néon d'une clinique. Ou à celui feutré d'un salon mortuaire.

C'est au temps de la haute saison, celle des pneus, au mois d'octobre. Thiboutot fils, qui a repris l'affaire de Thiboutot père douze ans plus tôt, rentre dans la salle de mécanique, lance un trousseau de clés vers

Alexandre qui a juste le temps de le rattraper avant qu'il ne glisse sous le grand établi.

— THIBOUTOT FILS

Le prochain, c'est le *pick-up* rouge, tu t'en occupes, qu'il dit, quasiment solennel. Aussitôt que t'as fini madame Desjardins.

Au garage Thiboutot du bout du village, les voitures portent souvent le nom de leur propriétaire.

Alexandre continue de boulonner les jantes de la vieille Protegé déjà jouquée sur le treuil hydraulique. Il finit de fixer la dernière roue du carrosse de madame Desjardins, qu'il a lavé et lustré à plusieurs reprises au cours de l'été, ouvre la porte cochère en tirant sur la longue chaîne qui se déroule presque toute seule, et il sort le véhicule pour le rendre à sa propriétaire. Celle-ci se tient debout, plantée dehors, devant la porte vitrée de l'entrée de la clientèle. Elle ne pouvait pas rester à l'intérieur.

C'est Tison qui l'avait retournée de la sorte. Devant lui, elle n'arrivait pas à sourire sans être envahie par la pitié.

— MADAME DESJARDINS, *pense*

Ça doit me paraître dans les yeux. Pauvre homme. Ça non plus, ce n'est pas ce qu'il mérite, il me semble. De la pitié, c'est bon pour personne.

Elle ne sourit pas non plus en voyant Alexandre au volant de sa voiture.

— MADAME DESJARDINS, *pense*

Si c'est pas désolant de voir un adolescent
avec autant de talent travailler dans la mouise
d'un garage.

Ce qu'elle craint : qu'il prenne goût à l'argent apparemment facile. Qu'il abandonne l'école. Qu'il gâche
ce talent qu'elle a découvert avec lui, et toutes ces
aptitudes intellectuelles que tant d'autres pourraient
lui envier. Si elle avait été servie par quelqu'un d'autre,
elle lui aurait donné un pourboire. Pas à Alexandre.

— MADAME DESJARDINS, *pense*

Il ne faut pas l'encourager. Pas dans ce sens.

Tandis que madame Desjardins se glisse sur le siège du
conducteur pour que la déception ne puisse pas être lue
sur son visage, se sachant souvent trop transparente, le
garçon monte à bord de la vieille camionnette rouge,
une Ford déglinguée qui, si elle tient encore la route,
n'a certainement plus le lustre de ses premières années.
Malgré une fine pellicule de poussière de soleil sur le
plastique du tableau de bord, l'habitacle est impeccable. Même le cendrier est vide. S'il n'avait pas les
ailes couvertes de la saleté qu'il a levée du chemin et
sur laquelle ont perlé des gouttes de pluie, on pourrait
croire que le camion n'est jamais utilisé. Il ne l'est probablement pas souvent.

Sans se presser, Alexandre engage le véhicule
dans l'allée du garage pour en descendre les pneus de
rechange, puis le hisse à son tour à hauteur de poitrail

avec le treuil hydraulique. Il pense à l'hiver qui s'en vient, au temps qu'il aura pour lire de nouveau. Il pense à sa mère, espère que son traitement sera efficace. Qu'elle ne sera plus malade. Qu'elle ne sera plus fatiguée. Il pense au père aussi, qu'il n'a jamais vu aussi défait, mais il le chasse vitement de sa tête. Ce n'est qu'une fois le camion bien en place, lorsque le moteur du monte-charge cesse de mener son train habituel, qu'Alexandre reprend conscience de ce silence resté suspendu dans la salle d'attente, dérangeant. Il s'étire le cou, et il comprend.

Dans un garage de village, on vit les changements de saison avec intensité. Alors qu'en saison creuse on est souvent trop d'un seul homme pour répondre à la demande, le moment du changement de pneus, surtout lors de la première neige de l'automne, apporte un achalandage important pendant quelques semaines, situation dont le garagiste peut à peine profiter, obligé de se payer les services d'employés temporaires pour suffire à la demande. C'est ce qui explique la présence d'Alexandre au garage ces jours-là. Comme c'est la saison des pneus, ils sont plusieurs à avoir pris rendez-vous et à patienter dans la salle adjacente à peine assez grande pour contenir tout le monde.

Tassés là : la mère de Jérôme avec son Pontiac 6000 fatigué, bleu deux tons, qu'elle a dû longtemps démarrer avec un tournevis planté dans le carburateur. Elle ne comprend pas le principe, mais ils lui avaient dit de le faire, et ça fonctionnait.

Près du comptoir, à la place habituelle, il y a Bernard Galarneau, facteur à la retraite, qui ne participe pas souvent aux conversations. En fait, il ne lui sort jamais grand-chose de la bouche. C'est pourtant un homme particulièrement brillant, le vieux Bernard. Un qui a tout vu. Il fallait lui avoir parlé pour savoir tous ses voyages. Alexandre était allé le voir à quelques reprises pour lui faire des lectures à la maison de retraite. Puis, il y était allé pour écouter ses histoires. L'homme avait écouté les plus grands opéras, vu les œuvres les plus connues, mangé dans les meilleurs restaurants de l'époque. Et, malgré tout, il était revenu à Paris-du-Bois, le vieux facteur voyageur.

En face de Bernard, il y a Normand, le gars de la tourbière, un type râblé qui n'a qu'à respirer pour s'imposer dans une pièce.

– ALEXANDRE, *pense*

Lui, c'est un ami du père. Si on veut.

Le type a toute une flotte de véhicules desquels il faut s'occuper. Pas les aspirateurs à tourbe, pour ça il doit faire affaire avec un gars de la ville qui se déplace, mais des camionnettes, des voitures, des véhicules tout-terrain et deux camions-remorques. Même s'il n'emploie pas beaucoup, Normand est le plus grand employeur de la municipalité depuis la fermeture du moulin.

– ALEXANDRE, *pense*

Ça lui donne, disons, une certaine importance

au village. Ça, pis les bonnes relations qu'il
entretient avec le maire.

À côté, il y a Hervé, l'habitué, dont le tacot en est à peu
près à sa septième vie. C'est une vieille Aspen 1977
repeinte au pinceau qu'il a rachetée à son frère, lui-
même garagiste dans le bout de Montmagny.

– THIBOUTOT FILS, *pense*

C'est un vrai miracle que ça roule encore, ha!

Dans la berçante capitonnée, un peu en retrait, il y a
Ginette. Tout le monde sait qu'elle s'intéresse pas mal
à Thiboutot fils, mais lui n'a eu personne dans sa vie
depuis que sa femme est partie. C'était juste après que
la rivière a repris leurs deux fils.

le verdict de la Brûlée

Le téléphone sonne, troisième coup, la mère soupire. Elle laisse retomber une casserole dans l'évier, éclaboussant de mousse le comptoir et la fenêtre en face d'elle. De l'avant-bras, elle éponge son front en prenant garde de ne pas tout mouiller autour, se disant qu'elle a déjà fait assez de dégâts comme ça, et elle retire les gants de caoutchouc jaunes avec lesquels elle protège ses mains de l'eau chaude et du savon.

> – LA MÈRE, *pense*
> Mes gants de princesse, comme dit André. S'il faisait la vaisselle un peu plus souvent, il les mettrait peut-être. Ou, alors, je n'aurais pas besoin de les mettre.

Le téléphone sonne toujours.

> – LA MÈRE
> Dédé ?

Il ne répond pas. Ni à son apostrophe ni au téléphone. Elle jette ses gants sur l'égouttoir, là où repose la vaisselle propre, et se précipite vers le salon.

Son homme est bel et bien là. La tête renversée vers l'arrière, il dort devant la télé allumée. La semaine a été longue, au moulin. Et puis, André voudrait bien être aussi endurant que les autres, mais il n'est pas bâti sur la même charpente que les hommes de la place.

– LA VOIX DE LA MÈRE

Ç'a toujours été un doux, mon André. Même quand il se choquait, c'était pas toujours facile d'y croire.

La mère répond au téléphone et change de manière. Les yeux lui tombent dans l'eau lorsque la voix, dans le combiné, se met à lui ululer que quelque chose s'est passé au bord de la rivière.

– LA FEMME AU BOUT DU FIL

On les trouve p'us. On les trouve juste p'us. Y faut qu'on les retrouve.

C'est quelque part au sud, là où la rivière mange la terre des Thiboutot. Pauline se met à crier à son André de se réveiller. Quelque chose ne va pas.

– LA MÈRE

Dépêche!

À l'autre bout du fil, la femme du maire Mercier dans tous ses états. Elle peine à trouver les mots qu'il faut tellement la poigne de l'émotion est forte sur sa gorge.

– LA MÈRE

C'est les deux gars à Thiboutot. Ils sont allés sur la rivière. La glace a pas tenu. La glace a pas tenu.

En fait, le plus jeune a voulu aller chercher sa tuque que l'autre avait lancée sur la rivière.

Des taquineries de p'tits gars, c'est des affaires
qui arrivent. Quand la glace a lâché, le plus
vieux, paniqué, a essayé d'aller aider son
frère. Mon Roselin a tout vu, il était là. Les
frères Thiboutot étaient ses seuls amis au village. Paraît que le plus vieux a pas hésité une
seconde, qu'il s'est garroché pour rattraper
Martin. Pis mon Roselin les a tous les deux
perdus de vue.

Au téléphone, la voix explique que le pauvre cousin ne
braille pas, ne crie pas.

– LA FEMME DU MAIRE

Il est juste, je pense, choqué. C'est comme s'il
gardait tout à l'intérieur.

Une demi-douzaine d'hommes se ramassent vite au
bord de la rivière. Cinq minutes, le père est là aussi.

– LA VOIX DE LA MÈRE

Avec sa salopette de pêche, mon beau Dédé,
il s'enfonce jusqu'au nombril dans l'eau frette.
Il me fait peur quand il s'occupe d'affaires
de même. Il dit que ça prend quelqu'un pour
accomplir la job. Alors, il brise la glace à coups
de pelle, fouille le fond comme il peut, avance
d'un pas. On a noué une corde autour de son
torse, sous ses aisselles, et l'autre extrémité de
la corde est attachée à un arbre sur la berge.
Faudrait pas en perdre un autre.

Hervé la tient aussi fermement, prêt à ramener son chum au moindre signe de défaillance. Un autre est venu avec son canot d'aluminium. Il reste derrière, épaississant le silence autour avec ceux qui sont seulement là pour regarder. Les femmes ne bougent pas du bord, ne parlent pas. Elles pleurent sans bruit.

– LA FEMME DU MAIRE

Rendu là, on sait.

Ça n'est pas si long avant que le père trouve les deux garçons. Le plus vieux a réussi à agripper le plus jeune. Mais il a pas réussi à le sortir à temps. Avant que vienne la crampe. Celle qui scie le respir, celle qui brise le corps en deux, qui fixe tous les membres sur un *rack* de métal. Il a fallu forcer pour les déprendre l'un de l'autre. Le plus jeune avait l'âge d'Alexandre.

Le père a braillé. Du moment où il a vu apparaître la main givrée du plus jeune sous la couche de glace qu'il venait de briser jusqu'au moment où quelqu'un lui a servi un scotch, une fois assis au bord du poêle. L'ambulancier n'était pas d'accord pour qu'il boive ça, disait que ça prenait quelque chose de chaud.

– LA VOIX DE LA MÈRE, *fière*

On y a fait fermer sa gueule, à l'ambulancier. C'était ce qu'il voulait, mon Dédé, et il le méritait.

Ça fait que le père a braillé. Longtemps, fort. Personne n'a dit un mot. Personne n'en a jamais reparlé. Mais le père a braillé comme jamais on n'avait vu brailler un homme à Paris-du-Bois.

C'était avant que le moulin soit fermé.

la fermeture

Le père dit que le village va mourir. Que le moulin à scie, en fermant, il n'a pas seulement mis une poignée d'hommes au chômage. Il dit que le moulin, il a aligné tous les hommes devant un mur et qu'il s'est mis à tirer dans le tas.

— LE PÈRE

Les boss auraient aussi bin pu coucher tous les hommes devant la scie et les pousser comme des troncs secs.

— LA MÈRE

Calme-toi. Tu exagères. Dis pas tout ça devant Alcxandrc.

Le père, il pleure, écrasé sur sa chaise d'au bout de la table.

— LA VOIX D'ALEXANDRE

Je l'avais jamais vu comme ça. J'avais jamais pensé que ça pouvait se faire, que ces yeux-là pouvaient se gonfler d'autre chose que d'ivresse ou de colère.

Le père pleure, il pense à sa vie, à ses choix, à l'avenir. Il pleure, et il dit qu'il n'est pas le seul, qu'il ne sera pas le seul à pleurer. Et il les nomme tous :

– LE PÈRE

Denis Séguin, Émile Cloutier, Denis Sanscha-grin, Homère Bernard, Jean Ladouceur, Denis Ladouceur, Fred Rouleau, Charles Lamon-tagne, François Poitras, Reggie Germain, t'sais, le Réjean à Paul, pis Guy Morin, Alain Morin, Bernard Morin, Jipi Caron, Gervais Morel, Dédé Morel, Fern Leblanc, pauvre Fern qui devait prendre sa retraite à la fin de l'année, il aura jamais vu l'bout, pis Raymond St-Clair, Alban Pinchaud, Sylvain Désilets, Ti-Coq Beau-lieu, pis le jeune Carl Pelletier qui venait de rentrer, Pat Dumont, le feluette à Lacasse, pis Henri Morneau, lui l'a mal pris, lui qui travail-lait sans compter jamais, le cœur su' la main, ce Morneau-là, bin y lui ont coupé la main pis fendu le cœur, pauvre Morneau, ah, pis Laurent Mercier qui est parti sans dire un mot.

Les vingt-sept hommes de ce moulin trop petit, il les nomme tous et il pleure pour eux autres, pleure à leur place, pleure avec eux autres. La mère va derrière lui, l'enlace. Elle pleure aussi. Parce qu'elle aussi, le moulin l'a slaquée. C'est comme ça que le père le dit.

– ALEXANDRE, *pense*

Et puis moi, p'tit gars, je comprends pas grand-

chose aux histoires du moulin. Paraît qu'il
manque d'arbres ; quand je regarde autour
de la maison, autour du village, il y en a plein,
pourtant.

Il s'approche du père, tire sa chemise.

– ALEXANDRE

Arrête de pleurer, papa, viens. On va aller en
planter, des arbres, veux-tu ? Viens, on va en
planter pour demain pis pour après-demain.

Le père sourit mais pleure plus fort. La mère aussi.

– ALEXANDRE

Je comprends rien aux histoires du moulin pis
aux histoires du père alors je me tais. Je me tais,
et j'apprends.

au bruit de la machine à crapauds

Ce jour-là, dans le décor muet de la salle d'attente du garage Thiboutot, debout et tourné vers la vitrine pour ne pas forcer les regards, il y a surtout Tison, du rang de la Brûlée.

    – ALEXANDRE, *pense*
    De presque toute la face, il est brûlé de presque
    toute la face.

Les remblais de chair de son visage fondu qui lui font en permanence une mine froissée, cette peau malaxée, parsemée de rares pousses de barbe drue. Son oreille gauche mangée. Le feu, c'est vorace. Ses cheveux en mèches dispersées, mal cachées sous une casquette John Deere qu'il n'ose jamais retirer en public, même quand l'usage voudrait qu'il le fasse.

Au moment du coup d'œil d'Alexandre, Tison est attiré par son mouvement derrière la porte vitrée. Puis, gêné de voir qu'on le regarde aussi franchement, il se retourne rapidement vers la rue. Premier regard échangé, inoubliable et bouleversant.

    – LA VOIX D'ALEXANDRE
    J'avais toujours cru qu'il serait difficile à

regarder, le pauvre Tison, avec sa face de
défait, mais c'était autre chose. C'était une
fascination. C'était de savoir le ravage quand
la mort manque son coup, quand elle ne
fait que nous effleurer. La marque de cette
caresse enveloppante.

Alexandre, figé un instant. Les yeux de Tison fuyant
comme des étincelles indociles qui cherchent la hauteur avant de s'éteindre. Une jante tombe sur le béton,
derrière. C'est Thiboutot père, venu aider pour les
pneus malgré son âge vénérable et ses mains désaxées
par l'arthrite, comme si la mécanique devait encore être
un dernier loisir avant qu'il parte pour de vrai.

– THIBOUTOT PÈRE, *pense*

Ah ça, pas tu-suite. Pas même betôt. S'y
pensent qu'y vont se débarrasser de moi
comme ça.

Une jante qui tombe, ou qui est jetée par terre, pour
briser le silence et l'immobilité.

– LA MÉMOIRE D'ALEXANDRE

Le père du garagiste. Un homme silencieux, qui parle toujours un peu mâché, fait des gestes vastes de ses mains brisées par l'arthrite comme pour amplifier les mots qu'il n'arrive plus à bien prononcer. Je me souviens de lui comme d'un homme attaché au travail. Il a décidé de rester dans les parages avec la même conviction que j'ai choisi de partir. Mais il m'a appris qu'on peut vouloir rester.

On peut vouloir rester.

les jantes rouille

Le vieil homme en chienne baragouine quelques avertissements d'usage.

     – THIBOUTOT PÈRE

     T'oublies pas la job, le jeune...

Puis, il se démène sur la bruyante machine à crapauds pour monter un pneu d'hiver sur la jante rouille qu'il vient de frotter à la brosse métallique, ce geste répétitif qu'il a fait si souvent depuis qu'il travaille au garage. Dans les yeux d'Alexandre reste longtemps le visage défait de Tison, impassible, comme sans façon possible, tourné vers la vitrine, son regard perdu dans le désert de la rue Principale. Pour toujours comme ça dans son souvenir, comme dans celui de tous ceux qui sont là ce jour-là, pris dans le même silence que lui.

du silence encore

Depuis que Tison et Alexandre sont revenus s'asseoir à table, le silence n'a pas encore été profané. Ils sont installés l'un en face de l'autre – parce qu'on ne s'assoit pas côte à côte si on n'a rien à regarder. Mais avoir devant lui le visage remodelé de Tison est une épreuve à laquelle Alexandre n'était pas préparé.

Tison sait qu'il faut un temps pour que le réflexe du dégoût s'apaise, alors il patiente tandis que l'autre le scrute avec attention.

> – TISON, *pense*
>
> Il voit ce que je vois tous les jours dans le miroir, les charpies de mes joues, de mon cou, de mon oreille.

Le jeune homme penche légèrement la tête, concentré.

> – ALEXANDRE, *pense*
>
> C'est pas si pire que ça, au fond. Juste fascinant.

Le brûlé est attentif au regard qui le couvre.

> – TISON, *pense*
>
> Il voit ce que je vois tous les jours, que je connais par cœur. Il s'attarde sur mes yeux gris délavé, deux taches de cendre froide autour de mes

pupilles, mes paupières lâches à la frange rouge, qui ne se ferment vraiment que lorsque je me concentre pour qu'elles y arrivent, puis il fond comme de la cire sur mon nez, court sur l'arête de mon menton, se perd dans mes replis.

La main droite du jeune homme remonte jusqu'à ses propres lèvres, comme s'il avait devant lui sa propre réflexion. Tison observe.

– TISON, *pense*

Et je comprends. Ses yeux remontent sur mon nez fondu, étréci et retroussé, laissant au milieu deux narines animales. Je sais ce qu'il se dit : ce groin aplati, visage animal. Il voit ce que je vois tous les jours de ma vie. Ressent ce que je ressens tout le temps. Je lui en veux pas. Je peux pas. Lui en vouloir.

Alexandre se retourne vers le chien dans un geste retenu traduisant mal ce détachement qu'il aurait voulu dégager. L'animal ne réagit pas.

– ALEXANDRE

Qu'est-ce qui est arrivé, au juste ?

Tison est surpris, mais n'est certainement pas choqué de se faire poser la question aussi franchement.

– TISON, *pense*

Comme ça je pourrai lui demander la même chose. Ce qui est arrivé, au juste.

– ALEXANDRE, *qui insiste*

J'veux dire, ta face, tes brûlures, tu t'es fait ça comment ?

Le brûlé prend une gorgée de son café noir, laisse encore le temps se poser entre eux.

— TISON

Ils en parlent pas au village ?

La vérité, c'est qu'à Paris-du-Bois, tout le monde l'a déjà vu, et que c'est bien suffisant pour se mettre à l'appeler Tison quand on en parle. On ne sait pas ce qui s'est produit, on ne sait pas d'où ça vient, et, jusqu'à un certain point, on s'en fout.

— TISON

Personne a jamais posé la question. Mais je pensais quand même qu'on aurait inventé une histoire, depuis le temps.

Tison se lève soudainement, attrape un mouchoir de papier sur le comptoir et l'offre à Alexandre.

— TISON, *expliquant son geste précipité*

Tu as recommencé à saigner sur la joue.

Puis, l'hôte s'avance vers la fenêtre à travers laquelle il a aperçu le jeune affolé plus tôt, attirant dans cet élan le vieux chien qui se redresse péniblement et vient rejoindre son maître pour flairer à son tour un carreau de fenêtre, laissant se répandre la trace humide de son souffle sur la vitre déjà sale.

Alors Tison prend une longue inspiration, puis, lentement, relate les événements qui ne lui ont laissé qu'un monceau de chair au visage, et un lourd bagage de solitude. Quand il parle, Alexandre est hypnotisé par la façon dont se meuvent ses lèvres sur le flot de ce qu'il raconte, pas toujours en mesure de fournir l'étanchéité nécessaire à la prononciation de certains mots, transformant son discours en une longue allitération filandreuse où le « F » prendrait ses aises.

Quand il dit *des branches cassées et projetées*, et encore *cette bruine, étrangement épaisse, flottant sur la toiture plane du garage, flottant juste au-dessus, comme une fumée qui en émanerait*, Alexandre entend : *des vranches cassées et frojetées* et *cette vruine, étrangement éfaisse*, et ainsi de suite.

Et, pendant qu'il raconte, Tison cherche régulièrement son souffle, peine à avaler, essuie parfois une goutte de salive sur le coin gauche de son reste de lèvre. Il se laisse gonfler par cette excitation, s'imbibe de l'émotion de celui qui ne parle pas souvent.

Qui ne parle pas de ça, en particulier.

comment un jour il devient Tison

Il tombe une pluie de tous les diables. Dehors, tout est littéralement couvert d'eau, d'une épaisse couche aqueuse. Ça coule en torrents surprenants, du terrain jusqu'au caniveau, ça ramasse les gravillons de l'entrée, ça charrie des branches cassées, des feuilles pourtant jeunes mais déjà tombées.

> – LA VOIX DE TISON
>
> Je sais que ç'aura l'air d'un cliché, mais c'est ainsi que ça se passe vraiment : la rue donne l'impression de s'être littéralement transformée en rivière. La couleur de l'asphalte crée un effet de profondeur à cette épaisseur d'eau mouvante.

À ce moment-là, il ne vit pas encore sur le rang de la Brûlée, il est dans le nord, bien plus au nord, pas loin du grand fjord.

> – LA VOIX DE TISON
>
> C'est un 25 juin, m'en souviendrai toujours. Il tombe une pluie de tous les diables, les terrains sont gorgés d'eau. Je me dis « ça doit rentrer plus que d'habitude dans le caveau de la maison », mais je reste là.

Il reste avec son fils, surveille l'enfant qui joue, jette un œil par la fenêtre et est surpris de l'eau qui coule dans cette rue devenue une rivière neuve, et tout autour, de ce que bouscule le vent, des cèdres mitoyens immenses qui bordent le terrain, de la branche de l'érable tombée plus tôt dans la cour, des objets qui volent.

    – TISON, *pense*
    Je suis fasciné. Pas effrayé, juste fasciné.

Son fils en couche joue avec de petites voitures, il s'invente des chemins entre les pattes de sa commode et celles du lit qui figurent un long tunnel et un immense stationnement souterrain.

    – LE FILS DE TISON, *pense*
    Comme au grand centre d'achat, celui de
    Québec, où on va avec grand-papa.

Dehors, éclairs drus, tonnerre retentissant, la pluie de tous les diables, ça fait du bruit sur le toit de tôle.

    – TISON, *pense*
    C'est beau, fascinant. Détacher mes yeux de
    ce décor apocalyptique, détacher mes yeux de
    tout ça, maintenant.

Il faut aller voir dans le caveau, s'assurer que la pompe qui plante le pied dans la bétoire réussit à sortir toute l'eau qui entre et s'écoule dans le puisard. Alors il descend l'escalier, traverse le salon, la cuisine, le corridor serré. Près de la porte, le miroir, son visage en forme de fraction de seconde, comme il ne sera jamais plus. Son visage, qu'il voit pour la dernière fois sans vraiment le regarder.

Dans le caveau, la fournaise éteinte, la poussière huileuse, l'humidité crasseuse, les tuyaux de cuivre qui percent d'une dorure irisée les planchers par le dessous, qui se ramifient au pourtour de l'espace. Ça travaille fort, c'est clair, ça travaille fort, la pompe dans la bétoire, mais ç'a l'air de fournir, il est rassuré.

Retourner dans la maison, retrouver l'enfant laissé seul avec ses jeux de course et ses voyages imaginaires. Il ferme la porte du caveau, traverse le garage et, soudain, la foudre. C'est une détonation, mais plus que ça, c'est une force, c'est un instant, c'est : soudain, la définition même du mot « soudain » qui se concentre en lumière et en son.

— LA VOIX DE TISON

Soudain : la foudre sur le garage dans lequel je me trouve, où je suis soufflé, soulevé. Il y a la lumière et la détonation et, un instant, je vole, un demi-mètre au moins au-dessus du sol. Soudain : moi en suspension, c'est presque drôle, c'est drôle, moi qui vole à cette hauteur, avec le grésillement de l'éclair qui court dans les murs, cherche à ressortir.

Il rit. Tison se met à rire pour de vrai, au présent comme au passé. Il rit. C'est la nervosité ou son rappel. Au présent, Alexandre le regarde avec incrédulité.

— LA VOIX DE TISON

C'est de me rendre compte que je vais bien, que tout va bien. Depuis tout ce temps, c'est la première fois que je le raconte, et je ris, j'en reviens tout simplement pas. Lui non plus, devant moi, en revient pas. Cette expression perplexe, je comprends.

Au passé, c'est Tison qui est secoué.

– LA MÉMOIRE D'ALEXANDRE

Tison est un bon conteur. Le père aussi, à l'occasion, montre ce talent. Parfois, surtout quand Marie-Soleil vient nous voir, il s'arrête, s'assoit avec nous deux et nous raconte des histoires qui ne sauraient pas être écrites, comme il les décrit lui-même. Il n'a pas tout à fait tort, ses histoires ont besoin de lui pour être plus vraies, ont besoin de sa bouche, de sa voix, de ses mimiques pour exister.

Comme si, dans sa bouche, dans le profond de sa voix : des organismes, un magma, une source chaude.

Comme si, dans le profond de sa voix : un monde en création, et de là jaillissant, et de tout son corps en même temps, ses histoires pas possibles.

Mais, cette fois, ce n'est pas une histoire tout inventée. C'est écrit sur le visage de Tison.

la neige à l'écran

– LA VOIX DE TISON

Au moment d'entrer, je sens : quelque chose
qui va pas, c'est dans le senti que ça se passe,
c'est quelque part entre mes testicules et mon
estomac. C'est à fleur de peau, tout ce que
j'ai de poils qui se dresse. C'est un silence, un
silence trop étanche.

Il entend : le son neigeux d'une télé. Ça vient de l'étage.
Il grimpe l'escalier pour voir, monte pour savoir, et c'est
vraiment le bruit d'une télé allumée. C'est celle posée
sur la commode dans la chambre de l'enfant, qui ne sert
jamais ou à peu près, ne sert pas souvent, ne sert qu'à
faire jouer quelques émissions enregistrées lorsque l'enfant est malade ou qu'il a besoin d'être seul, de se reposer.

Il entre dans la pièce. Son fils est debout et regarde
l'écran, la neige dans l'écran, fixement.

– TISON, *pense*

C'est pas lui, ça peut pas être lui. Il sait pas
le faire, le téléviseur. L'appareil est trop haut
perché sur la commode pour qu'il ait pu l'atteindre. Il faut éteindre.

– LA MÉMOIRE D'ALEXANDRE

De Tison je retiens ce geste difficile : éteindre cette télé récalcitrante, celle qui veut encore et toujours occuper l'espace, attirer l'attention, avaler le vif du sujet.

Éteindre cette télé. Toute une vie, le faire encore. Retrouver, mesurer ce vide qui ne peut pas être comblé.

une vieille chicane

Il s'avance, lentement, pour éteindre la télé, appuie. Et encore. Et encore une fois, parce que ça ne fonctionne pas. Le téléviseur récalcitrant refuse, simplement, de cesser de neiger. C'est un écran increvable, un hiver de force sur la commode de l'enfant, qui l'observe de son regard le plus opaque avant de finalement se désintéresser du phénomène. Il retourne à ses voitures et ses aventures lorsqu'il comprend qu'aucun dessin animé ne viendra, aucun film. Lorsqu'il comprend qu'il ne sera pas diverti.

Tison appuie toujours, rien ne se produit.

Par la fenêtre, le vent charrie tellement de cette pluie drue qu'il trace des nuages de bruine, hachurés de cordes grises. Tison voit : le vieil érable secoué, les cèdres tordus, penchés vers l'est, soumis à bien plus de force qu'ils ne devraient pouvoir en supporter, des feuilles volantes, d'autres branches cassées, projetées, et encore cette bruine, étrangement épaisse, flottant sur la toiture plane du garage, ondulant juste au-dessus. Comme une fumée qui en émanerait.

Tous les yeux se tournent de nouveau vers une vieille télé neigeuse, ceux d'Alexandre, ceux de Tison à toutes les époques, ceux de l'enfant qui joue sous le lit.

– LA VOIX DE TISON

À ce moment-là, je sens toujours sans saisir : quelque chose qui va pas. Je laisse l'enfant à ses voitures pourtant, je sais qu'il restera là à jeter des coups d'œil curieux sur l'écran vide, à espérer que viendront les couleurs, que viendront les histoires, je sais. Qu'il y restera bien trop longtemps. Qu'il y restera.

Tison s'éteint. Sa voix s'étrangle. Mince filet d'air dans sa gorge qui brûle encore, comme si l'incendie l'avait repris du dedans. Alexandre comprend mieux l'absence de téléviseur au salon. Comme une vieille chicane, d'anciennes rancœurs qui ne se seraient jamais apaisées.

l'intermède nécessaire

— TISON

Veux-tu un autre mouchoir ? Pas de bon sens,
tu saignes encore autant.

Tison se lève de nouveau promptement, étire son bras
vers le comptoir où se trouve la boîte, de laquelle il tire
un papier d'un coup sec, qu'il s'empresse de porter à
son invité.

— TISON

Je vais essayer de trouver quelque chose, je dois
bien avoir un pansement.

Il va fouiller dans une armoire de la salle de bain, on
entend bordasser. Puis, il revient avec des bandages de
coton et de la ouate, aussi une poignée de diachylons
et un sourire désolé.

Au visage d'Alexandre, une plaie s'étire du rebond
de sa pommette jusqu'à la tempe.

— ALEXANDRE

C'est pas si grave. C'est à cause des médicaments que je dois prendre.

Déjà à cet âge, Alexandre est suivi régulièrement
par un cardiologue pour un dysfonctionnement du

nœud sinusal. À tout instant, cette chose en lui peut se mettre à disjoncter, lui faire sentir qu'il ne maîtrise rien, qu'il est, au fond, impuissant. Le rythme se brise soudainement, *rallentando*, s'accélère, *accelerando*, se fait plus puissant, *crescendo*, mais toujours de façon imprévisible, déchirant les lambeaux de confiance qu'il entretient du mieux qu'il peut envers ce corps si détaché, si loin de lui-même, si étranger.

— ALEXANDRE, *réagissant au regard interro-gateur de Tison*

Je dois prendre de l'Aspirine tous les jours et ça éclaircit le sang. Mon cœur qui est tout croche, qui bat tout croche. Avec un trou là où il faut pas. Et cette tendance à faire son indépendant. C'est pas trop grave, je pense.

Le brûlé s'approche d'Alexandre sans précipitation, s'avance pour éponger la goutte de sang qui coule sur sa joue et jusqu'à son menton.

moment d'arrêt

Même le vieux chien a l'air de retenir son souffle, la gueule en l'air, freiné dans son flair. On assiste ici au premier contact physique entre Tison et Alexandre. Une milliseconde, pas plus. Les deux hommes, saisis, se toisent.

C'est la première fois que Tison touche à quiconque depuis longtemps, très longtemps. Depuis l'incendie, ou à peu près. Dans cet effleurement : deux êtres jamais touchés, qui ne touchent jamais. On les sent s'émouvoir de cette proximité. Entre eux, nécessairement, se trame une sorte de malaise, paradoxalement tissé d'un étrange bien-être et de la conscience de l'incongruité de la situation.

    – TISON
    Excuse-moi. Tu devrais peut-être le faire toi-même.

Derrière les traits méconnaissables et incompréhensibles de sa chair mangée, son visage reste indéchiffrable – ce qui n'est sans doute pas étranger au malaise ressenti par les gens qu'il croise. Pour Alexandre, impossible d'y lire ce qu'il devrait comprendre.

Alexandre tente d'imaginer son visage à lui défait par les flammes. Et la solitude. Et le manque.

Ce manque.

Alexandre ne bouge pas, alors Tison se penche doucement, essuie une goutte de sang du mouchoir au bout de ses doigts pointés. Sur la pommette du garçon, puis doucement jusque vers l'arête de son menton, la pression calme et chaude de trois bouts de doigts. Dans ce simple toucher, huit ans d'isolement se résorbent en une lente implosion. Ce qui se passe alors, c'est l'infini qui se glisse entre les doigts de l'un et la joue de l'autre, les milliards de cordes qui vibrent entre les deux hommes, faisant se frictionner des univers distendus et prêts au redéploiement.

Et, aussi soudainement, Tison se souvient qu'il existe.

– LA MÉMOIRE D'ALEXANDRE

*Je me souviens, me souviendrai toujours :
lorsqu'il m'a touché la joue, il s'est mis à exister un peu plus. En filigrane, sous son visage, un
homme est apparu. Il n'y avait plus de flamme
possible, plus aucune brûlure. J'étais devenu petit
sous ses doigts tandis que lui prenait l'envergure
de l'homme le plus grand du monde. J'ai pensé
à* Alice au pays des merveilles, *au gâteau qui
fait grandir. René existait de nouveau, il avait
un corps, n'était plus seulement une présence
flottant dans le soliloque de ses errances, au bord
de l'évaporation. Il est soudainement devenu un
soleil plus qu'une brûlure. C'est un soleil qu'il
sera toujours par la suite.*

cette urgence

Alexandre repense à l'Ours qui lui avait semblé revivre à chacune de ses visites. Il revoit madame Desjardins, restée vieille fille toute sa vie. Et qui, depuis sa retraite, n'avait même plus les petits bras d'enfants pour l'embrasser vitement après une querelle ou avant un congé. Et encore le facteur, vieux garçon aussi, qui entretenait cette urgence d'entendre la voix des autres. Tout ce monde en manque d'être touché.

    – ALEXANDRE, *pense*
    Je suis pas le seul.
    – TOUTES LES VOIX, *en écho*
    Je suis pas seul.

Entre les deux hommes, il se produit quelque chose. Une compréhension instinctive. Ils ont bien plus en commun que leur amour des livres.

    – ALEXANDRE, *pense*
    Il y a longtemps, aussi. Je deviens comme lui.
    Je deviens comme eux.

C'est vrai qu'il y a longtemps qu'Alexandre n'a pas été touché, même avec sa peau lisse, même avec son visage glabre et régulier, même avec ses yeux tendres.

Il se souvient. De toutes les fois où il a été touché. Des caresses intarissables de la mère, de celles plus rares mais tellement émouvantes du père. De celles, plus tard, chargées d'émoi, de Marie-Soleil.

Et, surtout, de la dernière caresse du monde. Celle, friable, de la main mourante de sa mère, à l'hôpital de Montmagny.

l'hymne de toujours

La mère est étendue sous le drap bleu fourni par l'établissement. L'infirmière, venue changer son soluté, vient de quitter la pièce.

> – L'INFIRMIÈRE, *qui promet*
> Ça, madame Latendresse, ça va calmer votre douleur.

Elle s'est tournée vers Alexandre avec un sourire compréhensif, a expliqué que ce n'était pas un bon jour. La porte de la chambre s'est refermée derrière elle, ralentissant avant de rejoindre le cadre.

> – ALEXANDRE, *pense*
> Ça fait drôle d'entendre son nom de jeune fille.
> D'habitude, elle porte le nom de Marchant,
> celui du père, comme si c'était le sien.

Alexandre, arrivé pendant la visite de l'infirmière, se tient à l'écart, assis bien droit sur le siège de cuirette verte à la charpente chromée qui date probablement de la même époque que le fauteuil berçant du garage Thiboutot.

> – LA MÈRE, *le souffle court*
> Viens ici, mon Alexis.

La mère est fatiguée. Depuis des mois. La peau des doigts qui font signe au garçon d'approcher semble sur le point de se déchirer. Alexandre s'avance sans rien brusquer, même s'il a senti une pointe d'urgence dans la demande de sa mère. Autour, il n'y a plus de machinerie médicale, pas plus d'infirmières à la course, on oublie même le vert et le beige des murs ternes et les grandes vitrines froides qui donnent sur la toiture du pavillon voisin.

Alexandre se penche sur le corps de sa mère, qui l'embrasse de ses bras de verre enveloppés de papier de soie. Le fils s'étend, pose sa tête près de la poitrine inutilement réséquée de Pauline.

Elle lui caresse les cheveux.

La nuque, doucement.

La joue.

Alexandre est touché. Sa mère existe encore. Lui aussi.

Vient la voix de la malade, faible, comme une habitude que la douleur ne saurait pas empêcher. Elle se met à chanter. Bientôt, elle s'endormira comme une biche, l'œil ouvert : ce sont les médicaments contre la douleur, et cette inlassable fatigue, toujours la même, qui lui mange ce qui lui reste de vie.

— LA MÈRE, *qui chante*

Ah toi, belle hirondelle, qui vole ici...

Le même hymne depuis toujours.

— LA MÈRE, *qui chante*

As-tu vu dans ces îles, mon Alexis...

Sa voix est déjà grise, comme le sera bientôt sa peau. Son torse, étrangement plat, peine à se gonfler entre chaque vers. Toute respiration lui passe entre les dents comme si elle tannait l'air ambiant. Ses yeux sont fermés, déjà, elle qui voulait qu'Alexandre reste tout près pour mieux le regarder.

    – LA MÈRE, *répète*

    Mon Alexis.

Elle prend longuement son souffle. Expire. Cesse de caresser les cheveux de son fils. C'est la dernière fois.

les premières fois

Sinon de sa mère, pour être touché Alexandre n'a jamais connu que Marie-Soleil.

> – ALEXANDRE
> Marie-Soleil, elle est plus vieille, plus grande
> que moi.

Plus vieille de deux ans, en fait. Et deux ans, à cet âge, c'est long. Ça signifie : partie deux ans avant lui au secondaire ; ayant vécu avant lui les expériences initiatiques de l'adolescence – les cigarettes, les ivresses, l'amour aussi, le premier, celui qui marque. Celui qui laisse des traces. Deux ans de plus, c'est assez pour avoir vécu tout ça et revenir le partager avec Alexandre. Et c'est ce qu'elle fait, Marie-Soleil.

Tout près de la maison familiale, il y a cette coulée boisée, avec au fond le ruisseau, la cabane, et le rond de feu.

> – LA VOIX D'ALEXANDRE
> C'est là que ça s'est passé. Que ça s'est toujours
> passé.

Il y a eu la blague à tabac, ouverte et odorante, puis cette rouleuse molle pincée au coin de la lèvre avant l'étouffement et le fou rire.

— MARIE-SOLEIL, *amusée*

T'es mignon, Alex.

La gourde métallique remplie de vin et de toute l'ivresse qu'elle peut contenir, chargée des premiers baisers aussi.

— ALEXANDRE, *pense*

Sa langue, doucement, qui m'emplit la bouche, pleine, c'est bon.

— MARIE-SOLEIL

Tu aimes ça ?

Et Alexandre, pour toute réponse, cachant du coude son érection, cherche encore les lèvres de Marie-Soleil.

— ALEXANDRE, *pense*

Ça goûte la gomme balloune, sent le shampoing fruité, le fixatif. Ça chatouille ma joue, tous ses cheveux dans le vent hésitant du fond de la coulée. Ça me retrousse les orteils, c'est drôle, me les tortille. Ça me fait battre le cœur tout croche. Trop vite. Sa main posée sur ma cuisse.

La gêne lorsque les lèvres se dessoudent de nouveau, sentiment qu'Alexandre chasse rapidement en se levant, en trouvant quelque chose à faire, n'importe quoi, remettre quelques branches dans la braise, se secouer les espadrilles.

Elle le regarde en souriant. Deux ans de plus, c'est assez pour se sentir attendrie.

Il y a le sexe, aussi.

– ALEXANDRE, *pense*

Pas mal plus tard, quand même.

Vin de pissenlit dans le sous-sol chez Marie-Soleil, des amis qui dorment déjà, affalés sur le divan modulaire. Et ce matelas gonflé, et ces couvertures épaisses, pliées et étendues, et ce silence humide de baisers de langues mêlées.

– ALEXANDRE, *pense*

Sa langue, doucement, qui m'emplit la bouche, encore. Mais c'est mieux, c'est plus sûr, plus assumé. C'est comme si tout ce temps j'avais vécu seulement pour cet instant.

– LA MÉMOIRE D'ALEXANDRE

Marie-Soleil. La bouche de Marie-Soleil. La mémoire des baisers de Marie-Soleil qui se lève au centre de mon corps.

cette caresse totale

Elle sent bon, Marie-Soleil. Deux ans de plus, c'est assez pour porter du parfum, assez aussi pour avoir dans son sac un préservatif, surtout assez pour dire à Alexandre que oui, elle en a envie.

> – MARIE-SOLEIL
> Oui, j'en ai envie, vas-y doucement.

Et Alexandre qui n'en croit pas ses oreilles, qui n'en croit pas ses mains sur la poitrine de Marie-Soleil, qui n'en croit pas les mains de Marie-Soleil sur ses propres fesses.

> – ALEXANDRE, *pense*
> Cette caresse totale, quand j'entre dans le
> corps de Marie-Soleil, le temps de le dire, le
> temps de le penser seulement, quand je sens
> toute cette chaleur autour de tout ce qu'il y a
> de moi en elle.

Il voit pour la première fois de sa vie se déclarer ce duel éclatant entre le désir flambant et le plaisir fulgurant, étouffant, et s'épuise dans leur première rencontre, mais heureusement, heureusement, deux ans de plus, c'est encore assez pour que Marie-Soleil regarde Alexandre avec le même attendrissement et lui dise encore :

— MARIE-SOLEIL

T'es vraiment trop mignon.

Il pose sa joue contre la poitrine blanche de Marie-Soleil Couchant. C'est un sein blanc saupoudré de farines de blé. Mouches noires, mouches brunes, mouches rousses sur la crème. D'un geste ample qui dégage son ventre charnu, elle attrape une rouleuse qu'elle trouve dans la pochette posée près de la tête de leur lit improvisé.

— ALEXANDRE, *pense*

Ça sent la fumée. Ça sent le parfum fruité. Un petit peu la sueur aussi. C'est peut-être moi, peut-être pas. Ce qu'elle sent bon de toute façon.

Il voudrait enfouir son nez sous l'aisselle de Marie-Soleil qui le regarde au-dessus d'un sourire amusé. Il n'ose pas. Dès qu'il bouge, elle pouffe d'un rire léger.

— MARIE-SOLEIL

Tu me chatouilles, Alex...

Il cesse de bouger, cesse de respirer, ne cligne plus des yeux. Il voudrait rester toujours la joue contre le sein de Marie-Soleil. Mais elle embrasse son front.

— MARIE-SOLEIL

Allez, il faut dormir.

Elle éteint sa cigarette dans une bouteille près de leur lit improvisé. Après cette noce adolescente, Alexandre comprend qu'il n'avait jamais été touché. Il ne sait pas combien ce sera long avant qu'il ne le soit de nouveau.

rappel à l'orage

Tandis que toutes les anciennes caresses remontent à l'esprit d'Alexandre, la main de Tison étire le temps au bord de l'arête de sa mâchoire.

C'est un toucher de nécessité. Juste parce que des êtres humains ont ce besoin, et qu'il doit être comblé. Ce besoin d'être au monde pour quelqu'un d'autre, d'être vivant avec quelqu'un d'autre.

> — ALEXANDRE, *pense*
>
> Il est grand comme une maison dans la cuisine, un homme comme il en existe aucun autre. Il pourrait me prendre dans ses bras comme un bébé, tellement il est grand. Et cette image se gonfle dans ma tête, il est un ballon chair et je flotte derrière lui.

Pluie à verse, tout d'un coup, sur la tôle du toit et de la véranda. Ça vient de se fendre au-dessus du rang de la Brûlée, comme si le ciel voulait nettoyer les traces laissées par Alexandre dans le sous-bois et entre les quenouilles qui se redressent dans la poussière du rang.

C'est une pluie froide et verticale que le vent ne sait pas émouvoir, de celles qui ne se laissent pas boire, qui rigolent dès les premières secondes. Elle aura tôt fait d'inonder l'humus gorgé des eaux de pluie des dernières semaines et de noyer toute évidence.

La Petite-Seine inquiétait déjà, gonflée comme rarement elle l'est à cette époque de l'année – elle fait ses provisions pour l'hiver, disent parfois les vieux. Et, s'il continue de pleuvoir de cette façon, les gens du village seront sans doute nombreux à surveiller ses humeurs ce soir. Ça ne semble pas vouloir se résorber : le tonnerre gronde. Ramène Tison à son récit.

la foudre qui rampe

– TISON, *à Alexandre*
Ce qui est en train de se passer, ce qu'il y a,
c'est le feu. Le feu pris dans la maison.
Au moment de redescendre, il est encore René, mais il
est sur le point de devenir Tison, et par la vitre plantée
dans le haut tiers de la porte, il voit une flamme qui
lèche déjà le mur du garage, et bientôt le plafond.
– TISON, *à Alexandre*
On pourrait dire que c'est presque beau. Pas
sur le coup. Pas non plus quand on en sait
toutes les conséquences. N'empêche que cette
flamme immense qui se love dans le coin du
garage, suave, qui caresse le plafond d'avan-
cées rapides mais hésitantes, c'est émouvant.
Je continue de m'avancer, parce que je suis
curieux, parce que je suis inquiet, parce que
je suis perdu, je me raccroche à ce qui existe
encore, ce qui a toujours été, il me semble, et
qui devrait toujours rester.

Près de la porte, la tablette pour les clés où s'assoit une plante grasse,

> – TISON, *à Alexandre*
> Celle qui soulage les brûlures, c'est vraiment ironique.

et, en face, la garde-robe, où il étire le bras, tentant d'atteindre l'extincteur rangé là. Il tâte, les yeux fixés sur la flamme qui lèche le mur, qui revient couvrir le plafond. Ce devrait être là. Il ne quitte pas des yeux ce feu qui mange déjà tout ce qui existe.

> – TISON, *à Alexandre*
> Je tâte, pas d'extincteur, tâte encore, chandails de laine pliés, chaleureuse collection, fruit d'années de fouilles dans les friperies que je fais tomber, douce avalanche contre mon avant-bras, tâte plus haut, plus bas, il est là, pourtant. Je suis incapable de quitter la flamme des yeux, c'est trop gros, c'est trop haut, le feu est trop, juste trop grand, juste trop fort.

C'est déjà trop tard, il le sait maintenant : une flamme électrique court encore dans les murs, se coule à l'intérieur même de la structure de la maison. C'est la foudre qui rampe, comme un animal fourbe. Elle est partout à la fois, suit les fils, se faufile, suit le câblage et trouve son chemin. La foudre cherche le petit. Son fils.

La fumée épaissit, c'est une couche opaque qui se densifie à hauteur de respir, se déverse vers le haut.

– TISON, *dans l'écho étouffé de sa maison en flammes*

Alexis. Ostie, Alexis, mon homme, mon tannant, mon microbe, mon rantanplan, mon matou, mon jeune loup, mon lion, mon Alexis champion.

Le feu pulse déjà dans la maison, émanant de partout à la fois. Le jeté bouchonné sur le divan commence à fumer. Tison grimpe l'escalier de bois verni, trois marches à la fois, quatre pas seulement avant de plonger tête première dans cette boucane écœurante qui coule vers le haut, vers les chambres en haut. Il s'y engouffre sans réfléchir.

– TISON, *à Alexandre*

L'épaisseur de la mixture me surprend, m'étouffe, m'arrête.

Il se penche, ne respire pas mieux, tousse, remonte son chandail jusque sous ses yeux, respire mal. Ses yeux chauffent, se mouillent comme ils le peuvent, et il trébuche. Sur quelque chose de mou. Respire mal.

– TISON, *s'étouffant dans la fumée*

C'est le chat, ostie, c'est le chat, couché là.

Il respire encore plus mal, tombe.

– TISON, *toussant, les poumons irrités par la chaleur*

C'est le chat qui est en train de crever là, ostie, c'est le chat qui crève.

Il se relève, étouffe de comprendre ce que signifie l'agonie du chat, ses feulements incapables, sa toux sèche de félin crachant. C'est la fumée, la chaleur et les flammes qui trouvent leur chemin vers tout ce qui vit encore, vers toute la chair vive.

    – TISON, *à Alexandre*
    Déjà, pour moi, c'est trop tard.

La brûlure le darde. Un pas. Un deuxième pas. Il s'étale par terre dans la chambre d'Alexis, bat des bras autour de lui, tente d'attraper quelque chose, n'importe quoi, voudrait que ce soit Alexis.

    Et il agrippe : une petite voiture.
    Et il frappe : son poignet contre une patte du lit.
    Et il souffre et s'étouffe.
    Alexis doit être là sous le lit, près de la commode.

    – TISON, *pense, en proie à la panique*
    C'est trop long. Ça prend trop de temps.

Mais il touche, enfin, il touche, du bout des doigts, un petit pantalon de coton, contenant une jambe, et il prend, à pleine main, un petit pied dans son bas coloré.

    – TISON, *pleurant dans la chambre de son fils*
    Je l'ai. Viens mon (*tousse*) homme !

Les odeurs sont archivées, la lumière hésitante dans l'épaisseur grise, tout se classe selon les degrés de la douleur tandis que la mémoire avale tout, gardera tout, crachera tout quand bon lui semblera, quand les nuits seront longues, quand les sueurs feront glisser le monde.

Et alors il tire, il tire mais ça ne va pas, tire encore mais ça ne vient pas : il faudra soulever le lit, ou le contourner. Mais le feu couvre déjà le mur de la chambre. Et la fumée l'étouffe. Et la chaleur fait fondre et grésiller les tissus. La douillette cuit littéralement sur le lit, elle rétrécit, ondule, épaissit. Les vêtements de Tison lui adhèrent au corps.

Cette odeur écœurante, de fumée, de poils et de chair brûlée, c'est sa vie qui part en fumée.

> – TISON, *à Alexandre, les larmes aux yeux*
> C'est moi, je suis en train de cuire, tu te rends compte ? Et c'est mon fils, merde, c'est mon fils qui brûle. Et je pleure pour bien plus que de la fumée.

Il essaie de secouer l'enfant.

> – TISON, *à son fils*
> Reste avec moi mon matou, mon jeune loup, mon lion, mon homme, mon tannant, mon microbe, mon rantanplan.

Alexis ne répond pas, le chat aussi a cessé de feuler, et il faut encore sortir de là, mais Tison a seulement envie d'abandonner, de céder. De crever là. Avec un fils et un chat.

Il prend dans sa main la tête de l'enfant et, cachant au mieux son petit visage, le serre contre lui. Le corps de guenille lui pendouille contre le torse, lourd d'abandon.

Il ne sent plus la chaleur, ne sent plus sa morsure, ne sait plus la vie, ce que c'est de vivre. Devant eux, la cage d'escalier enferme une bête de feu qui court sur tous les murs à la fois.

– TISON, *à son fils contre lui*

T'es prêt, mon homme ?

L'enfant ne répond pas. Au fond, Tison essaie de se convaincre lui-même. Qu'il doit se laisser engloutir. Il hurle, ne veut pas, sait qu'il le faut, que c'est ça ou y rester.

Lorsqu'il sort enfin de la maison, les bras chargés de ce petit corps inanimé, il s'effondre.

– TISON, *à Alexandre*

Dans la rue. Je m'effondre dans la rue. Il y a un crissement de pneus. Un chauffeur me regarde, effrayé. Les voisins me regardent, s'avancent vers moi. J'ai jamais été aussi heureux de voir madame Tremblay s'avancer à ma rencontre. Elle qui parle toujours trop, qui parle trop, elle sait pas quoi dire. Elle me regarde, ses yeux exorbités. Elle a peur, elle est dégoûtée.

– TISON, à sa voisine

C'est mon fils, madame Tremblay. Mon Alexis que j'ai dans les bras.

– TISON, *pense*

Je sens des bouts de nos corps qui se sont soudés, chair sur chair. Il sera toujours un peu de moi, mêlé à moi. Quelque part en moi.

La pluie tombe sur leurs deux corps, d'autres automobiles s'arrêtent. L'eau continue de ruisseler sur l'asphalte, fait des remous en contournant les genoux de René. Ce pourrait être des larmes tant il pleure.

Tison est dans la rue, aussi dans la cuisine de sa maison de fond de rang. Il a les bras lourds mais vides, et son visage, ses mains, ses bras brûlent de nouveau devant Alexandre. Autour des deux hommes, les époques se superposent, se condensent, se fracassent. Les deux maisons, l'une dans l'autre, l'une en feu, l'autre en silence. La même souffrance gutturale. René touche ses propres joues, son front. C'est le visage d'un autre. Devant lui, Alexandre a posé ses paumes sur ses tempes. La voix de sa mère lui revient, spectrale.

– LA VOIX DE LA MÈRE
Ça va pas, mon Alexis ?

au mouroir de la mère

Ce jour-là, Alexandre pense que son père est au camp, comme souvent, mais il est allé rejoindre la mère à l'hôpital, à Montmagny. La camionnette stationnée, il se tient devant le bâtiment, regarde chaque fenêtre en cherchant celle derrière laquelle dort probablement la femme de sa vie.

> – LE PÈRE, *pense*
> J'aime pas ça, un mouroir de même. T'as pas
> d'affaire là, ma Pauline.

Il retient son souffle un instant, le temps de se prendre un élan, puis il fonce, tête baissée, par la grande porte de l'édifice. La casquette sous l'aisselle, il trouve enfin la chambre, et sa femme qui dort dedans. Il enlève ses bottes près de la porte, marche sur la pointe des pieds. Le terrazzo du plancher est froid, dur.

> – LE PÈRE, *pense*
> Ça me rappelle les petits matins à l'université.

Le cœur lui serre d'un coup sec. La malade entrouvre les yeux, voit son André, se demande si c'est bien lui ou si elle est en train d'halluciner.

– LA MÈRE

C'est toi, Dédé ? C'est bien toi ?

Il acquiesce, elle reconnaît sa voix, elle sourit. Soulevant le drap et tapotant le matelas près d'elle, la mère invite le père à la rejoindre. Il retire sa chemise et il s'étend près d'elle.

– LE PÈRE, *la voix hachurée*

Je peux plus, moi, si tu reviens pas. Je peux plus, je vais mourir pour de vrai. Crever de faim dans mon coin. Ça devrait pas se passer comme ça.

– LA MÈRE, *chaque mot séparé de l'autre par une respiration difficile*

Voyons donc, Dédé. Tu vas te sortir de tout ça, tu vas être bin capable, j'ai jamais vu un homme capable comme toi.

– LE PÈRE

C'est pas vrai. Je suis pas assez fort pour une vie vide de toi. T'sais qu'on peut mourir du vide ? Du vide plein les bronches, du vide plein les veines, du vide plein la tête. C'est le vide qui va rester pour nous habiter quand tu vas partir. Ça va me tuer, Pauline. Ça va me tuer.

– LA MÈRE, *sa parole saccadée*

Arrête. Tu peux pas mourir comme ça. Alexandre a besoin de toi.

– LE PÈRE

Alexandre a pas besoin de moi. Il est plus brillant, plus grand, plus fort que moi. Je suis une
plaie pour lui, une plaie qui le gangrène.

– LA MÈRE, *difficilement*

Arrête de te sauver devant lui. Fais ce qu'il faut.
Tu es le mieux placé pour le comprendre, je
connais personne d'autre que toi qui puisse
mieux savoir ce qu'il ressent. Tu peux pas partir de même. Y a rien qui a cette importance-là.
Rien. Personne. Pas même moi.

– LE PÈRE

Ma Pauline, y a rien ni personne qui a ton
importance à toi.

– LA MÈRE, *exaspérée*

Ça suffit, Dédé, chut, embrasse-moi, plutôt, j'ai
besoin que tu sois doux avant de pouvoir partir.

Elle est amaigrie, décharnée. Le foulard trop grand
qu'elle porte sur la tête cache mal qu'elle a perdu ses
cheveux et que la peau de ses tempes est devenue
translucide. Les cicatrices qui ont remplacé ses seins
ont guéri pour rien. Quand il l'enveloppe de son bras,
André sent ses os qui affleurent.

– LE PÈRE, *pense*

Quel gâchis.

L'homme embrasse la joue baignée de larmes de la
femme.

– LA MÈRE

Je suis si heureuse qu'il soit venu.

Il fait courir doucement ses lèvres dans son cou, laisse glisser sa main de sa nuque jusqu'à sa poitrine réséquée. L'un et l'autre se disent « je t'aime » et le répètent, ils savent l'urgence de le partager, ils savent la fin proche. Ils savent.

– LE PÈRE ET LA MÈRE, *leurs voix tressées*

Je t'aime.

l'amour étrange

C'est un amour étrange qui lie le père à la mère. Du point de vue de leur fils, ils sont deux êtres indépendants, deux astres apparemment pris dans la même orbite mais qui ne se rejoignent jamais. Quand il succombe à l'une de ses colères, elle sait le calmer. Quand elle pleure, fragile, l'époque où elle travaillait au moulin elle aussi, il sait trouver les mots qui rassurent. Mais jamais entre eux l'amour n'avait cherché de démonstration. Jamais Alexandre n'avait vu la mère passer ses doigts dans les cheveux du père, jamais il n'avait vu le père embrasser sa femme tout contre lui. Pas de caresses furtives, pas de clins d'œil complices. Qu'une bonne entente. Un soutien mutuel.

Pourtant, il existait bien quelque chose de grand entre les deux qu'Alexandre ne saurait jamais, qu'il ne comprendrait pas. C'était une relation fondée sur ce qui se cachait sous le langage, qui n'en supportait pas la chape de plomb.

– LA RUMEUR
Le père est arrivé sans passé. Sans histoires,
que celles inventées.

Quand il débarque au moulin, son CV est pratiquement blanc. On peut y lire qu'il a un diplôme du secondaire, un luxe que d'autres travailleurs n'ont pas su se permettre. Et qu'il a travaillé quelque temps pour une obscure *shop* de la grand'ville. La pauvre secrétaire, larges lunettes et sourire tout autant, est interloquée en face de ce fils-de-personne – quand les petits gars viennent au moulin, d'habitude, c'est parce que leur tour est venu. Ils vivent au village, pour la plupart ils ont même un père déjà sur le *payroll*. Sauf que lui est plus vieux.

– PAULINE, *pense*

Il doit avoir, quoi, vingt-cinq ans ?

Et il se comporte différemment. Taciturne mais poli. Un grand discret comme on n'en voit pas tant dans le métier.

– PAULINE

Vous avez des références, monsieur Marchant ?

– ANDRÉ

Va falloir me faire confiance.

Sur le coup, Pauline n'a pas trouvé quoi lui répondre. Elle n'avait jamais besoin de ça, des références, et n'aurait pas vraiment su quoi en faire. Le grand échalas planté là s'est senti obligé d'expliquer, l'air gêné, que la *shop* où il travaillait en ville, elle avait fermé. Qu'il avait décidé de s'installer dans le Bas.

Dans le Bas.

C'est comme ça qu'ils le disent, les gens du Bas-du-Fleuve : s'installer dans le Bas. Comme si ailleurs le monde pouvait juste les regarder de haut. Comme s'ils étaient vraiment dans le fond de quelque chose. Creux, comme ils disent aussi. Parce qu'ils ne sont pas assez proches de la ville pour profiter de ses largesses. Et pas assez loin pour inspirer les mythes ou la beauté comme arrivent à le faire la lointaine Gaspésie ou les Îles-de-la-Madeleine.

Pauline, cachée derrière des lunettes qui lui font une muraille de verre devant le visage, retient un sourire qui aurait sans doute été mal compris. Le grand diable ne vient pas du coin ni même de la côte. Sans ça, il saurait que le village de Paris-du-Bois ne se trouve pas dans le Bas-du-Fleuve, mais dans cette région à peu près anonyme que les gens de la place ne savent pas nommer autrement que « chez nous », et que le grand monde de la ville et des ministères appelle la Côte-du-Sud.

> — ANDRÉ
>
> Je peux faire n'importe quoi. Faut juste me le montrer une fois.

> — PAULINE
>
> On va en parler au boss. En attendant, on peut vous joindre où ?

La gêne du pauvre diable lui fait regretter sa question. Il se met à baragouiner.

> — ANDRÉ
>
> J'ai pas vraiment... Je suis pas encore installé. M'en vais aller au village en attendant. À l'hô-tel, j'imagine.

Pour l'instant, André vit dans son char. Un Oldsmobile vert forêt qui sent le cuir, le tapis poussiéreux et le fond de bidon d'essence. Il l'a acquis à un hôtel de village, un peu plus à l'ouest, où l'avait laissé l'autobus. Il l'a acheté à un type éméché, qui avait trop bu, justement, pour prendre la route et qui trouvait ça drôle de s'en débarrasser pour pouvoir continuer de se soûler. Le type lui a tout dit : le jeu dans la direction, le silencieux percé, l'eau qui rentre par la vitre côté passager et le trou dans le plancher.

– LE TYPE ÉMÉCHÉ, *qui s'est mis à rire*
Si tu enlèves le tapis, tu peux probablement voir
le chemin qui te passe en dessous des pieds.

Puis, il a payé une tournée en l'honneur de la transaction qu'il venait de réaliser.

– LE TYPE ÉMÉCHÉ, *pense*
Six cents piastres, un maudit bon *deal*.

André s'est empressé de partir tout de suite après avoir englouti le fond de brandy, avant que le gars en vienne à se demander comment il pourrait retourner se coucher. Pauvre diable à pied.

– LA VOIX D'ANDRÉ
Mais, de même, personne se sera fait tuer.

Pas habitué à chauffer une voiture à propulsion, André s'est donné quelques sueurs dans les chemins de terre. Mais, avec le millage, il a fini par se faire la main.

– LA VOIX DE PAULINE
C'était un d'ailleurs, un venu-par-hasard qui

s'était accroché les pieds dans le trottoir de
la Principale. C'était un pas-d'la-place vivant
dans son char, arrêté au moulin pour de l'ouvrage, enfermé à l'hôtel pour de l'espoir. Il s'est
empêtré dans le mariage pour faire comme
les autres, mais aussi un peu parce qu'il avait
grand cœur, et je pense qu'il me trouvait pas
trop laide. Et, surtout, parce que j'étais amou-
reuse. Il cherchait une vie comme celle que
je pouvais lui offrir. Puis moi. J'espérais un
homme comme lui.

Il fallait la comprendre, la belle Pauline : un d'ailleurs,
un venu par hasard. Il avait beau venir d'en ville, il avait
de superbes avant-bras, comme s'il avait travaillé au
moulin depuis toujours. Elle n'avait jamais su comment
il avait pu aboutir là pour y rester. La vérité, c'est qu'il
venait de décrocher de l'université. L'histoire ne dit pas
ce qu'il étudiait.

– LA VOIX DU PÈRE
Parce que c'est pas important. Ou parce que
c'est important que l'histoire le dise pas, justement.

Il s'était rendu compte qu'il ne pouvait plus vivre hors
du monde. Qu'il ne voulait absolument pas observer
la vie des gens de l'extérieur. Qu'il souhaitait plutôt
la vivre avec eux autres, cette vie. Il avait eu peur, un
jour, de la réaction qu'il avait eue en entendant du vrai
monde parler près de lui.

C'était une histoire de vêtements. Quelque
chose qu'une femme avait porté la veille dans
un bar. Ç'aurait pu être autre chose. N'importe
quoi de banal.

Le problème, c'était ce réflexe qu'il avait eu de les déni-
grer, juste dans sa tête, mais quand même, parce que
leurs préoccupations lui semblaient tellement banales,
sans intérêt. Il aurait voulu en pleurer lorsqu'il avait
compris ce qui venait de se passer. Lorsqu'il avait pris
conscience de ce regard qu'il avait porté sur eux.

– LA VOIX DU PÈRE
Sans m'en rendre compte, je m'étais laissé déri-
ver hors du monde. Je m'étais pris pour mieux.

Il ne le ferait plus. Il ferait partie du monde, dorénais-
vant. Ne flotterait plus au-dessus. Vivrait la vie du vrai
monde.

Souvent, André avait observé d'autres étudiants
et il avait ragé contre ce détachement avec lequel ils
traitaient leurs semblables. Comme si cette posture de
chercheur nécessaire à leurs travaux devait encadrer
aussi leurs relations sociales. Il ne voulait pas en être.
Surtout pas.

– LA VOIX DU PÈRE
J'ai mis cinquante piastres sur la table de la
cuisine avec un mot d'excuse pour mes colo-
cataires. J'ai fourré mon linge dans deux sacs,
pis j'ai crissé mon camp.

Il a pris l'autobus jusque nulle part, trouvé cette voiture achetée au rabais avec ses dernières économies. Et il a roulé comme ça sur la 132, sans trop savoir jusqu'où il irait. Au restaurant où il s'est arrêté pour manger, on lui a dit de prendre le bois à partir de L'Islet, qu'on aurait probablement besoin de lui au moulin à scie, dans le bout de Paris. Il a sourcillé. La serveuse a précisé en souriant, l'air de comprendre soudainement qu'il ne venait pas de la place.

> – LA SERVEUSE
> Paris-du-Bois, je veux dire, plein sud, vers les
> États.

C'est ce qu'il a fait.

> – LE PÈRE, *pense*
> Je m'en vais offrir mes bras à du vrai monde.
> Vivre une vraie vie.

Quand elle consent à accueillir cet homme venu d'ailleurs, la belle Pauline ne le prend pas seulement au moulin, mais en même temps dans toute sa vie, et pour toujours. Elle lui ouvre toutes les portes.

Il y a déjà un bourgeon de bébé qui lui pousse dans le ventre. Il le sait. Mais il l'a choisie, et il se tait.

> – TOUTES LES VOIX, *en chœur*
> Tu te tais, et tu apprends.

le père et la colère

Juin est tiède et sent bon. L'ennui aura toujours cette odeur verte pour Alexandre. Quand Marie-Soleil passe une partie de l'été chez sa grand-mère, le temps suit des détours avant d'arriver au bout de sa course.

Les jeux sont particuliers quand on a sept ans. Ils n'ont pas besoin de motif. Parce qu'il n'y a aucune raison de monter sur une pierre si c'est pour en redescendre. Et parce que le fait de lancer une pierre sur la tôle de l'appentis n'a aucune justification possible sinon le son qui se produira, toujours à peu près le même. Et Alexandre, qui prend déjà conscience de la futilité de tous ses gestes, s'ennuie encore plus. Il a envie d'un projet. De construire quelque chose. Ce sera une cabane. Dans la coulée, derrière. Sa première.

Du vieux bois trouvé derrière l'atelier, barbouillé de pourriture et de traces d'humidité. Un carré de plexiglas en guise de fenêtre. Des clous rouillés, souvent tordus, sortis d'une chaudière, quelque part près de l'établi.

– ALEXANDRE, *pense*

Ça tient. Mais ce serait mieux avec des vis.

Alexandre fait le tour de son ouvrage avec attention.

C'est croche, mais il est fier. Il a poussé ici de la paume, là du coude, là encore de l'épaule, mais pas trop fort.

— ALEXANDRE, *pense*

Va vraiment falloir des vis.

Alors il remonte à l'atelier de son père. De gros bourdons volent mollement dans les herbes hautes poussant entre la coulée et la maison. Contre la peau, il ressent le dilemme insoluble posé par la fraîcheur humide du vent venu du bois et la chaleur crue du soleil.

À son entrée dans le bâtiment, les yeux de l'enfant doivent s'habituer à la pénombre. Des rais percent les murs de planches, donnant l'impression d'une prison de lumière où le père se serait enfermé pour des crimes que lui seul aurait connus. Il reste en silence, quelque part en haut de l'échelle.

Alexandre demande son père.

— ALEXANDRE

Papa ? (*Sans réponse.*) Papa, j'ai fait une cabane !

— LE PÈRE, *sortant de son mutisme*

C'est beau, mon homme, laisse papa tranquille, à c't'heure.

— ALEXANDRE

Mais papa, as-tu des vis ? Des vieilles vis que je pourrais utiliser pour ma cabane ?

— LE PÈRE

Non, Alexandre. C'est assez, laisse papa tranquille.

Alexandre regarde attentivement autour de lui. S'il y a des vis, ce doit être sur la tablette du fond, s'encourage-t-il, là où s'entassent une vingtaine de pots de verre emplis d'objets disparates. Il lui faut grimper, trouver quelque chose sur quoi monter pour atteindre les pots. Sur l'établi, le coffre à outils du père, objet stable et de bonne hauteur. Mesurant le poids de la boîte, Alexandre la fait glisser lentement, mais, au moment où il va la soulever, son loquet mal fermé se détache et, dans un vacarme intolérable, les outils se déversent sur l'établi et sur la dalle de béton de la fondation.

Une seule fraction de seconde de silence épais, étouffant, puis la voix du père, solide comme une claque derrière la tête :

– LE PÈRE

Alexandre ! Dehors !

Ses pas d'enfant sur le ciment. Le coup d'un petit poing sur le capot de l'une des carcasses de voitures rangées là. Le grincement de la lourde porte refermée à moitié. Le rugissement d'un enfant en colère bien plus que peiné.

Le silence revient faire son chemin autour de la maison. Une voiture passe un peu plus loin, sans ralentir, comme hors du monde. Il n'y a que le bruissement gris des insectes, le chuchotement inégal du vent et le reniflement sporadique d'Alexandre. Il a sept ans, et il se tient debout sur la rampe qui ceinture la galerie. Il met un pied dans le vide, devant lui, hésitant. Il balance entre la peur et le désir. De souffrir et de faire mal.

– LA VOIX D'ALEXANDRE
Et je sens bien, déjà, que je suis pas normal de
penser comme ça, déjà.

Soudain, il perd l'équilibre, se rattrape d'une main à la colonne, retient son souffle. Puis, il lève de nouveau le pied. Tombera, tombera pas. S'il se laisse tomber, s'il se jette, comme ça, au pied de la galerie, s'il saigne assez en se relevant, s'il se blesse quelque part au visage parce que ça saigne plus, s'il fonce vers le sol sans se protéger et qu'il se fait des écorchures assez grosses contre le gravier de l'entrée, des blessures pleines de cailloux, encrassées de sable, alors son père devra bien réagir, descendre de son repaire.

– ALEXANDRE, *pense*
S'occuper de moi. Un peu.

Mais il ne saute pas. Il regarde seulement le soleil s'amortir contre la tôle rouillée du toit de l'atelier, se convainc de redescendre, s'assoit dans le court escalier embrassé par des bosquets d'hortensias. Et il se met à pleurer en silence.

– LA VOIX D'ALEXANDRE
Parce que j'ai eu la chienne. Et parce que ça
fait encore plus mal d'avoir la chienne que de
tomber pour de vrai. J'ai jamais été un enfant
très courageux. En fait, dans toute ma vie, j'ai
pas souvent eu le courage de mes ambitions.

Le père finit par sortir du bâtiment, ferme les yeux pour laisser le soleil le baigner. Le temps de s'habituer à la lumière, il s'étire longuement. Il s'avance vers la maison et, passant près d'Alexandre qui joue du bout du doigt sur la plus basse marche de l'escalier, où il trace un complexe réseau de chemins de poussière, il lui tapote les cheveux. Puis il entre, va fouiller dans le frigo et revient sur la galerie avec en main une bière et une cannette de liqueur aux raisins.

De la poche pectorale de sa chemise à carreaux, il sort une poignée de vis et un vieux tournevis.

– LA MÉMOIRE D'ALEXANDRE

Le père avait une drôle de relation à la colère.
Je me souviens qu'un jour, j'avais fait une crise
magistrale à propos d'une permission qui m'avait
été refusée, je ne me rappelle plus laquelle. J'étais
sorti dans la cour pour me défouler, et je m'étais
mis à frapper à grands coups de pied contre le mur
de l'atelier, et j'avais lancé de grosses pierres dans
le jardin, et conscient que le père m'observait sans
réagir je m'étais mis à hurler, assez fort pour que
ma colère aille frapper le Borgne Blanc couché sur
l'horizon. J'étais complètement déchaîné.

Le père s'était simplement approché, m'avait
saisi par les épaules avec une poigne assez convain-
cue pour que mon corps se fige, et il avait dit « tu
sais, mon homme », et je m'étais tu, alors il avait
dit : « Tu sais, il faut être en colère, il faut être
enragé, c'est indispensable, mais pas toujours ni
pour toujours. » Il avait embrassé mon front, bou-
leversant, et je l'avais regardé de par en dessous,
désarçonné, défait de toute la colère qui m'avait
secoué. Il avait réussi.

le retour d'Alexis

Parfois, René imagine Alexis devenu grand au-delà du feu, revenu en visite à la maison. Comme si tout ce temps il n'avait été qu'absent. Comme s'il avait seulement été ailleurs. Il lui prépare à manger, la meilleure choucroute du monde, et, parce que son Alexis n'est plus un enfant, il ouvre une bouteille, pour célébrer son retour, fils prodigue mangé par le feu mais restitué par la vie.

Quand le fantôme du fils est là, René est heureux. Ils marchent dans la cour, ensemble. René montre à son fils le jardin, ce qui pousse, ce qui nourrit, toutes ces carottes échevelées, ces haricots violacés, ces plants de courges rampants. Il montre le parterre, les vivaces à séparer, les nouvelles plates-bandes à ouvrir. Il montre les arbres à émonder, tout le travail que c'est, lui explique qu'on ne peut pas juste les regarder pousser. Et il lui désigne ce pommier mort qu'il faudra bientôt coucher, lui raconte que le vieux Caron qui s'occupe des terres à bois pas loin doit venir l'aider, qu'il passera bientôt, c'est sûr. Et il lui parle de cette lumière saumon qui éclabousse parfois la maison, quand le soleil se couche de l'autre bord du bois et qu'il se laisse filtrer par des hectares de forêt.

J'imagine Alexis devenu grand et la peau de mon torse, la peau de mes bras, la peau de mon fils sur mon corps me démange. Il est l'abîme de mon corps. Je me rappelle *Le cri* de Munch. Et je mange seul la choucroute. Et je bois seul la bouteille. Parfois je hurle, aussi. Je deviens vraiment l'œuvre de Munch.

l'œil du chevreuil

— ALEXANDRE, *pense, sans conviction*
J'ai pas peur, je hurlerai pas.
De la gravelle ayant roulé sur l'asphalte, crissement bruyant des pneus, laissant des traces sur le bitume, et le flottement vague d'une odeur de caoutchouc brûlé. Le caniveau est tapissé de cotons secs et d'herbes jaunes, mêlés au brun des feuilles déjà tombées. Ou peut-être que tout ça est gris fin d'automne.

Du creux de ce vallon, la route semble mener tout droit dans le ciel blanc. Elle est argentée et pleine de luisances. Au-devant, les arbres sont nus, et les poteaux de téléphone donnent l'impression d'être plus croches que d'habitude.

— ALEXANDRE, *pense*
J'ai pas peur, c'est pas ça.
C'est un chevreuil qui a excité le père à ce point. Un petit mâle, quatre-vingts ou quatre-vingt-dix kilos, selon lui, étendu au bord de la chaussée. Ses bois ne sont même pas abîmés. Aussitôt qu'il l'a vu, le père a appliqué les freins. Il s'est précipité hors de la voiture, laissant la portière béante.

– LA VOIX D'ALEXANDRE

Sur le coup, en fait, j'ai cru qu'il voulait tenter
de le sauver. De le réanimer.

Pendant qu'Alexandre s'approche pour mieux voir ce
qui se passe, le père se penche sur le cervidé, presse la
peau de son col du bout des doigts, sans doute pour voir
s'il est rigide, ou s'il est encore vivant.

Le garçon voit sa paupière cligner. Puis, l'animal
ne bouge plus. Depuis, l'œil sombre du chevreuil fixe
le vide.

– LA VOIX D'ALEXANDRE

J'ai aussitôt su que je l'avais vu mourir. Il attendait qu'on arrive, je pense. Pour partir. Je me
souviens que j'avais pas peur, c'était pas ça.
C'était surtout que je le trouvais beau. Cet œil
fascinant. Bulle de nuit sortie d'une tête ani-
male, embrassée par la fourrure drue de ses
paupières inutiles.

Le père caresse le velours des bois en silence, les appré-
cie. Ils sont petits, mais c'est mieux que rien. Alexandre
reste en retrait, se sent gêné quand une voiture vient à
passer près d'eux. André ne s'en est pas rendu compte,
il observe le corps de la bête. De toute évidence, une
voiture l'a frappée, c'est fréquent sur cette route. Le
point d'impact se situe au niveau du bassin. Peu de
sang a coulé de sa plaie, mais sa fourrure est abîmée,
et un renflement important vis-à-vis du ventre donne à
croire qu'une hémorragie interne a pu achever l'animal.

André n'est plus au bord de la grand-route. Il se retrouve à la chasse avec le frère et le père de Pauline, à leur camp, pas loin de Sayabec.

– LA VOIX DU PÈRE

Je suis planté là, les pieds dans le marécage, figé, incapable, la .308 Winchester encore lourde entre les mains, les mains encore moites collées dessus. Je sais que je dois tirer, je suis hypnotisé par le chevreuil qui me regarde avec cet œil sombre, à pas savoir si je pleure ou si je bande, à trembler violemment dans le marécage où je m'enfonce des deux bottes.

Il n'avait pas su tirer.

– LE BEAU-PÈRE

C'est normal, ça arrive à tout le monde.

– LE BEAU-PÈRE

Ça s'appelle la fièvre du buck.

C'est ce qu'ils lui ont dit pour le rassurer. Lui avait cette impression de n'être qu'un autre poète devant une bête lumineuse[9]. D'avoir failli, encore une fois. De n'avoir pas réussi à rejoindre ces gens, cette réalité de laquelle il voulait tellement faire partie. D'être condamné à en rester constamment exclu. De vivre à côté du monde qu'il espérait.

Alexandre constate que le père s'est mis à trembler au bord du chemin. Il fixe son regard sur son visage, essaie de comprendre ce qui se passe. Rarement il le verra aussi vulnérable. Le garçon, qui a neuf ans à cette époque, s'approche et glisse sa main devant le museau de l'animal pour chercher la tiédeur d'une respiration.

– ALEXANDRE

Je pense qu'il est mort, papa.

Le père soupire, apparemment d'exaspération, comme si son fils avait énoncé là une si grande évidence.

– LE PÈRE

Tu vas m'aider, on va le mettre dans le char.

Ils ont forcé, soufflé, grogné. Le père a sacré, c'est certain. Ensemble, ils ont réussi. Sur le chemin du retour, à chaque instant Alexandre se retourne, craignant de voir l'œil de l'animal cligner de nouveau, mais ça sent la mort jusque dans le silence qui s'est immiscé dans la voiture depuis leur arrêt inattendu, sent l'animal mort pour rien. Il est fasciné de voir un cadavre d'aussi proche, d'avoir pu sentir la mort les effleurer, son père et lui, puis repartir avec le chevreuil devant leurs yeux.

– ALEXANDRE, *encore ému*

Qu'est-ce que tu vas faire avec ?

Le père ne répond pas. Il rêve depuis longtemps d'un trophée à accrocher dans son atelier. Et, depuis qu'il a dû se débarrasser de son arme, quelques années plus tôt, ce n'est plus possible autrement.

marchant dans le mauvais sens

– LA MÈRE, *bouleversée, en proie à une rare colère*

Plus jamais, tu m'entends ? Plus jamais.

La mère enveloppe son fils de baisers et de caresses, pleure plus qu'il n'a lui-même pleuré après sa mésaventure au champ. Elle fusille André du regard. Alexandre est sale. Sa veste d'automne est déchirée en plusieurs endroits, comme si quelqu'un lui avait donné de petits coups de ciseaux de couture. Il a le visage tuméfié, marqué par les coups de bec des outardes, et sa peau est fendue sur la joue, sous l'œil, sur la lèvre.

– LA MÈRE, *s'adressant au père*

Il aurait pu perdre un œil, tu te rends compte !

Elle désigne une blessure sur sa pommette qui remonte vers la peau tendre de sa paupière. Au lieu de rassurer Alexandre, elle s'emporte, gesticule et hurle.

– LA MÈRE

Tu vois pas que c'est pas toi, ça, André ? Tu vois pas que ça te ressemble pas ? T'es juste pas fait pour ça, c'est pas toi. T'es un homme merveilleux, André. Mais tu marches dans le

mauvais sens. Tu le sais, j'ai jamais rien dit.
T'auras beau fuir toute ta vie ce que tu as dans
les tripes, aller aussi loin que tu veux, tu seras
jamais ce que tu voudrais être.

Elle est sincère et le père ne se défend pas. La vérité,
c'est qu'à ce moment précis, il sait qu'elle a raison.
Qu'il ne sera jamais mieux que maladroit au travers du
vrai monde, à faire des vraies affaires de vrai monde.
Qu'il ne sera jamais vraiment à sa place. Comme
dans cette cuisine où même son fils le regarde avec
un sentiment tressé de rancœur et de peur. Où même
la femme de sa vie semble le considérer comme un
étranger qu'elle observerait avec un détachement douloureux, quasi chirurgical.

– LA MÈRE, *sans appel*
Ta .303, tu vas t'en débarrasser. Aujourd'hui.
Je veux p'us jamais voir ça dans' maison. P'us
jamais voir ça dans tes mains.

André ne bouge pas. Accueille la colère de Pauline
comme si elle allait de soi. Il avait déjà imaginé tout
ce qu'elle lui dirait sur le chemin du retour. Il ne s'était
pas trompé sur grand-chose. Même pour son arme, il
s'était préparé à cette éventualité.

– LE PÈRE, *pense, résigné*
Je trouverai sûrement quelqu'un pour la rache-
ter au village.

Pauline, penchée sur Alexandre, n'en finit plus de le
cajoler. Mais son verdict tombé, elle ne semble plus

s'intéresser au père, toujours planté là, en bas de laine au milieu de la cuisine, avec encore son manteau sur le dos et sa tuque remontée sur le dessus de la tête. Il soulève l'outarde qu'il tient par le cou, la regarde dans l'œil.

    – LE PÈRE, *s'adressant à la carcasse*
    On va aller s'occuper de toi. Ç'a l'air que tu vas être la dernière.

l'appel

La mère est morte depuis six mois.

> – ALEXANDRE, *pense*
> J'ai l'impression que le père est parti en même
> temps.

Il sait se débrouiller, le fils, à l'âge qu'il a. Se fait à manger. Va à l'école. Va travailler quand ça se présente.

> – ALEXANDRE, *pense*
> De toute façon, c'est pas comme si on avait
> grand-chose à se dire, le père pis moi, même
> quand il est là.

Depuis qu'il a de l'ouvrage au garage et fait les petits
travaux de tout le monde au village, le père ne peut plus
lui reprocher grand-chose.

> – ALEXANDRE, *pense*
> Travailler pour l'autre. Être de service. Je suis
> nègre blanc, esclave consentant, je fais ce qu'on
> attend. On me dit creuse : je creuse, et je creuse
> longtemps. On me dit creuse encore : le trou est
> grand, je creuse encore, j'ai peur de plus savoir
> en sortir, de ce trou, peur que ce soit mon trou
> à moi, ce trou, qui ressemble à celui de la mère,

le trou pour son urne, pour ce qui restait d'elle après les flammes de l'incinérateur. On me dit pousse, la brouette, pousse, le tracteur, pousse, la caisse, pousse, les balles de foin, pousse, et je pousse. Et j'ai la peau noircie, et je fredonne une *slave song* comme celles qu'écoute le père.

– LES VOIX DES CUEILLEURS DE COTON
Hey, Hannah, why don't you go down ?

– ALEXANDRE, *pense*
Et je lève les yeux au ciel, et le soleil veut pas bouger.

– LES VOIX DES CUEILLEURS DE COTON
Hey, Hannah !

– ALEXANDRE, *pense*
Va don' te coucher, que je me sorte du trou !

– LES VOIX DES CUEILLEURS DE COTON
Why, why don't you go down ?

Et tout ce temps, il n'est pas là, le père. Il n'est plus là. Part sans revenir. Revient pour mieux repartir. Surtout s'il n'a pas d'ouvrage. Il peut passer quelques jours à son *shack* en construction sans refaire signe.

Au camp, il suffit de quelques jours pour que le temps se moule sur le rythme du corps. Le sommeil vient plus tôt, le jour aussi. Souvent, vers deux ou trois heures du matin, il se réveille. Il sort nu dans la fraîche pour uriner à la lisière du bois, dans les arbustes en fouillis. Chaque fois, il est surpris de se retrouver sous un pareil dégât d'étoiles. Longtemps après la satisfaction de son besoin il reste planté là, les yeux au ciel. Une fois, il a même vu une météorite, vive, griffant le silence de son bruissement poudreux. Allumette stellaire.

— LE PÈRE, *pense*
Il serait tellement facile de tout laisser tomber
pour me contenter de ça.

Mais il pense à son fils. Pense au travail qu'il faut bien faire. Retourne se coucher avant de voir bleuir les espérances de l'aube.

Lorsqu'il repasse à la maison, sa seule question se résume à ça : est-ce que j'ai une job à faire ?

Il ne cherche plus. Tout ce qu'il fait, c'est attendre.

— LE PÈRE
Pis, j'ai eu un appel ?

— ALEXANDRE
Untel veut se faire creuser un drain. Tel autre
doit refaire le champ d'épuration de sa fosse
septique. Unetelle veut se faire construire une
serre ou un solarium, ou se faire installer un
spa, ou se faire peinturer la façade. Et je sais
pas faire ça moi-même. C'est trop gros. C'est
pas pour moi.

Ou alors, régulièrement, il ne peut lui dire que non, rien, parce que pas d'appel, parce que pas d'ouvrage. Mais cette fois-là.

— ALEXANDRE
Le maire a appelé. Veut te parler. Paraît que

ça presse.

Dans la plupart des cas, le père se renfrogne et va s'enfermer dans la remise. Promettant de disparaître bientôt de nouveau. Sauf que, ce matin-là, l'appel venait du maire.

    – LA VOIX D'ALEXANDRE
    Je me souviens qu'il l'a rappelé tellement vite que ses bottes étaient même pas encore enlevées.

Alexandre n'a pas compris grand-chose. Son père a seulement sacré.

    – LE PÈRE, *pris d'une colère inqualifiable*
    Il est revenu.

Il a écouté un instant, muet, acquiesçant simplement de quelques grognements. Puis :

    – LE PÈRE, *au téléphone*
    Inquiète-toi pas, je vais m'en occuper. Je vais trouver un moyen. Il approchera pas de la petite.

Il a ensuite marché de long en large dans le salon, fouillé dans les tiroirs de la cuisine en sacrant, il est sorti, a dévalé l'escalier pour aller fouiller dans son atelier, et, quand il est revenu, c'était pour gueuler par la porte.

    – LE PÈRE
    Alexandre, lève-toi, mets tes bottes, on y va.
    Alexandre, envoye, j't'ai dit. J'ai besoin de toi.
    – LA VOIX D'ALEXANDRE
    Il m'avait dit :

– LES VOIX DU PÈRE ET D'ALEXANDRE
J'ai besoin de toi.

sourire de chien

Dans la maison de Tison, des incendies s'éteignent doucement. Le vieux chien se lève difficilement, vient s'asseoir près d'Alexandre, presque sur son pied, et, malgré l'arthrose qui le transforme en poussière canine, lève une patte qu'il pose délicatement sur la cuisse du jeune homme. Il a le regard triste des chiens en fin de vie, rendu livide par le reflet bleuté de cataractes, mais il relève un coin de babine, comme s'il tentait un sourire.

> – ALEXANDRE, *pense*
> C'est pas tout à fait ça, les chiens sourient pas,
> mais, quand on en a vraiment besoin, on peut
> faire semblant d'y croire. On peut toujours
> faire semblant de croire quand on en a besoin.

Entre Tison et Alexandre est en train de se tisser une relation qui ne ressemble à rien d'autre. Elle passe un peu par ce chien, un peu par le café froid, beaucoup par les livres qu'ils ont lus et par tous les autres qu'ils attendent patiemment de pouvoir ouvrir. Aussi par ce seul contact entre eux, celui qui leur a fait partager des blessures de corps, de tête et de cœur. Et c'est d'abord dans le silence que cette rencontre prend tout son sens.

– TISON

Pis toi ? C'qui t'est arrivé ?

l'interrogatoire

— ALEXANDRE

Je sais pas.

Normalement, si on avait respecté les procédures, Alexandre aurait dû répondre aux questions de l'enquêteur Gagnon. Mais c'était le lieutenant Raymond Nolet et le sergent Gilles Picard qui se tenaient devant lui, perplexes.

En apparaissant au poste, ouvrant le chemin pour le garçon, le maire de Paris-du-Bois s'était dirigé sans détour vers le bureau du directeur Nolet. Et personne n'avait tenté de l'en empêcher. C'était un homme bourru, charpenté, qu'on aurait bien plus volontiers imaginé travaillant au moulin ou dans un chantier qu'au bureau de la municipalité. Il portait depuis dix-huit ans la même queue de cheval effilée et arborait depuis au moins aussi longtemps cette moustache touffue au beau milieu du visage, comme une armée de chevaliers aurait porté un bélier.

Dans le bureau du lieutenant, le maire Mercier se dressait derrière Alexandre. Le jeune homme paraissait petit et blême devant la silhouette opaque de ce quartier de bœuf, inondé par la lumière crue du néon clignotant rappelant l'ambiance glaciale de la chambre froide de la boucherie de chez Ladouceur, où il allait parfois aider au nettoyage. Au boyau, il arrosait le sang sur l'étal de découpe et le plancher. Puis il frottait. Savonnait. Grattait. Brossait.

Dix minutes qu'ils étaient là tous les quatre. Les hommes en uniforme forêt auraient bien voulu savoir ce qu'André Marchant, le père du garçon, abattu la veille par un de leurs patrouilleurs dans des circonstances nébuleuses, avait projeté de faire avec cette arme qu'il espérait dérober dans l'autopatrouille.

– ALEXANDRE

Je sais pas.

C'était la seule réponse possible, pour Alexandre. Parce qu'effectivement, il ne savait pas. Et il n'osait pas parler de la discussion téléphonique qui avait eu lieu entre son père et le maire Mercier, juste avant que les événements ne se précipitent.

On n'était pas à proprement parler en situation d'interrogatoire. Les deux civils étaient là pour collaborer avec les forces de l'ordre, avait dit le maire en bombant légèrement le torse. S'il était venu avec Alexandre, c'était parce qu'il connaissait bien son père, André, mais aussi les gars du poste de Montmagny. Il était membre du comité de sécurité publique régional, au sein duquel il les rencontrait souvent pour évaluer les besoins de sa communauté.

– LA VOIX DU MAIRE

Mais, comme Paris-du-Bois est le village le plus éloigné du territoire de la SQ, j'suis pris pour régler moi-même un certain nombre de dossiers. On se comprend.

Même si son cœur faisait des *loops* devant l'insistance du lieutenant, Alexandre restait calme. Il fermait le moins possible les yeux, de peur de voir réapparaître ces images douloureuses du père crevé comme une outre. Ou de perdre connaissance dans le flux inconstant de son débit sanguin.

– ALEXANDRE, *pense*

J'ai encore le père plein les yeux, affolé, marqué sur la rétine. C'est juste avant, une fraction de seconde avant. Mon père rémanent dans mes yeux, fixé dans cette position, ce moment où il comprend qu'il meurt. Le père dans mes yeux.

Il leur raconta tout avec détachement. La façon dont le père lui avait crié de mettre ses bottes, comme il le faisait chaque fois qu'il fallait sortir.

– ALEXANDRE ET LA VOIX DU PÈRE

Alexandre, lève-toi, mets tes bottes, envoye.

J'ai besoin de toi.

Le chemin traversé en Civic. La course folle dans les rangs. Les gants, le ponceau truqué, l'enlisement. Le père et les patrouilleurs, leur pas de course dans le bois, le bruit que ça faisait. Le retour du père. Le coup de feu. Le trou noir ouvert dans la tête du père, comme un contact entre les univers.

Il leur raconta aussi l'incapacité du père à tuer les chiens, même au bout de leur propre souffle, de Miss Tache, écrasée par le poids des années, jusqu'à Tiloup, qui avait pourtant eu tous les os du corps brisés après avoir été fauché au bord du chemin. Ce chevreuil, aussi, qu'il n'avait pas su mettre à terre, quand il avait été à la chasse avec le beau-père.

    – ALEXANDRE
    À cause des yeux avec lesquels il le regardait,
    qu'il disait, à cause du regard désarmant de la
    bête.

Ce qu'il essayait d'expliquer, c'est qu'en fait, son père n'avait jamais su tuer quoi que ce soit. À part, ah oui, c'est vrai, la volaille qu'il avait parfois chassée, autrefois, à l'automne. Que ce qui avait des plumes. Et encore, il avait fini par cesser de le faire.

    – ALEXANDRE, *pense*
    Pas question de leur expliquer dans quelles
    circonstances.

Il fut décidé que le garçon disait la vérité. Sans aucun doute possible, avait certifié le maire Mercier. Il fut aussi déclaré qu'il ne connaissait effectivement pas les motifs de son père et qu'il n'avait été impliqué dans l'événement que par obligation filiale. Manipulé, en quelque sorte. Le maire caressait la pointe de sa moustache avec satisfaction, puis se grattait le rêche de la gorge en avançant le menton, ce qui lui faisait une moue surprenante.

Il fut aussi décidé que le garçon ne serait pas importuné, pas traîné en cour. Qu'on ferait comme s'il n'avait jamais été là. Personne n'aurait quoi que ce soit à y gagner, avait argumenté le magistrat. Le lieutenant avait acquiescé.

> – LE LIEUTENANT, *vers Alexandre*
> Ton père était pas armé, notre gars aurait pas
> dû tirer. C'est ce que relèvera l'enquête de la
> SQ. Mes condoléances, mon homme.

On discuta de ce qu'il pourrait advenir d'Alexandre. Parce que, sur ça aussi, il fallait se pencher. Maintenant qu'il était seul. Maintenant que la mère s'était fait dévorer par la bête grise du cancer et que le père s'était fait crever la tête par la détente stressée d'un policier.

Comme souvent quand on a affaire à des événements tragiques dans une petite communauté, on interrogea le pouvoir politique en place sur les possibilités qui s'offraient aux personnes touchées. Le maire mit le pied à terre, le poing sur la table. Inutile de chercher plus longtemps un foyer : c'est lui, Mario Mercier, maire du vingt-troisième corps législatif de Paris-du-Bois, qui prendrait le garçon sous son aile. Jusqu'à sa majorité. Il n'y en avait que pour quelques mois, après tout, une dizaine, tout au plus. Par la suite, celui-ci pourrait faire ce qu'il voudrait. Ou ce qu'il pourrait. Et, si on insistait, le maire Mercier pouvait même lui faire faire quelques travaux communautaires.

– LE MAIRE MERCIER

C'est pas ce qui manque, les jobs pour des
bénévoles, dans un village comme Paris.

– LE MAIRE, *pense, silencieux*

Surtout que je viens de perdre un homme de
bras.

On se congratula mutuellement, on scella tout ça d'une
poignée de main bien ferme. On n'avait pas trouvé de
solution à l'énigme d'André Marchant, mais le cas de
son fils était réglé.

le trou

Au moment d'enterrer le père, on n'avait toujours pas éclairci son mystère. Il ne s'agissait plus tellement de comprendre pourquoi il avait tendu ce piège aux policiers, mais bien plus de savoir qui il était vraiment. On avait bien dû se rendre à l'évidence. André Marchant n'existait pas, et n'avait jamais existé. Il n'y avait plus de sang, plus d'encéphale, plus de vie. Qu'une lente implosion vers un trou dans une tête. Y sont entrés le bois, le rang, le tout-Paris-du-Bois, tout ce que le village connaissait de monde, d'histoires.

Le trou dans la tête de l'homme avait tout avalé et continuait de le faire, accumulant les cendres de toutes les bibliothèques brûlées de l'histoire, la course des hommes, les musiques interdites, et la danse, et le théâtre avec.

– LA VOIX D'ALEXANDRE
Le trou dans la tête du père, il était peut-être là
depuis longtemps. Bien avant l'impact, en fait.
Bien avant, à tout aspirer. Sa tête géode. Des
cristaux autour, et la nuit au cœur.

Le nom d'André Marchant n'apparaissait sur aucun document officiel, pas même sur le baptistaire d'Alexandre, non plus dans les registres de l'État. Et, même si Alexandre pouvait jurer qu'il avait été là, même si tous les habitants de Paris-du-Bois pouvaient en faire autant, même s'il avait laissé des traces partout derrière lui, ici un mur de fondation, là un fossé creusé, André Marchant n'avait jamais été plus qu'un fantôme.

– LA VOIX D'ALEXANDRE

Mon père était un fantôme. Un fantôme dans un trou noir. Depuis toujours.

PARTIE II

JAUNE PAPIER

dans les os

Bien des choses ont changé dans la vie d'Alexandre, qui a fait un détour par Québec, comme prévu. Il a quitté Paris-du-Bois pour ne plus être seulement le fils de Broche-à-Foin, pour que chaque silence ne lui rappelle plus la trajectoire d'une balle, pour ne plus sentir qu'on se retient de lui demander ce qu'il voulait, au juste, le père, en attirant les policiers dans son bois. Qui il était vraiment, au fond, le père sans passé.

Le fantôme du père a pris l'habitude de venir s'asseoir avec Alexandre lorsqu'il lit, seul, dans son appartement. Chaque fois, il apparaît comme s'il arrivait de la cuisine, en bas de laine, tête nue. Il avance comme si rien n'était plus naturel, s'installe au bout du divan. Il pose alors son coude sur son genou, sa tête dans sa paume, se caresse ainsi le front comme si cela pouvait le soulager du vide qui ouvre sa tête.

Comme chaque fois qu'il y a quelqu'un d'attentif près de lui, Alexandre se met alors à lire à haute voix, ralentissant son débit, laissant au silence le temps de se déposer. Le père écoute fort, du plus fort qu'il peut, et, quand il accumule assez de mots, de phrases, de paragraphes, voire de chapitres pour combler le vide qui l'habite, il tourne son œil énucléé vers son fils. Et alors il ne le sermonne pas, n'a pas de colère, pas d'impatience. Il sourit. Dit parfois merci. Et se met à chanter. Sa voix est caverneuse, vibre dans la caisse de résonance que sa mort a faite de lui. Puis, d'autres voix venues de nulle part se joignent à la sienne, des voix qu'il ne reconnaît pas, et Alexandre fredonne aussi, et il se sent exister : il n'est plus seul.

Alexandre regarde tous les livres qu'il a lus depuis que le père a disparu. Il regrette de n'avoir jamais pu lui faire la lecture, avant.

– ALEXANDRE, *pense*

Est-ce qu'un seul de ces livres aurait pu changer quelque chose ?

Engoncé dans le silence de ce père parti, il s'est tourné vers l'unique refuge possible : le livre. Il a étudié la littérature, l'a étudiée encore, ne fait que ça. Jamais il ne s'est aménagé de motif, échafaudé de plan précis. Il voulait seulement, comme à sept ans, lancer encore et toujours la même pierre sur le toit de l'atelier, qu'elle roule et retombe, suivant la même pente arrondie. Il n'y avait rien à comprendre. Il sentait que c'était le seul moyen.

– ALEXANDRE, *pense*

La seule façon de me sauver la vie.

Maintenant, il l'enseigne, cette littérature.

– ALEXANDRE, *pense*

Comme s'il y avait autre chose à faire quand
c'est ce qu'on a étudié.

Il n'a pas encore de poste, prend ce qui passe. Une
charge de cours au cégep.

– ALEXANDRE, *pense*

On verra bien ce que ça va donner.

Dans cette vie-là, celle qu'il mène dorénavant, les tragédies de l'enfance ne tiennent plus le haut du pavé.
Elles sont enfouies quelque part en dessous, avec la
plage et les rêves fous. Dans cette vie-là, en fait, les
tragédies ne sont plus les siennes. Elles se nourrissent
plutôt de la vie de Marianne. Drôle de fille, chorégraphe
boiteuse rencontrée dans une soirée au bar de l'université où il retournait à l'occasion.

autodafé

Elle entre pour la première fois dans l'appartement d'Alexandre. Elle est complètement soûle. Elle clopine, marche en se tenant aux murs, la tête penchée.

> – ALEXANDRE, *pense*
> Faudrait pas que tu restitues là tout ce que tu as ingurgité pendant la soirée, que tu vomisses comme une adolescente, que ça éclabousse partout, mes livres et mes vinyles.

Il ne pense qu'à ça, rien qu'à ça et, elle, elle marche en se tenant contre le mur, et elle donne de petits coups de pied sur les livres d'Alexandre en riant et en regardant partout, parce qu'elle n'a jamais vu ça quelqu'un qui range ses livres et ses vinyles comme ça, alignés au pied du mur.

> – MARIANNE, *riant, la parole ankylosée par l'ivresse*
> J'ai jamais vu ça, quelqu'un qui tient autant de livres sans avoir de bibliothèque.
>
> – ALEXANDRE
> Il faut bien les mettre quelque part, non ? Ça fonctionne, comme ça. J'arrive à ranger quand

même tous ces bouquins et tous ces disques.

– LA VOIX D'ALEXANDRE

Elle trouvait ça encore plus drôle de m'entendre me justifier.

Elle fait le tour de l'appartement comme ça, chancelante, à éclater de rire à chaque pas, à tapoter les reliures du bout de la chaussure, à s'agripper à la poignée d'une porte, à se redonner un élan, à rire encore, jusqu'à s'effondrer. Alors elle sort au hasard un des livres.

– LA VOIX D'ALEXANDRE

Soudainement, je me suis revu dans le capharnaüm de Tison, jeune effronté, fouillant sans permission la collection du brûlé. Il a peut-être été choqué, aussi. Je me suis demandé ce qu'il était devenu. J'imaginais sa maison pleine de livres empilés, comme si le souvenir que j'en avais se fondait dans l'image marquante de la bouquinerie Jaune Papier où je travaillais à temps partiel.

Elle ouvre le livre qu'elle a sorti du lot. L'histoire se répète. Et elle choisit un paragraphe, n'importe lequel, puis se met à en faire la lecture. Et, comme plusieurs années auparavant, Alexandre se demande si quelque chose d'important ne serait pas en train de se produire. La voilà répandue dans le corridor de l'appartement, à sortir les livres l'un après l'autre sous la lumière crue du plafonnier, dont la bulle de verre givrée est éclatée.

Exaspéré, Alexandre tente de replacer chaque livre au bon endroit. Tout en ce lieu est ordonné. Pas en ordre alphabétique. Pas en ordre thématique. Pas en ordre de grandeur. Pas en ordre de couleur. Apparemment pas dans un ordre intelligible.

— LA VOIX D'ALEXANDRE

Mais oui, pourtant : ils étaient tous classés dans l'ordre aléatoire de mes lectures, avec le premier que je me suis acheté à mon arrivée à Québec, puis le deuxième, le troisième, et comme ça d'un bout à l'autre du corridor. Un peu plus loin, près du coin, elle aurait trouvé les artefacts de ma passade théâtrale. J'avais tellement aimé la façon dont les voix se posaient sur les pages, appelaient le souffle... Comme si le texte exigeait un corps pour exister. Je m'étais mis à lire presque exclusivement du théâtre, des semaines durant, donnant ma voix à tous les personnages. Je me sentais vivant dans ces mots-là.

Et ça court ainsi au pied du mur de la cuisine, puis sur trois murs du salon, et enfin dans la chambre d'Alexandre où seul le pied d'une cloison commence à être entamé.

Elle veut savoir combien de titres.

— ALEXANDRE

Je sais pas.

— MARIANNE

Alors combien d'auteurs ? Allez, à peu près...

– ALEXANDRE

Je sais pas non plus. Y a pas de liste, pas de
bibliographie, c'est pas une bibliothèque.
C'est... un journal.

Surtout, ce qu'il y a, c'est qu'il ne saura jamais se souvenir de l'ordre exact de ce parcours et que la voir ainsi
provoquer de petits chaos dans la trame de sa vie l'exaspère, il sent qu'il va finir par s'énerver, mais elle est trop
soûle et trop répandue pour s'en rendre compte.

– ALEXANDRE, *pense*

Tu te déverses comme une flaque, une flaque
de femme soûle et agitée mouillant le plancher,
inondant le corridor, dévastant l'appartement.

Comme une grande marée de décembre quand
la banquise a pas encore fixé le paysage, quand
une dépression brasse la mer jusque dans les villages de la côte. Comme une grande marée qui
mouille et qui inonde et qui dévaste, concentrée
dans le corridor. Ou comme la Petite-Seine du
printemps, quand elle vient semer ses glaces sur
les terres des alentours, dans la cour de ceux du
village, et qu'elle revient chercher ses petits au
premier jour de pluie.

Il ne sait plus quoi faire d'elle, ne sait plus, alors il
s'écrie :

– ALEXANDRE

Arrête !

Et dit encore :

– ALEXANDRE, *sèchement*

Lâche ça.

Et il ne peut s'empêcher d'éructer un :

– ALEXANDRE, *hors de lui*

T'es folle, ou quoi ?

Ce qu'il regrette tout de même un peu en entendant sa propre voix résonner entre les murs du couloir de l'appartement.

– ALEXANDRE, *pense*

Pour une soirée qui promettait de se fondre dans une ondée de caresses, même arrosée de la pluie froide de nos inhibitions, une soirée qui promettait que notre ivresse se coulerait de mon sexe au tien et dans nos bouches en fouillis, c'est mal foutu.

Elle le regarde avec des yeux qui demandent « qu'est-ce qui se passe », souriant à moitié.

– MARIANNE, *pense*

Je vois bien que je suis allée trop loin, mais aucune idée du chemin qu'on a pris pour s'y rendre, fait qu'aucune idée du chemin qu'il faudrait rebrousser pour arriver à changer ton humeur.

Alors elle tente de ranger les livres, amplifiant le désastre, disant :

– MARIANNE

Attends, celui-là, il était là, je m'en souviens.

Disant encore :

– MARIANNE

Tu m'en veux pas pour de vrai ?

Touchant son bras, touchant sa cuisse, touchant sa nuque penchée sur le ravage laissé par ses mains. Elle fouille dans les livres qu'il a lus cinq ans plus tôt, empilés dans un amas proche d'un autodafé auquel il ne manquerait qu'une allumette.

– LA MÉMOIRE D'ALEXANDRE

Je me souviens : ce goût de le faire, le goût de tout incendier, de devenir l'un des pompiers de Ray Bradbury[10]. *Cette envie de voir chaque page arrachée et roulée en boule, les couvertures déchirées sur lesquelles j'aurais craché toute ma colère comme on asperge d'essence une maison, ou une voiture, qu'on voudrait voir disparaître, comme on arrose la mémoire du monde pour mieux reprendre le contrôle.*

Cette envie. D'y mettre le feu pour que tout parte en fumée : les auteurs, les mots, le legs, le corridor avec Marie-Lune dedans, tout l'appartement comme un château de papier, sans explosion, juste une longue flamme qui lécherait d'abord le mur, se concentrerait dans un coin jusqu'à couvrir par le dessous le plafond, où la peinture noircie lèverait en cloques bulbeuses et desquamerait comme une vieille peau. L'envie de faire de ma vie celle de Tison et de retourner vivre dans le bois, défait, comme il l'a fait.

Cette envie. D'en finir, parce que, s'il n'y avait plus d'ordre, il n'y avait plus de sens possible, plus rien à comprendre, et il me semblait que tout ça ne pouvait plus se terminer que dans le chaos de la suie, des madriers grugés et empilés, du placoplâtre mouillé, des portes arrachées, des fenêtres éventrées, des couvertures crêpées, de la chair cuite et puante.

Je m'imaginais la sortir morte dans mes bras.

Jusque dans l'escalier.

Jusque dans l'allée.

Jusque sur le trottoir.

Jusque dans la rue.

Elle serait devenue une poupée de cire fondue sur l'asphalte et elle n'aurait plus jamais boité.

la colère, ensemble

Et, alors qu'il pleure presque sur ce charnier d'auteurs morts et entremêlés, sur cet amas sur le point de devenir un bûcher, elle lui dit encore :

> – MARIANNE
> Excuse-moi. (*Elle soupire.*) Faut pas m'en vouloir. Je suis désolée, je savais pas.

Il s'arrête.

> – ALEXANDRE, *pense*
> Je suis ridicule, là. Évidemment, l'ivresse empire tout.

Il ne s'affole plus. Elle touche son dos courbé, son dos plus bas, touche ses fesses d'accroupi, le touche et le monde s'arrête, de tourner, de valser, de souffler sur les vertiges. Et la colère se calme, ne disparaît pas, mais se stationne doucement. Comme une brume quand le soleil vient, qui ne sait pas si elle disparaîtra.

Et elle glisse sa main par-devant.

> – MARIANNE, *pense*
> Si les excuses ne valent rien, passer à l'acte sauvera peut-être au moins la soirée.

Elle glisse ses doigts sous sa bourse, qu'elle sent à peine

à travers son jean, mais qu'elle arrive tout de même à soulager par quelques chatouillements, et son ivresse le convainc,

– ALEXANDRE, *pense*
Qu'est-ce que tu me fais ? Mais qu'est-ce que tu arrives à me faire ?

le convainc de se délester de sa rancœur, ou alors de la concentrer ailleurs, de l'évacuer d'autre manière.

– LES VOIX D'ALEXANDRE
ET DE MARIANNE
Et nous avons fait l'amour là, pas comme on l'avait scénarisé, chacun dans sa tête enivrée.

– LA VOIX D'ALEXANDRE
Certainement moins gênés que je l'aurais cru.

– LA VOIX DE MARIANNE
On avait déjà connu la colère ensemble. La colère, c'est intime. C'est authentique. C'est personnel. Je pense que cette intimité-là déjà abordée nous a rassurés. J'imagine.

– LA VOIX D'ALEXANDRE
Nous avons fait l'amour là parmi les auteurs morts, leurs mots publiés et leurs pages pliées, quelques-unes détachées ou déchirées, et, tandis que je jouissais en échappée, je pensais à toute cette époque que je saurais jamais réorganiser, au fil plein de nœuds de mes lectures disparates, aux couvertures tombées comme au pied d'un lit qu'on a jamais envie de refaire.

– LA VOIX DE MARIANNE

Tu pensais à tout ça pendant que tu me faisais l'amour ? Vraiment ?

– LA VOIX D'ALEXANDRE

Et je me suis dit que, lorsqu'on brouille la mémoire, c'est pour toujours.

– LES VOIX D'ALEXANDRE
ET DE MARIANNE

C'est pour toujours.

– LA VOIX D'ALEXANDRE

Et je me suis aussi dit que, voilà, nous avions déjà partagé un brin d'éternité, pris une bouchée, au moins, chacun la sienne, chacun de son côté.

– LA VOIX DE MARIANNE

C'est beau dans ta tête, des fois.

– MARIANNE

Excuse-moi, encore. Pour tes livres.

– ALEXANDRE

Ça ira, je réinventerai un ordre, que je me dis, un jour peut-être.

Il y avait : son sexe ramolli resté quelque part en elle, leurs deux corps abandonnés dans le couloir, la tête de l'un contre les livres équarris et inconfortables. Elle s'est mise à rire. Il a trouvé ça bon. Elle a ri encore.

– MARIANNE

J'espère que personne ouvrira la porte, ou alors il aura tout un paysage à se mettre dans les yeux.

– ALEXANDRE, *pense*

Nos deux culs nus, nos pantalons à peine descendus jusqu'aux chevilles, le ridicule de nous deux après le sexe. À se demander comment on a fait pour en arriver là.

Elle parvient à le faire rire avec elle.

– ALEXANDRE, *pense*

Je pensais pas que ce serait possible.

Elle reste étendue là pendant qu'il se lève, titubant parce que les pieds pris dans son jean, gêné parce qu'il expose son sexe épuisé à ses yeux ivres pour aller verrouiller la porte.

Les pouces à la ceinture, il remonte son pantalon pour mieux marcher et, le tenant à la taille pour ne pas devoir l'attacher, il va fermer le rideau du salon, puis chercher une boîte de papiers-mouchoirs, un verre d'eau. Quand il revient vers elle, elle soulève le bassin en se soutenant de la jambe droite et des omoplates pour essuyer la semence sur sa vulve et entre ses fesses, où elle a coulé. Elle fait ce geste avec aisance, avec un sans-gêne qui surprend Alexandre. Son corps ainsi ouvert ne garde aucun secret.

– ALEXANDRE, *pense*

Elle agit comme si on avait toujours été ensemble. Un vieux couple dérivant dans le corridor pour peut-être retrouver la passion des premiers jours, quelque chose du genre. Déjà un vieux couple, et je connais que ton prénom.

– LES VOIX D'ALEXANDRE
ET DE MARIANNE
Marianne. C'est Marianne.
– LA VOIX DE MARIANNE
Mais je préfère Marie.

Et, tandis qu'elle reste là, nue, le regard tourné vers les livres étalés, il l'invite à le rejoindre au lit. Mais il doit aller la chercher, l'aider à se relever, la supporter pour qu'elle marche et qu'elle se glisse entre les draps.

– LES VOIX D'ALEXANDRE
ET DE MARIANNE
Et là, on a refait l'amour, un peu plus lente-
ment.

Puis, dans le calme de leurs corps repus, le silence trouve toute la place qui lui revient. Ils ne disent rien, ne bougent plus, profitent simplement de la chaleur de leurs peaux qui adhèrent l'une à l'autre, inspirent profon-dément l'air frais de la chambre, gardent les paupières closes. C'est Alexandre qui brise en premier le silence.

– ALEXANDRE
Toujours. Toujours. J'aurai besoin de me sentir
libre. Il faudra. Que je me sente libre.
– LA VOIX D'ALEXANDRE
Tu as ouvert les yeux. Et je savais plus ce qui
était en train de se passer entre nous deux.

Leurs caresses, furtives, retrouvent des chemins entre leurs deux corps ramassés. Puis ils s'endorment, la lumière allumée.

– LA VOIX D'ALEXANDRE

Emboîtés tous les deux, moi dans toi, et ton corps de cire, ton corps de poupée ronde qui me farfouille dans la tête. Et c'est comme ça que ça se passe, une première fois avec toi. Je voudrais pouvoir te dire encore. Comme j'ai aimé parcourir ton corps court, qui se laissait embrasser totalement, dénudé sous les draps. Si tu pouvais m'entendre comme avant, si tu étais autre chose qu'une autre voix dans ma tête, je te le dirais, cent fois par jour.

– LA VOIX DE MARIANNE

Si je pouvais t'entendre encore, j'attendrais que ça.

– LA VOIX D'ALEXANDRE

Je t'avouerais que tes seins immenses me bouleversaient, et que j'aimais que tes yeux fermés me laissent toute la liberté de les regarder, leurs aréoles pleines jouant à être des pièges à bouche, tandis que tu souriais d'aise.

Ce silence absorbant. Puis, dans la tête d'Alexandre qui repense à tout ça :

– LES VOIX DE MARIANNE

ET DE MARIE-SOLEIL, *amusées*

T'es mignon, Alex.

dans la tête comateuse

 — LA VOIX DE MARIANNE
J'ai trouvé le centre de l'univers.
Elle y vit un instant, y vivra dorénavant. Dans sa tête comateuse s'ouvre un chaos noir qui broie le monde, appelle des signes désordonnés. Son corps est immobile et le monde se déploie dans une onde, pleine de cordes qui vibrent, au bord de la danse, dans un mouvement impossible à contraindre. L'univers qui se ramifie autour de son corps s'épaissit des volutes de souvenirs disparates qu'elle sera la seule à connaître.

 — LA VOIX D'ALEXANDRE
J'aurais voulu t'avoir connue mieux, Marianne.
Savoir ces histoires qui auront été les seules à t'habiter, à la fin.

 — LA VOIX DE MARIANNE
Je t'aurais parlé de ma chambre de fillette, la respiration régulière de ma mère. Sa voix quand elle m'appelait Marie-Lune, au moment de me border. Quand elle me racontait mon père, parti me décrocher la lune. Qu'il cherchait dans tous les pays une montagne assez

haute pour la rejoindre. Qu'il construisait un ascenseur immense qui pourrait le faire monter au-delà du monde, ou encore cette fusée avec laquelle il pourrait attacher la lune lorsqu'elle est un bijou orange, pour la rapporter, un jour, alors que je dormirais.

Dans l'absence grise où Marianne est maintenue par les médicaments qui lui sont inoculés à la veine de son poignet, Alexandre dépose le livre qu'il lisait à voix haute pour son amie. Il a vu bouger sa main sous le drap d'hôpital. C'est un mouvement discret qu'il reconnaît, comme une caresse du bout des doigts qu'elle fait souvent lorsqu'elle est préoccupée.

C'est une manie qu'elle traîne depuis longtemps. Un mouvement incessant, suite de tapotements, de caresses fluides, de dessins aériens. Comme si elle jouait du piano sans piano, de la flûte sans flûte, de la guitare sans guitare. Comme si tout son corps se ramassait en deux extrémités coordonnées, feignant de chercher le synchronisme, mais se déroutant volontairement.

Parfois, de l'ongle, elle gratte une aspérité. Elle joue de la jointure dans les tissus. Elle flirte de la paume avec les plis et le lisse de la peau. Et, si son corps est proche, c'est Alexandre qui accueille la danse minuscule, devient à la fois une scène de chair et le spectateur. Elle fait alors avec ses doigts ce que son corps ne sait plus faire, engoncé dans la douleur, étourdi par les médicaments.

– LA VOIX D'ALEXANDRE

Souvent, ses spectacles de doigts se termi-
naient en chatouilles, dont j'étais la victime,
ou en combats de pouces.

Alexandre sourit à ce souvenir. Ce n'est pas tous les jours facile de sourire depuis que Marianne est à l'hô-pital. Elle reste étendue devant lui, sous son drap, se retranche constamment derrière ses paupières fer-mées. Le mouvement de sa respiration est de plus en plus irrégulier, entrecoupé de soupirs soudains. Et ses deux mains font leur danse hésitante, chacune de son côté du corps abandonné. Elle continue de pianoter, de caresser son lit, sa hanche, du bout des doigts.

– ALEXANDRE

Tu veux quelque chose, Marie ?

Elle ne répond pas, à mille lieues de cette chambre, de cette douleur, de ces bruits qui entourent son corps. Il ne reste plus grand-chose d'elle, plus grand-chose de ce qu'elle était.

– LA VOIX D'ALEXANDRE

Cancer des os, pauvre fille. Je vais encore la voir
à l'hôpital. Elle disparaît lentement, comme la
mère, dans le temps.

Il n'y a plus entre eux les conversations d'autrefois, quand elle venait le rejoindre en boitant à la bouqui-nerie ou à l'appartement, qu'ils faisaient l'amour pour qu'elle oublie les traitements, puis qu'ils parlaient lon-guement, jusqu'à l'endormitoire. Dans son lit blanc, elle sait à peine encore parler.

– LA VOIX D'ALEXANDRE
Elle me dit :
– LES VOIX D'ALEXANDRE
ET DE MARIANNE
J'ai la bouche sèche. Donne-moi de l'eau. J'ai
mal...
– LA VOIX D'ALEXANDRE
Et, quand elle voit que mes soins y changent
rien, que tout ce que je sais être, c'est impuis-
sant, elle sent l'urgence lui monter aux lèvres
et demande encore :
– LES VOIX D'ALEXANDRE
ET DE MARIANNE
J'ai trop mal, va chercher l'infirmière. S'il te
plaît.

Puis, elle cesse de parler. S'endort sans fermer les yeux,
disparaît sans bouger, se brise en un seul morceau. Sa
dernière danse est immobile.

– LA VOIX D'ALEXANDRE
Et, quand je pleure sur elle, je pleure encore sur
la mère, à rebours.
– LES VOIX DE LA MÈRE
ET DE MARIANNE
J'ai mal. L'infirmière. S'il te plaît. Alex.

quand revient le silence

La main de Marianne a cessé de s'agiter. Sa respiration est plus saccadée, brise son rythme, fait des pauses.

Saccades.

Bris du rythme.

Apnée subite.

Excitation du souffle.

Un mouvement irrégulier qu'Alexandre connaît par cœur. Avant que sa situation ne soit stabilisée, il mourait deux, trois fois par jour, s'effondrait littéralement.

— LA VOIX D'ALEXANDRE

C'est pas le bon mot. J'aurais plutôt dit que je m'effondrais... lentement. Ou mollement.

Il entrait simplement dans une sorte de langueur grise amortissant le monde autour, imposant l'arrêt.

Un jour, on l'a même vu, à genoux sur le trottoir, soutenu par le chien d'une inconnue sur lequel il s'était penché. Il n'avait pas su se relever tout de suite, effrayant la marcheuse qui avait aussitôt appelé l'ambulance. Depuis : suivi par un cardiologue, médication, repos, limites.

Paraît que j'étais jeune pour voir le gris de si près, si souvent. C'était mon cœur qui s'arrêtait, pause, *play*, pause, un temps, deux temps, trois temps, et qui finissait par se remettre en marche, *play*, mais hésitant, puis avance rapide. Un cœur tout croche, ça sait juste feindre la mort.

Les yeux de Marianne, sous ses paupières, font de lents mouvements de gauche à droite, comme si elle balayait l'horizon absent de son regard. Il ne voit pas ce qu'elle voit, ne sait pas l'imaginer.

Tandis que Marianne replonge dans un cocktail de souvenirs écumeux, la voix d'Alexandre refait brûler « Le feu sur la grève ». Même si sa lecture ne sert à rien, il la terminera avant de repartir. Lit pour lui-même bien plus que pour elle. Et pour le voisin, sans doute, aussi. Monsieur Denis. Qui s'agite chaque fois qu'Alexandre referme son livre. Quand le silence revient épuiser ceux qui sont encore vivants.

Elle est drôle, la vie, parfois. Au fond de lui, Alexandre plaint Denis. Pourtant, il lui a souhaité bien pire à une certaine époque.

– LA MÉMOIRE D'ALEXANDRE

C'était là, dans le livre, écrit en toutes lettres. La mer ne parle pas. Il faut la deviner. Et, dans la chambre, il y avait une mer, soudain, qui agitait ses draps blancs dans un creux d'horizon. Marianne. Marie-Lune. Dans la marée montante du silence.

La mer ne parle pas. Il faut la deviner[11]. Ces phrases qui me sont restées toujours. Qui se bousculent pour faire de mon monde cette histoire que je ne sais pas bien raconter.

savoir la dernière fois

Un bruit fracassant retentit dans tous les coins de l'univers. Marianne entrouvre les paupières. Un chariot d'infirmière bousculé par la porte ouverte trop brusquement. Quelques excuses chuchotées. Alexandre fait un signe rassurant de la main.

> – ALEXANDRE
> Pas de problème, ça arrive. On est trop tassés,
> ici.

Alexandre commence à penser qu'il est de trop. Que Marianne ne l'entendra plus. A peur de se sentir mal s'il se sent libéré. Avec un sourire de compassion, il se souvient de ce qu'il lui avait dit, la première nuit.

> – ALEXANDRE
> Toujours. Toujours. J'aurai besoin de me sentir
> libre.

Après tout ce qu'ils ont traversé tous les deux, il constate :

> – LA VOIX D'ALEXANDRE
> J'étais tellement naïf.

Il se dit qu'il doit retourner à Jaune Papier, parler de ses projets à Jean-Pierre. Pense aux bagages qu'il devra faire pour aller à Paris-du-Bois. À la somme de tout ce qu'il devra emporter. De quoi lire. De quoi manger. Et de quoi boire. De l'eau. Du vin. Son kit de camping pour cuisiner. Des bottillons de marche. Et des espadrilles. Des vêtements chauds pour au moins une semaine. Au moins. Une tuque pour les matins froids. Plusieurs paires de bas en surplus. Ne supporte pas ses pieds humides. Son sac de couchage.

Ne rien oublier.

Sans doute un peu de culpabilité.

> – ALEXANDRE, *pense, tandis qu'il se penche
> sur le corps inanimé de Marianne*
> Combien de temps est-ce que je pourrais être
> le gardien de ce corps en dérive ?

Mais il sait qu'il laissera un morceau de lui-même dans ce lit lorsqu'il s'en ira, la dernière fois.

Un sourire se dessine sur les lèvres sèches de Marianne. Alexandre lui caresse le front, de la main et de la voix. La peau de la malade est blême, froissée, humide. Ses cheveux en mèches épaisses collent contre ses tempes. Il glisse ses doigts sous les couettes, les remonte derrière son oreille, comme elle le faisait elle-même à tout instant. Elle s'en rend à peine compte, le regard tourné vers l'intérieur. Alexandre commence la lecture d'un nouveau conte.

– LA VOIX D'ALEXANDRE

Félix entre dans la chambre, vrai comme j'suis
là, et il lit avec moi.

– LES VOIX D'ALEXANDRE ET DE FÉLIX

La mer se souvient rarement. Elle passe sans
remarquer[12].

– LA VOIX D'ALEXANDRE

Pendant que je continue de le lire, je le sens
qui cherche une chaise pour mettre son pied.
Y a pas sa guitare. Pourra donc pas chanter.
J'aurais voulu chanter avec lui. Pour Marianne.
Rien qu'une chanson. Mon p'tit bonheur, il
guérira pas.

Le moment se dilate autour de Marianne. Elle bouge
de nouveau. La voix d'Alexandre, ronde, louvoie autour
de la jeune femme.

– ALEXANDRE

Est-ce que je peux faire quelque chose pour toi,
Marie ? Tu m'entends ?

bourgeons de sexe

Le temps s'emmêle, fait des tresses bien nouées dans l'esprit de Marianne. Le délire, induit par la douleur et les calmants, lui fait retrouver ceux qui la hantent, elle entend leurs voix, revoit leurs visages. Dans un jeu d'images obscures, elle se retrouve au Camping du lac des Lignes, comme il était une fois.

Marianne et ses cousins sont cachés dans le bosquet à côté. Ils ont verrouillé toutes les portes des toilettes de l'intérieur avant de ressortir en passant sous le battant, et ils ont couru se retrancher dans la masse rassurante du feuillage en soufflant d'excitation. Une vieille femme est arrivée en se dandinant, le bas-ventre torturé par des crampes lancinantes, s'est cogné le nez contre des portes barrées, a frappé plusieurs fois. La pauvre trépigne, elle doit se résoudre à entrer du côté des hommes, gênée, pour se soulager.

– LA VOIX DE MARIANNE
C'était tellement drôle de voir la vieille qui rougissait et qui suait au moment de s'engouffrer dans les toilettes des hommes. Nous autres, on est partis en courant, on est allés se cacher.

Avec ses cousins, elle se réfugie dans la roulotte de l'oncle. Tout le monde s'emmitoufle dans les sacs de couchage malgré la chaleur écœurante qui règne. On rit longtemps, autant qu'on a chaud. On parle de vie, de rêves d'enfants. C'est là que Marie-Lune s'invente quelque chose comme un père voyageur. Elle le fait capitaine de bateau-mouche. Et grand biologiste. Qui nourrit des pingouins affamés par le désert de tous les hivers qu'ils doivent endurer. Et les cousins écoutent.

– LA VOIX DE MARIANNE
Ça m'était égal qu'ils me croient ou non. Ce qui comptait, c'était de raconter. M'inventer un père, c'était presque en avoir un.

Puis les histoires s'enchaînent, chacun veut sa part d'invention. On se pousse et on se trouve drôle d'aller si loin dans des histoires de bout du monde. On va jusque dans l'espace. Et on barre de l'intérieur des toilettes martiennes. Et on se moque de nouveau de la vieille de plus tôt. Et là, dans la chaleur étouffante de la roulotte, comme dans l'excitation de l'effronterie, les bourgeons de sexe qu'on finit par se montrer.

– LA VOIX DE MARIANNE
C'était seulement par curiosité.

Elle le fait à la demande des cousins, sans trop comprendre ce que les plus vieux y trouvent. Le partage dure juste assez longtemps pour que chacun puisse voir ces formes étranges dans la chair crème des autres, pas plus. On se compare en chuchotant. Les poils disparates du plus vieux des cousins font pouffer les plus jeunes. Gêné, il regrette d'avoir joué le jeu.

L'oncle de Marianne entre dans la roulotte, cherchant ses cigarettes. Quand il les entend ricaner, les trouve cachés là, pantalons courts à mi-cuisse et robe retroussée, il ne dit pas un mot sur le coup, mais serre les bras avec fermeté pour sortir tout ce petit monde de là. C'est lorsqu'il voit qu'un campeur passe tout près qu'il se met finalement à les morigéner :

— L'ONCLE

Allez jouer ailleurs, sacrament, vous avez pas d'affaire là, petits cochons de sacripants !

Et retentissent les rires mêlés de larmes dans l'ivresse d'une course pour se retrouver près du lac, essoufflés, ivres. Les cousins rattachent leurs pantalons, elle replace sa culotte. On s'esclaffe encore plus fort.

— UN COUSIN

On va au belvédère ?

C'est ce qu'ils font. Dans la tête de Marianne tout comme autrefois. C'est la dernière fois qu'ils le font.

Au début de l'hiver prochain, deux des gars disparaîtront. Dans une rivière qui passe près de leur maison. Partiront ensemble. Et Marianne se retrouvera seule.

Entre les mondes, les voix qui retentissent, les images qui s'entrechoquent, le temps fait des vrilles. Marianne sent qu'elle s'enfonce, puis qu'elle surgit et s'élance vers le ciel. Elle se retrouve seule au belvédère, debout dans la mixture du vent et de l'horizon.

Dans la forêt derrière tintent des bips de machines, un battement de cœur, une alerte, des rythmes tenaces. Elle est secouée, prend conscience de cet autre monde qui l'entoure, celui où elle a mal. Il y a une femme, infirmière. Et Alexandre. On la manipule, on contrôle sa pression sanguine, on replace quelques instruments, on vérifie le cathéter à son poignet. Alexandre n'ose pas demander à l'infirmière. Combien de temps il reste. Ne voudrait pas qu'on le croie pressé de voir partir Marianne.

    – ALEXANDRE, *pense*

    C'est pas ça. C'est qu'elle est déjà partie.

Devant les résultats des tests, l'infirmière grimace, puis jette un sourire compatissant au jeune homme planté derrière. Un sourire qui peut tout dire de la même façon. Que ce sera bientôt fini. Ou qu'elle tiendra le coup.

    Elle ne s'expliquera pas. C'est à Alexandre que revient le rôle de donner du sens à toute cette histoire. C'est toujours Alexandre qui a dû le faire. Donner du sens à toutes les histoires.

    Quelqu'un passe la porte : on s'est trompé de chambre, on s'excuse en silence, d'un geste exagéré de la main sur la bouche, censé montrer la surprise, puis d'un doigt sur les lèvres. Parce que tout se fait en silence, à cet étage. Pourtant, il y a tout ce rythme qui bruisse, qui souffle, chuinte et pousse. Ces grincements de roulettes, ces clochettes de service, ces plaintes répétitives, ces ronflements. Cette trame crue qui aurait pu inspirer une chorégraphie à Marianne si elle n'avait pas déjà été morte depuis longtemps.

– LA VOIX DE MARIANNE

Je suis déjà morte depuis longtemps. Tu te souviens ?

– LA VOIX D'ALEXANDRE

Je pourrai jamais l'oublier.

lendemain de veille

– LA VOIX D'ALEXANDRE

Ça remonte à notre premier lendemain de
veille.

Lorsque vient le matin, Alexandre est surpris de voir
que Marianne boite encore. Que, l'ivresse partie, elle
clopine encore dans le corridor. Il ne lui en parle pas
tout de suite.

– ALEXANDRE, *pense*

En fait, j'ai pas l'intention de lui en parler du
tout.

Il a peur qu'elle lui ait menti quand elle lui a dit qu'elle
étudiait en danse. Il la trouvait belle d'étudier en danse.
Il se demande comment ça pourrait être possible, elle
qui trottine, danser sur une scène. Il imagine le pire.
Qu'elle s'est peut-être blessée la veille.

Il la regarde venir à la cuisine, clopin-clopant. Sa
hanche qui retrousse comiquement.

– ALEXANDRE, *pense*

Je veux arrêter d'y penser, surtout pas insister.

Une fois qu'elle s'assoit, il arrive presque à oublier.

   – MARIANNE

   Je me demande quand meurent les pommes.

C'est ce qu'elle lui dit, ses premiers mots du matin, croquant cette pomme qu'elle a attrapée dans le bol de fruits sur le comptoir. Et alors de sa bouche fusent des questions étranges.

   – MARIANNE

   Quand on les cueille à même la branche qui
   les a nourries, qui les a portées ? Quand elles
   tombent de l'arbre ? Quand elles pourrissent ?
   Est-ce qu'elle est encore vivante, cette pomme
   que je suis en train de manger ?

Sans la suivre dans cette errance, il déchire son croissant qui fait des miettes et des flocons gras devant lui et, pendant qu'elle continue de fixer le fruit éventré dans sa main, il mange dans un silence gêné.

   – ALEXANDRE, *pense*

   Elle regarde un fruit, mais, pour moi, c'est la
   tête de mon père qu'elle tient et observe, et je
   suis bouleversé. J'ai hâte que quelque chose se
   passe, y a rien de plus bruyant qu'un cœur qui
   bat tout croche dans le silence.

Elle prend une autre bouchée.

   – ALEXANDRE, *pense*

   Je repense aux oiseaux du père, quand il allait
   encore à la chasse, c'était avant que la mère
   le lui interdise formellement. Il suspendait les
   outardes et les oies par le goulot, tout contre la

porte du débarras ou à la solive du porche, où étaient plantés quelques clous à un intervalle de la largeur d'un oiseau. Je revois les prises aux ailes relâchées, comme trop longues, ce cou cassé qui leur faisait une tête croche, leur corps abandonné, percé de plombs, leur plumage rougi aux points d'impact, toute cette chair qui reposait contre la peinture écaillée ou qui faisait écran au paysage. Cette viande qu'il fallait laisser mourir, c'est ainsi qu'il faut le dire, qu'il fallait laisser mourir pour l'attendrir. Je repense au grand-père, aussi, quand il chassait l'outarde, qui laissait vieillir la viande au frais dans son vieux garage, la suspendait à hauteur de tête pour que les chats s'y agrippent pas, fassent pas de dégâts de plumes et de sang.

– MARIANNE, *impatiente devant le silence d'Alexandre*

De toute façon, on connaîtra jamais vraiment personne de toute notre vie. Alors tu as bien raison : à quoi ça sert de parler ?

Il se sent maladroit, a cette impression que quelque chose a mal tourné.

– ALEXANDRE

Elles sont mortes, je crois. Les pommes.

Et il lui parle des outardes.

– MARIANNE

Je me demande souvent si je suis pas déjà

morte. Comme déjà accrochée à mon clou,
comme tu dis.

— ALEXANDRE

Oh, tu sais, Beckett faisait accoucher des
femmes à cheval sur des tombes. Façon de dire
qu'on est tous déjà un peu morts, que la vie est
fugace, que la condition même de l'existence,
c'est qu'elle nous échappe. (*Une pause.*) Écoute,
pour ce que j'en sais, tu es encore bien vivante.

— MARIANNE

J'ai le cancer des os.

C'est alors que ça se produit, que tout devient une seule
et même fraction de seconde, comme quand la porte se
ferme violemment, battue par le vent, et que le silence
suivant le claquement vous entre par tous les orifices du
visage. C'est comme une chute libre. Ça vous calfeutre.
Ça vous étrangle.

— MARIANNE

Je suis morte, déjà. T'aurais pas un livre,
quelque part, qui pourrait encore me faire
vivre ?

— LA MÉMOIRE D'ALEXANDRE

Beckett, dans ma vie, a été une étincelle soudaine et flambant neuve. J'ai vraiment eu conscience de ce que je suis lorsque j'ai lu ces mots si forts : « Elles accouchent à cheval sur une tombe, le jour brille un instant puis c'est la nuit à nouveau[13]. »

Une étincelle au-dessus de ma propre tombe. Alors que chaque jour est inlassablement le même.

Je me souviens avoir pensé avec émotion que la mère, au fond, m'avait donné la mort à ma naissance. Que, ce jour-là, elle m'avait vu mourir, elle aussi, un peu. Ça m'avait rassuré : elle et le père m'auront vu mourir aussi.

sa variable inconnue

– LES VOIX D'ALEXANDRE
ET DE MARIANNE
Je suis morte, déjà.

– LA VOIX D'ALEXANDRE
Tu me dis ça, et je revois le père au dernier instant, ce moment qui me tue chaque fois que j'y
pense, l'entre-deux du père, entre la détonation et l'impact.

Il ne sait pas ce qu'il faudrait qu'il réponde à toutes ses
questions. Il lui offre un café, lui demande si elle veut
souper avec lui.

– ALEXANDRE, *pense*
Je pense que c'est ce qu'il fallait répondre.

Il est surpris, quand même. Surpris de cette intimité
dans laquelle elle l'invite. Et un peu effrayé.

– ALEXANDRE, *pense encore*
Parce que, t'sais, on se livre pas comme ça, ça
se fait pas. On peut pas tout dire et tout donner au matin d'une première rencontre, sans
s'annoncer, sans avertir. C'est un cadeau trop
précieux, c'est un présent trop lourd. Parce

que, t'sais, c'est un présent qui s'appuie sur les
heures qui suivent, et puis sur les jours aussi,
et peut-être les années, s'il t'en reste encore
autant, et faire l'amour, même comme un vieux
couple déchiré cherchant à se raccommoder,
c'est pas assez cher payer pour se préparer à
supporter une telle pesée. Je suis pas prêt à ça.
Et t'as pas fini. Parce que tu es dans l'urgence.
Parce que t'as plus le temps d'attendre. Parce
que tu m'as choisi et que cette urgence doit se
partager comme le reste.

Elle lui parle de son père, son absent, sa variable inconnue. Et elle lui demande ce qu'il pense de tout ça, si
elle devrait tenter de le retrouver, vite, maintenant
qu'elle est comme elle est, déjà morte, comme elle dit,
et effrayée. Il ne peut pas lui dire que les pères sont tous
des enragés pour la soulager de son manque. Parce qu'il
ne le pense pas.

— ALEXANDRE, *pense*

J'ai été aimé du mien. Malgré ses sautes d'humeur. Son tempérament bouillant et instable.
Malgré les soupirs qu'il crachait devant lui
quand il me voyait m'agiter près de son atelier, dans le coin de ses outils. Malgré cette
répugnance qu'il entretenait pour tout ce qui
se lit. Malgré tout ça. Je sais qu'il m'a bien
aimé parce qu'il me l'a souvent dit. Parce
qu'il me l'a montré. Parce que, lorsqu'il fer-

mait enfin la porte de son garage pour venir nous rejoindre – c'était rare, mais pas impossible –, lorsqu'il laissait ses outils et ses plans empilés quelque part dans la vieille baraque, qu'il nettoyait les taches d'huile sur ses doigts, ses mains, ses avant-bras, et qu'il sentait fort le parfum d'orange du nettoyant dégraissant, il devenait un autre homme. Et celui-là, je te l'aurais souhaité.

– LA MÉMOIRE D'ALEXANDRE

Il y a cette chanson d'Avec pas d'casque. Ça dit
« tout ce qui ne nous tue pas nous rend quand
même plus morts[14] ». Chaque fois que je l'entends,
quelque chose de nouveau se brise dans ma tête.
Comme si les mots de Lafleur s'étaient cristallisés
autour de la réflexion de Marianne.

 J'aurais voulu que l'album paraisse beaucoup
plus tôt. Qu'elle puisse l'entendre. Qu'elle sache que
j'ai enfin compris ce qu'elle voulait dire. On aurait
écouté le disque en boucle, sans dire un mot, en
pleurant tous les deux, et en buvant du whisky.
Ç'aurait été une belle soirée. Brûlante, mais belle.

 Je ne sais plus écouter les chansons sans elle.

sauver le monde

Alexandre pose la paume sur les doigts de Marie. Ils bougent doucement.

Combien de soirées passées avec elle, répandus sur le divan, à lire et seulement la tenir par la main, à sentir ses doigts toujours en mouvement ? Il pense qu'elle aurait dû devenir pianiste. Chaque fois qu'il le lui a dit, sur le ton de la taquinerie, elle lui a répondu sur le même ton :

— MARIANNE

Tu sais, jouer de la musique, c'est aussi danser.

Alexandre repensait aux doigts de Marie-Soleil sur les touches du grand piano qu'il y avait chez elle, juste sous l'escalier, gracieuseté du maire Mercier qui était le propriétaire des lieux. Chaque jour, elle devait s'exercer trente minutes, invariablement. Même si Alexandre était chez elle, à l'heure dite le monde arrêtait de tourner, les gens de vivre, il n'y avait plus qu'une possibilité pour que tout suive son cours : que Marie-Soleil joue de ce piano. Comme si l'univers dépendait de sa leçon pour continuer son expansion, et le monde, quelque part dedans, pour reprendre sa course.

– LA VOIX D'ALEXANDRE

Alors je m'assoyais tout près, et je la regardais,
je l'écoutais sauver le monde.

Il revoyait les mains de la petite d'en face, ses bras, ses pieds, même sa bouche, suivre le rythme, éprise de la musique. Son tronc balancier. Comme celui des chênes que le père ne voulait pas couper.

– LA VOIX D'ALEXANDRE

Marianne avait raison. Pour la musique et la danse. C'est pareil. Aussi fort. Aussi grand.

Alexandre touche délicatement les jointures de Marianne, caresse son avant-bras. Il remarque comme elle est frêle, comme elle a perdu beaucoup de poids. Comme la mère. Une meute de bêtes entrerait dans la chambre et ne voudrait même pas s'en nourrir, ne flairerait pas son corps. Même les os qui subsistent, immobiles sous les draps, ne chatouilleraient pas leurs crocs.

– ALEXANDRE, *pense*

Je veux pas. Je peux pas revivre ça. Serai pas capable.

Il relâche le poignet, qu'il tenait dans sa paume, où demeure une empreinte moite et claire. Il a laissé la trace blanche éphémère de sa propre main sur celle de la malade. Comme si elle avait absorbé une part de lui par ce toucher.

cette douleur

L'infirmière arrive enfin. Vérifie que tout va bien. Elle explique à Alexandre qu'elle ne peut pas donner plus de médicaments contre la douleur pour l'instant. Elle ne pourrait d'ailleurs rien contre cette douleur.

Alexandre a mal, lui aussi.

Avant de repartir, la soignante caresse doucement le front de la malade, la regarde avec beaucoup de compassion. Elle observe sa respiration, attentive au moindre signe de souffrance.

> – L'INFIRMIÈRE, *rassurante*
> Vous pouvez essayer de masser doucement ses membres. Pour certaines personnes, ça soulage légèrement la douleur. (*Elle lui montre comment faire en prenant l'avant-bras de la jeune femme.*) Je sais que c'est difficile. Il faut être courageux. C'est tout ce qu'on peut faire. (*Elle tourne un visage calme et rayonnant vers Alexandre.*) Vous faites ça très bien.

Et elle lui sourit, simplement.

– LA MÉMOIRE D'ALEXANDRE

L'infirmière avait les cheveux garrottés sur la tête, pareils comme ceux de la mère, avant. Elle a posé des yeux bleus, presque blancs, sur moi, une main sur mon avant-bras. Déjà par ce regard, par ce geste, j'avais compris. Mais, depuis, je vois sa bouche au ralenti me déclarer, sans appel, qu'il y a des souffrances qui ne peuvent pas être apaisées. « Vous savez, monsieur, il y a des souffrances qu'on ne peut pas apaiser. » J'ai pleuré. Elle m'avait arraché à moi-même.

trouver le gris

L'infirmière sort de la chambre, désolée de n'avoir pu être plus utile. Marianne ouvre les yeux en sursaut lorsque la porte se referme, trouve Alexandre qui sourit mal, les yeux rouges, près de son lit. Elle sourit mal aussi. Ils peuvent au moins partager ça.

Alexandre pense plus que jamais qu'il est temps de partir, mais n'arrive pas à le faire parce qu'il sait que ce sera la dernière fois. Il finira par s'en convaincre en se disant que le père non plus, il n'était pas là, quand la mère a enfin fermé les yeux.

C'est une série de chapitres entre parenthèses qui se referme sur eux deux, un chapitre gris au contact de tous les univers. C'est celui de Marianne, alors qu'Alexandre s'en va pour de bon. Il embrasse son front, elle sent l'urgence, ses lèvres sont molles, mais elle arrive à lui souffler un baiser. Juste à temps.

Avant de trouver le gris.

une lune pour Marianne

    – MARIANNE, *pense*
    Il est pas là.
Autour de son lit, il n'y a plus rien, comme si elle avait
été éjectée et que depuis elle flottait dans un néant
épais.
    Elle ferme les yeux. Pense à son père, son absent.
S'imagine dans ses bras. Se sent soulevée, emportée.
    Les draps où elle ferme les yeux sont les pétales
de grands coquelicots blancs. Elle voudrait danser là,
mais elle ne peut pas se relever. Ce qui se passe est
trop grand. Au-dessus d'elle, à quelques centimètres
à peine de son corps, une immense pleine lune flotte
doucement. Quand elle souffle, la lune tourne sur elle-
même, jetant ses nuages de poussières vaporeuses sur
son corps et plein ses yeux.
    – MARIANNE, *pense*
    Mon père. Il a réussi.
Elle ouvre les yeux, il n'est pas là.
    – MARIANNE
    Alexandre ?

L'homme étendu dans le lit près du sien étire son bras, se contorsionne difficilement, ouvre le rideau entre leurs deux espaces.

— DENIS

Tout va bien, mademoiselle ?

Elle entend son père qui l'aime enfin, qui le lui dit. Il a dit :

— L'ILLUSION DE MARIANNE

Je vous aime, mademoiselle.

Elle se doute qu'elle divague, alors elle ferme les yeux, écoute ce père enfin près d'elle, regarde cette lune gigantesque qui brille au-dessus de son ventre. Elle s'étonne de ne rien sentir sur sa peau nue, ni poids ni vent, ni même chaleur, alors que des milliers de tonnes de minerai évanescent, de poussière crayeuse et de raclures d'or blanc se tiennent là, en équilibre fragile au-dessus de ce qui lui reste de vie. Son père, tout sourire, se tient à proximité. Il porte un uniforme de capitaine, garde les épaules droites, les mains croisées dans le dos, tandis que de minuscules pingouins dansent autour de lui. Elle voudrait lui demander comment il a réussi.

— LA VOIX INCAPABLE DE MARIANNE

Pour la lune. Comment c'est possible ?

Mais elle est fatiguée. Elle ouvre les yeux. La chambre d'hôpital est vide. Alexandre n'est pas là. Son père non plus.

— DENIS, *qui s'époumone*

Mademoiselle ! Non, mademoiselle !

Il appuie frénétiquement sur la sonnette d'appel des infirmières. Il sait que quelque chose ne va pas. Voyant partir la jeune femme, il se sent partir aussi.

Un nuage de météores vient creuser la lune de cratères grands comme des tombeaux. Quelque part, quelqu'un doit jouer du piano : l'univers suit son cours.

au nez de la mort

En sortant de l'hôpital, Alexandre est bouleversé.

> – ALEXANDRE, *pense*
>
> C'est pas seulement Marianne. C'est que je
> revois son corps amaigri s'amalgamer à celui
> de la mère. Comme un jeu de miroirs désaxés
> qui se refléteraient en se multipliant à l'infini.

Et dans ce mélange en transparence se trouvent
de vieux tourments. Des voix, aussi. Dans la tête
d'Alexandre. Un chœur, comme ceux qu'on entend
parfois au théâtre.

Elles sont dix, elles sont vingt, elles sont cent à se
faire écho. Toutes leurs voix mariées se fondant pour
lui couler dans le corps. Une nappe de brut, sous la surface de la peau. Une scène opaque construite à fleur de
cœur, dont les planches palpitent à chaque battement.
Un théâtre qui permet tous les textes, tous les sens,
toutes les fuites.

> – ALEXANDRE, *pense*
>
> Il y a ma mère, sans poitrine, mais qui sou-
> rit toujours. Qui est partout sauf dans un lit
> d'hôpital. Partout, dans la cuisine, au jardin.
> Partout dans mes yeux et sur mon front. Qui

entonne *Les immortelles*, comme elle le faisait
souvent, fredonnant en accomplissant l'ouvrage du quotidien.

– LES VOIX DE LA MÈRE
ET DE JEAN-PIERRE FERLAND
« vous avez nom / que je voudrais / pour ma
maîtresse / vous avez nom que les amours /
devraient connaître »

Et dans la tête d'Alexandre, encore, il y a le père, avec
sa moitié de regard.

– LA VOIX D'ALEXANDRE
C'est un œil et un trou qu'il tourne constamment vers moi, et son crâne vidé à l'intérieur,
dentelé de cristaux, lui fait une sorte de caisse
dont il se sert comme d'une boîte cajun, se
tapotant derrière les oreilles pour donner un
rythme inédit à la chanson.

Puis il y a Marianne, appuyée sur sa canne, complètement nue, son ventre tiède qui a repris de la chair,
ses seins abasourdissants. Elle marque le rythme de
la main, de ses doigts qui dansent sur l'intérieur de sa
cuisse, comme lorsqu'elle voulait exciter Alexandre.

– LA VOIX D'ALEXANDRE
Dans ma tête, elle et le père sont épaule
contre épaule et se donnent la réplique, puis
entonnent ensemble les mêmes paroles.

Il y a madame Desjardins, les bras encombrés de livres
comme s'ils ne pesaient rien. Elle se tient debout
devant son hamac et le vent fait danser les fleurs de

son parterre. Aussi le vieux Émile, qui fait semblant
de lire les paroles de la chanson sur une feuille, mais
qui les connaît toutes par cœur depuis longtemps, qui
les a chantées si souvent, assis dans sa chambre. Et
Thiboutot père, dans sa chienne propre, se tient avec
Bernard, le facteur, ils sont droits comme les clochers
d'une cathédrale, solennels, la main sur le cœur.

> – LA VOIX D'ALEXANDRE
> Et tous ceux-là de mon histoire qui pourront
> jamais mourir vraiment. Ils sont beaux à voir et
> à entendre, parler et chanter à côté de ma vie,
> se faire écho en attendant que ça se termine,
> que tout se termine. Je voudrais tellement que
> les gens restent. Avec moi jusqu'à la fin. Que la
> mort existe que dans les chansons.

Dans la tête d'Alexandre, Ferland. Il chante beau, comme
disait la mère qui aimait sans limites *Les immortelles*.

> – LA MÈRE ET JEAN-PIERRE FERLAND
> « ce qui meurt a plus de poids / et d'impor-
> tance »
> – TOUTES LES VOIX RÉUNIES, *en écho*
> « ce qui meurt a plus de poids / et d'impor-
> tance »

Alexandre marche jusqu'à la bouquinerie Jaune Papier,
où il travaille très occasionnellement et de façon plus ou
moins officielle. Mais, d'abord, il erre dans le labyrinthe
du hasard, qu'il complexifie volontairement, question
d'étirer le chemin, au moins le temps que durera la

chanson, au moins le temps que se répondront les voix dans sa tête.

Le trajet se trace à mesure qu'il avance. Autour d'Alexandre, la ville se décalque sur un quadrillage inutile. Tout est trop carré, trop découpé, trop encadré. À chaque pas, il devient un peu plus la bille d'un labyrinthe, craint le prochain trou où il pourrait sombrer, sait qu'il ne reviendra jamais au point de départ. Il a besoin de cette lenteur particulière, celle qui n'existe que lorsqu'on marche.

> – LA VOIX D'ALEXANDRE
> Ou lorsqu'on lit. C'est pareil.

S'il s'écoutait, il partirait directement, un roman coincé sous le bras. Pas même de sac à l'épaule. Il irait marcher et lire le monde.

> – LA VOIX D'ALEXANDRE
> Être présent dans chacun de mes pas, plus
> exister autrement. Retourner à Paris-du-Bois,
> à pied. Aller finir de vivre dans le bois, au *shack*
> du père, pour lire, juste lire, jusqu'à ce que mort
> s'ensuive. Entouré de toutes mes voix.

Ou alors, justement, je deviendrais moi aussi un personnage au fond du bois. Et je mourrais plus jamais.

– LA MÉMOIRE D'ALEXANDRE

Depuis que j'ai lu Pirandello, j'ai ce désir d'être un personnage dans ma propre histoire. Il y aurait des chants éternels, on taperait du pied, on giguerait, et il y aurait des danseurs pour danser jusqu'à minuit, jusqu'au-delà de la mort. Parce qu'un personnage peut bien rire au nez de la mort. Il ne sait jamais mourir vraiment.

Je voudrais. Depuis toujours et pour toujours. Qu'ils aient tous été des personnages.

Je voudrais. Depuis toujours et pour toujours. Être un personnage. Immortel[15].

marcher à sa place

Alexandre se perd si bien sur le chemin entre l'hôpital et l'avenue Maguire, suivant les détours de déroutes assumées, que le trajet lui prend trois fois le temps habituel. En fait, marcher lui fait du bien. Comme lorsqu'il était adolescent et qu'il allait à pied jusqu'au village.

> – LA VOIX D'ALEXANDRE
>
> C'est une façon d'être au monde, de se sentir avancer. D'exister sans que le sol glisse constamment sous nos pieds. De s'arrêter sans être immobile.

Il y a longtemps qu'il n'a pas autant pensé au père. Pendant qu'il lisait *Adagio* pour que Marie se sente moins seule, qu'elle entende sa voix et sente mieux la lenteur du temps, il est venu le rejoindre, a posé son bras sur ses épaules. Et il a ouvert une brèche dans l'univers. Qui aspirait tout. Vers Paris-du-Bois. Alors qu'il marche vers la bouquinerie, c'est bien plus loin qu'il s'en va.

> – ALEXANDRE, *pense*
>
> Combien de fois t'as fait ce parcours-là avec moi ? Chacun de tes pas était celui d'une danse imprévisible, comme si tu t'accordais

avec le battement manquant de mon cœur de
tout croche.

Souvent, elle allait le rejoindre à la bouquinerie, où elle savait pouvoir le trouver, lui chuchotait quelque invitation salace, et il la suivait sur le trottoir jusqu'à son appartement.

— ALEXANDRE, *pense*
Ta hanche qui sautille, ton sourire infini. Ce
que tu aimais d'être chez moi, c'est qu'on avait
rien à faire, sinon l'amour, ou alors nous lire
des poèmes ou des histoires. Tu disais :

— MARIANNE
La télé nous aurait tués, tous les deux, elle nous
aurait mangés.

— ALEXANDRE, *pense*
Tu disais :

— MARIANNE
Ç'aurait fait de nous des monstres de solitude,
des côte-à-côte, des parallèles, des dos-à-dos,
comme le monde ordinaire, t'sais.

— ALEXANDRE, *pense*
T'aurais pas voulu qu'on soit juste ça, tous les
deux. Du monde ordinaire.

Sur le chemin, Alexandre croise un visage qui ne lui est pas inconnu. L'homme lui sourit. Il se dit que ce doit être quelqu'un qui vit dans le quartier, ou un client de la bouquinerie, et il prend conscience qu'il sera bientôt arrivé à Jaune Papier, même si sa tête est encore quelque part dans une chambre d'hôpital. Et dans l'inaccessible passé de Marianne.

– ALEXANDRE, *pense*

Tout ce qu'il me reste : marcher à ta place. Les pas que tu sauras plus faire. Et cette phrase que tu me répètes en boucle :

– MARIANNE

Au moins, toi, tu es chanceux, tu l'as connu, ton père.

– ALEXANDRE, *pense*

Et, comme chaque fois que je marche, toutes les voix dans ma tête récitent cette phrase de *Prochain épisode* :

– TOUTES LES VOIX D'ALEXANDRE ET CELLE D'HUBERT AQUIN

« Je suis un peuple défait qui marche en désordre dans les rues qui passent en dessous de notre couche[16] »...

le canari

Lorsqu'il arrive à la bouquinerie, Alexandre est soulagé de voir que le local n'est pas verrouillé. Depuis quelques années, Jean-Pierre ouvre de façon moins régulière, si bien qu'il vaut mieux appeler avant de passer, sinon on a bien de la veine de tomber sur une porte débarrée. L'homme qui l'accueille porte le cheveu long même si une calvitie grimpante lui mange le dessus du crâne. Il classe des livres dans un fouillis que lui seul arrive à démêler.

Quand il voit entrer le garçon, tintement de cloche, il lance la même remarque qu'il fait chaque fois :

– JEAN-PIERRE

Tu t'es enfin décidé à venir acheter mon commerce ?

– ALEXANDRE, *qui sourit*

Non, non. Pas encore, Jean-Pierre.

Planté derrière son comptoir ou caché derrière une pile de livres, il dit la même chose aux clients et aux flâneurs :

– JEAN-PIERRE

Vous voulez un livre ou tout le commerce ?

C'est qu'il est de plus en plus usé.

La cloche cuivrée tinte encore alors qu'Alexandre referme la vieille porte de bois derrière lui. L'espace est à ce point exigu et encombré qu'il donne l'impression d'entrer dans une caverne. Il n'est pas rare qu'une tour de livres s'étale dans une allée.

> – ALEXANDRE, *sur un ton de reproche*
> Un jour, ça va tomber sur un client pis ça va être moins drôle.

> – JEAN-PIERRE
> Ce serait une belle fin pour mon histoire, tu trouves pas ? Mourir écrasé sous une avalanche de livres.

> – ALEXANDRE, *se moquant*
> Ou si on te retrouvait couché derrière ton bureau, le cœur arraché et posé près de toi, comme les libraires de *L'écume des jours*.

Jean-Pierre, qui aime par-dessus tout l'humour littéraire d'Alexandre, s'esclaffe sans réserve en posant les mains bien à plat contre des colonnes de livres, comme s'il voulait les empêcher de tomber sur lui.

> – JEAN-PIERRE
> Il paraît qu'un rire peut provoquer une avalanche... On prendra pas de risque.

Un jour, presque en blague, Alexandre a offert un canari à Jean-Pierre.

> – ALEXANDRE, *PENSE*
> Comme dans les mines, au cas où il y aurait une fuite de méthane. Comme ça, Jean-Pierre

évitera peut-être l'ensevelissement.

Depuis, l'oiseau chante dans la poussière des livres, sublimant les sifflotements du patron. Des passants s'arrêtent pour savoir comment va l'oiseau. Ils achètent parfois un livre ou deux avant de repartir. Pas toujours. Jean-Pierre dit que, lorsque mourra le canari, il faudra qu'il se dépêche de fermer la place. Il doit en avoir encore pour quelques années sans s'inquiéter.

Le canari se met à turluter dans les aigus, une longue suite de roulements, de glous, de flûtes, se terminant sur une teintée roulée. En pareil cas, tous les écrivains ramassés là retiennent leur plume, le monde entier cesse de s'écrire pour écouter. Puis, le silence revient s'imposer dans le canyon de livres usagés.

— JEAN-PIERRE

Je savais pas que tu devais venir travailler
aujourd'hui.

— ALEXANDRE

En fait, non, je suis venu te dire qu'il faut que
je parte un moment.

Alexandre lui explique qu'il n'a pas de charge de cours pour l'automne et qu'il est pris de cette envie de retourner au camp du père.

— ALEXANDRE

Passer quelques jours, quelques semaines. Lire
un peu, tout seul dans mon coin. Finir le *shack*,
faire deux ou trois réparations, si ça se trouve.
Besoin de ça. Du concret. Réparer quelque
chose. Avec mes mains.

Depuis le coup de feu qui a abattu le fantôme qui servait de père à Alexandre, la maison familiale a été vendue, la terre, le garage et les voitures avec, à peu près tout ce qui s'y trouvait. C'est l'argent de la vente qui lui a permis d'aller étudier sans trop se casser la tête.

   – LA VOIX D'ALEXANDRE
   Qui me permet encore de survivre, en fait.

Mais la terre de bois debout, où le père construisait son camp, et, accessoirement, où il a rendu l'âme, appartient encore à Alexandre. Et, même si l'entretien est fait par une famille de la place, l'œuvre du père doit être exactement comme elle l'était douze ans plus tôt.

   – ALEXANDRE
   Je risque de pas pouvoir faire d'heures sur le plancher au cours des prochaines semaines.

   – JEAN-PIERRE
   Oh, tu sais. Ça va. Je prends tout ce qui passe, mais j'ai jamais voulu que tu te sentes obligé de venir t'enfermer dans mon barda.

Comme les deux hommes ne sont liés par aucune entente officielle, c'est plutôt par politesse qu'Alexandre a voulu le prévenir. Aussi pour que le vieux ne s'inquiète pas, lui qui joue au père avec son employé depuis quelques années. Jean-Pierre s'approche, il se tient droit entre les étagères encombrées, fait face au jeune homme qui le regarde.

   – JEAN-PIERRE
   Et Marie ?

Le bouquiniste aime beaucoup Marianne, qui est souvent passée au commerce. Il a été dévasté quand il a appris à propos de son état de santé qui se détériorait. Alexandre soulève les épaules, fait une moue ravagée.

– JEAN-PIERRE

Et toi, est-ce que ça va aller ?

Il a remarqué que le garçon est perturbé, qu'il affiche un air grave qu'il n'a jamais lu sur son visage. Alexandre acquiesce sans dire un mot de plus. Il va derrière le comptoir, glisse la main dans la petite case où l'attendent les suggestions de lecture de son patron. Il y en a trois, cette fois. Alexandre ne prête attention ni aux titres ni aux auteurs.

– JEAN-PIERRE

Tu vas voir, ce sont des livres un peu spéciaux.

J'en ai d'autres, des comme ceux-là, pour toi.

Il les prend, les glisse sous son aisselle. Le canari sautille sur son perchoir, émet quelques cris brefs. Alexandre se retourne et quitte le commerce. Personne ne sait combien de temps il faudra avant qu'il ne puisse revenir.

les livres d'André

Le fonds de sa bouquinerie, Jean-Pierre l'avait conso-
lidé par des achats compulsifs, en fouillant les marchés
aux puces ou d'autres bouquineries. Il était aussi arrivé
qu'on lui offre des boîtes pleines pour qu'il les revende,
qu'on les laisse simplement dans un carton devant la
porte du commerce.

– LA VOIX DE JEAN-PIERRE
Si un gars comme Alexandre était prêt à prendre
la relève, je pense que je lui donnerais tout le
fonds de commerce. Je pourrais bien faire ça.

C'est ce qu'il se disait en triant les caisses de livres
empilées dans son appartement, au deuxième étage de
la bouquinerie. Dans ces boîtes, il y avait le bon stock,
le stock potable et le reste, destiné au recyclage.

– LA VOIX DE JEAN-PIERRE
Avec les années d'expérience, on sait mieux ce
qui pourra se vendre et ce qui trouvera jamais
de lecteur. Mais, bien sûr, il y a aussi ce que j'ai
la responsabilité de garder.

L'un des cartons attira soudain son attention. Lorsqu'il
avait reçu tout ce matériel, il avait décidé de le garder

même s'il était à peu près invendable dans cet état. La plupart des livres étaient intéressants, mais ils étaient annotés en long et en large, commentés, soulignés.

> – JEAN-PIERRE, *pense*
> Je me souviens que je me suis dit qu'en effaçant, peut-être que je réussirais à en tirer quelque chose.

Mais il avait toujours remis l'ouvrage à plus tard.

Dans le lot qu'il fouillait cette fois avec attention, il remarqua quelques bijoux, dont un exemplaire de *Forêt vierge folle* dans son édition d'origine, ainsi qu'un *Deux sangs*, le premier recueil lancé par Miron et Marchand lors de la création de l'Hexagone.

> – JEAN-PIERRE, *pense*
> J'en reviens pas qu'on m'ait donné ça. Non plus que ce soit resté si longtemps entreposé. Ça doit bien faire une douzaine d'années.

Ce qui n'avait pas signifié grand-chose pour lui lors de la réception du stock, c'est cette inscription au feutre noir : « Marchant, Paris-du-Bois. » C'est seulement en rouvrant les livres qu'il a été frappé.

À la page vingt-trois de chacun des livres, d'une main attentive, impeccable, un nom en en-tête, en lettres fines et sans fioritures : « André Marchant. »

André Marchant. De Paris-du-Bois.

Il en choisit trois. Les dépose dans la case d'Alexandre. Ce sera ceux qu'il lui donnera lorsqu'il repassera à la boutique. Avec un petit frisson quelque part dans le coin du cœur, Jean-Pierre se dit que son protégé sera content de les retrouver.

PARTIE III

LE CAMP DU PÈRE

l'échec

– DENIS, *pense*

Mon tour est proche. Comme pour la petite
du lit d'à côté. Et y aura personne pour moi
non plus. Ma vie va se terminer comme tout le
reste. En queue de poisson, comme ils disent,
et ils ont raison, pour la queue de poisson, c'est
une belle image, je trouve, la queue de poisson, parce que, quand tu la vois, souvent, c'est
qu'il a mordu, le poisson, mais qu'il a lâché
aussi. Que t'as pas réussi à le ferrer comme du
monde. C'est ça, le problème, avec ma maudite
vie. J'ai jamais réussi à la ferrer. Ç'a vraiment
été comme ça. Ma femme qui est partie. L'enfant qui a jamais voulu lui coller dans le ventre.
La carrière, ostie, j'en parle même pas. Y fallait
bin que ça finisse par déraper. Pis tout le reste.
Tout. J'ai tout foiré. Tout.

Denis se retourne vers la fenêtre, se projette dans le
gris du ciel.

– DENIS, *pense*

Au moment de mourir, c'est clair, je vais foirer

> ça aussi. Je saurai pas comment le faire comme
> du monde.

Un échec. C'est une idée qui tourne dans la tête de
Denis, toujours dans le même sens, toujours à la même
vitesse. Un échec. Toujours la même rengaine, comme
une ballerine dans une vieille boîte à musique. La boîte
à ballerine, c'est sa tête vide.

Quand il lui avait parlé, la jeune femme près de lui
avait souri. L'image lui avait plu, celle du poisson, mais
elle ressentait surtout le même trouble que lui. Cette
impression d'avoir manqué l'essentiel.

> – LA VOIX DE MARIANNE
> Bien sûr, c'était avant que papa m'apporte enfin
> la lune.

La lune de Marianne, Denis ne la connaît pas. Il ne
regarde pas de ciel autre que celui qui ferme le carré
d'horizon terne derrière l'écran de la fenêtre. Il n'espère pas s'y évaporer comme sa voisine de chambre,
il s'enfonce plutôt en lui-même. Comme chaque fois
qu'il en a parlé, Denis s'est mis à rire, sans conviction.

> – LA VOIX DE DENIS
> On veut rire, on veut trouver ça drôle, on pense
> qu'on devrait trouver ça drôle, mais ça laisse
> juste froid. Juste bin froid.

Dans un de ces moments de lucidité qui font ressentir
plus fort la solitude, Marianne, qui avait simplement
besoin d'entendre une voix, lui avait demandé :

    – MARIANNE

    Racontez-moi, monsieur Denis, racontez-moi
    comment vous avez pu à ce point gâcher votre
    vie.

Puis, devant son hésitation, elle avait ajouté :

    – MARIANNE

    Ça restera entre nous.

Il lui avait répondu. Et, même lorsqu'elle s'était assoupie, il avait continué de raconter. Lui aussi avait besoin d'entendre une voix. Que ce soit la sienne lui importait peu.

la longue chute

– MARC

Qu'est-ce que t'as fait là ?

Le patrouilleur en colère se lance sur son coéquipier et le plaque au sol. La chute est longue, comme au ralenti. Ça tombe longtemps, deux hommes agrippés l'un à l'autre dans le velours de la dèche. Ça fait du bruit de ferraille, aussi. Ces deux hommes là, en tout cas, sont tombés bas, et longtemps, et ont fait du bruit. Pendant ce temps, Marc sacre, même s'il n'en a pas l'habitude, et traite Denis de fou.

– MARC

Qu'est-ce que t'as fait là ? Mais qu'est-ce que
t'as fait, veux-tu bin m'dire ?

Celui qui se montre généralement mesuré s'abandonne cette fois aux excès d'une colère rare, frappe les côtes de l'autre, qui est pris sous lui et qui respire par à-coups, souffle mal. Il est estomaqué, atterré par ce qui vient de se produire. Ça lui marque les traits du visage, son teint entre le rouge et le verdâtre : il est sous le choc et le restera pendant de longues minutes.

— DENIS

Je sais pas, Marc. Lâche-moi.

Même s'il demande à être libéré, Denis reste sans se
défendre, le visage au sol, les bras étirés de chaque côté
de son corps. Il sent des gravillons s'enfoncer dans la
peau de son visage, de ses paumes, mais une sorte
d'engourdissement qu'il a appris depuis le début de
sa carrière à associer aux contrecoups de l'adrénaline
le laisse au bord de la catatonie. Il reçoit les coups de
l'autre dans les côtes, sans broncher.

— DENIS

Je sais pas, Marc, j'te dis. Arrête. Je voulais pas
le tirer.

— MARC

Eh merde, Denis, dis ça à quelqu'un d'autre.

T'es le meilleur tireur du poste.

L'homme au sol tente aussi de trouver une explication.
Depuis qu'ils ont changé d'arme, passant du magnum
au 9 mm, Denis a souvent remarqué qu'il avait tendance à trop compenser le recul, comme s'il avait toujours le revolver en main. Dans le stand de tir, déjà, il
a noté qu'il tirait trop bas. Avec l'adrénaline, il a sans
doute mal calculé son angle.

— DENIS, *pense*

Mais peut-être que j'ai vraiment voulu lui tirer
dans la tête. Le transformer en trou. Il m'a fait
penser à un de ces gars venus me voler ma

femme pis sa fille, avec sa gang de chums. Je
l'ai haï, je pense, c'est peut-être rien que ça.
Je sais pas.

Denis donne un coup de hanche, puis tourne l'épaule,
désarçonnant son assaillant qui se retrouve assis près
de lui. Contre les deux cent vingt-cinq livres de Denis,
Marc avait peu de chances de tenir, même avec les
meilleures techniques de corps à corps.

— LA VOIX DE MARC

Quand c'est ton meilleur chum que t'as couché,
c'est sûr, c'est pas pareil. Nicolet te prépare pas
à ça.

— DENIS

Ç'a parti tout croche, Marc, ça arrive, ces
affaires-là. J'te jure que je voulais pas. J'voulais
juste y faire peur. Juste. Qu'y sacre son camp
de notre char.

— MARC

Sauf que ton Glock, Denis, il est pas censé
servir à ça. Faire peur, tabarnaque, y voulait y
faire peur. Comment tu penses que ça va sortir
quand ils vont voir que t'as tiré dessus ? Il était
même pas armé.

— DENIS

Je pensais. Qu'il avait réussi à débarrer la carabine. Je sais vraiment pas.

Denis soulève les épaules, incapable même de réfléchir.

– DENIS

Je te l'avais dit que je le sentais pas. Je te l'avais
dit. Pourquoi on l'a suivi, hein ?

Marc se lève. Secoue son uniforme. Il ne trouvera pas
de réponse.

Chez Mado

– MARC, *pense*

Dix-huit ans qu'on est ensemble, tous les deux,
à tout se dire. À faire dur, aussi, ça arrive. À se
chicaner, se regarder dans le blanc des yeux, se
pardonner, toute la patente. À rien que fermer
nos gueules, des fois, parce qu'on sait ce que
ça peut faire de bien de juste fixer la route qui
défile en silence. Dix-huit ans, ça veut dire trois
ans de plus que mon vrai couple, c'est pas rien ;
on dira ce qu'on voudra, si je dormais pas dans
le même lit que ma femme, je passerais plus de
temps avec lui qu'avec elle.

Toutes ces années assis dans le même véhicule, ça crée
des liens. On en vient à finir les phrases de l'autre, à se
parler sans dire un mot, à s'inquiéter, à se connaître,
même à comprendre les travers de l'autre. Comme là, je
peux dire sans trop me tromper que, quand on va passer
en avant de Chez Mado, tantôt, Denis va me demander
d'arrêter. Il va vouloir son café pour la route.

Comme de raison, plus le boulevard Taché défile,
plus le sergent Lorain s'agite, soupirant régulièrement,
jusqu'à ce que ça se produise.

– DENIS

Hé, arrête ici, Marc. Y a pas l'feu, j'veux un
café.

Denis bâille, il doit vouloir faire comprendre à son partenaire à quel point il est fatigué, combien son café va
lui faire du bien, que ça vaut la peine de faire l'arrêt.
Angle mort, clignotant, angle mort, et Marc range
l'autopatrouille sur le bas-côté.

Près de la porte du restaurant, il y a une femme qui
se tient immobile en scrutant le boulevard, une valise
de cuir ébène contre le mollet. Maladroitement attifée
en madame, elle a les jambes qui donnent l'impression
d'être particulièrement longues, étirées par des talons
effilés. Elle attend probablement l'autobus Voyageur,
comme on dit encore ici même si la compagnie a été
rachetée en 1990 par Orléans Express. Denis referme
la bouche en un sourire qu'il souhaite authentique, le
temps de la saluer.

– MARC, *pense, soupirant*

S'il pense que je l'ai pas vu venir avec la femme
qui est plantée à la porte.

Marc entame ses manœuvres de stationnement. Au
fond de la cour, un semi-remorque empêche de voir
le fleuve. Une Tercel rouge embraye promptement, le
gars veut s'en aller, il a l'air stressé de voir des policiers
derrière lui. Il fait des gestes saccadés, lance des coups
d'œil de tous les côtés. Marc signale à gauche, laisse
partir l'autre qui recule précautionneusement, s'en
va exagérément lentement. Denis pianote le numéro

de plaque sur l'ordinateur de bord, ne trouve rien de notable, abandonne.

    – DENIS

    C'est l'effet qu'on fait, qu'est-ce tu veux, c'est
    de même.

L'autopatrouille est stationnée près de la porte. Marc n'a aucune envie de sortir. Il attendra Denis derrière le volant, faisant semblant de travailler en fouillant des yeux les feuilles vierges de son bloc-notes métallique. Si quelqu'un approche, il prendra des notes invisibles en tenant son stylo à l'envers. Une technique souvent suffisante pour repousser les importuns qui auraient envie de lui adresser la parole. Il regarde son équipier s'extraire du véhicule, retire sa ceinture de sécurité.

    – MARC, *pense*

    Il a pas encore cinquante ans, l'gros. C'est
    effrayant, pareil. Quand j'y pense, ça me vrille
    dans les tripes comme si c'était moi qui avais
    la prostate en chou-fleur. Il a pas encore cin-
    quante ans, mais, merde, il attend déjà de
    passer des examens plus poussés. Ça te fout la
    peur de ta vie, c'est clair.

Il revoit le visage de son équipier quand il lui a parlé de la situation, la semaine dernière. Ils s'étaient garés sous le viaduc habituel pour contrôler la vitesse sur la 20, mais, après deux contraventions, Denis avait simplement éteint le radar. Marc n'avait pas été surpris, il avait bien senti dès le matin que quelque chose n'allait pas.

– MARC, *pense*

Pauvre gars, quand il m'en a parlé, je pensais
qu'il allait brailler, j'ai failli le faire itou. Il m'a
demandé :

– DENIS

T'sais, qu'est-ce j'vais faire si c'est un cancer,
s'y m'disent que je suis pour mourir ?

– MARC, *pense*

Comme si je pouvais avoir des réponses toutes
faites pour des affaires de même. Y a pas toujours de réponse toute faite. Y en a même pas
souvent.

Avant d'entrer Chez Mado, Denis prend le temps de
saluer de nouveau la femme qui n'a pas bougé de là,
quasiment comme si c'était une de ses amies. C'est une
blonde blanchie au teint pâlot. Elle affiche l'air ravi des
femmes séduites, trop heureuse de l'attention qui lui est
portée par l'homme en uniforme.

– MARC, *pense*

Faut dire que c'est une belle pièce d'homme,
Denis. Ses cheveux blond de Suède, son teint
clair, ça en jette.

Alors elle rit un peu trop fort, parle un peu trop fort,
voudrait un peu trop fort que tout le monde sache
qu'elle sait encore plaire, parce que Denis prend le
temps de lui parler, de la faire rire, de lui faire sentir
qu'elle est importante.

– MARC, pense

Décidément, il est fort. Il arrive toujours à leur faire croire qu'elles sont les plus importantes. C'est pourtant pas particulièrement une belle femme, rien à voir. Il est juste comme ça, l'gros. C'est lui tout craché : il est toujours en train de le faire. C'est quelque chose comme un besoin d'amour, je pense. Je comprends pas qu'il soit seul depuis que sa femme est partie. En quinze ans, me semble que ç'aurait dû marcher, son affaire.

préserver la vie

Marc arpente le bord du chemin de bois, jetant des coups d'œil furtifs vers l'autopatrouille. Se demandant comment les choses ont pu si mal virer depuis le matin, il donne des coups de pied dans le vide. Le monde autour de lui donne l'impression de s'être figé.

– MARC

Ça me tue.

Dans le bois, c'est long avant que quelque chose ne bouge. Un peu de vent. Le craquement des arbres. Comme s'ils jouaient déjà à être des vieilles portes, de vieux planchers. Sinon rien.

Marc se tourne vers Denis, le regarde, se demande s'il ne devrait pas lui mettre les menottes.

– MARC

Je capote, Denis, te rends-tu compte de qu'est-ce t'as fait là ?

Sa voix traverse littéralement son partenaire, comme si elle ne savait rien signifier, invisible, intangible, inaudible.

Nouveau coup de pied de petit gars en crise. Sur rien. Peut-être une roche manquée. Il fait les cent pas sur le chemin de bois, entre une pierre et un cèdre couché, entre la Civic abandonnée et l'autopatrouille souillée, arpentant un territoire imaginaire dont il est le seul à connaître les limites.

> – MARC, *pense*
> Pas regarder dans le char. Juste réfléchir. Pas
> voir la tête du gars avec le trou dedans.

Pour Marc, c'est le calme qui est le plus effrayant, la quiétude obscène qui étouffe tout le reste après qu'un coup de feu a atteint sa cible.

> – MARC, *pense*
> Quand plus rien bouge. Quand on sait que plus
> rien peut bouger.

Il se remémore le cours des événements. Essaie de noter, froidement, la succession des faits.

> – MARC, *pense*
> Y a pas eu de cris, pas de hurlements. Je me
> souviens juste du bruit de ma ceinture qui me
> claquait sur la hanche. De nos pas de course
> dans l'essoufflement. De Denis qui respirait
> fort, dans le bois, pis moi aussi. Je comprends
> pas ce qui s'est passé.

Les gyrophares continuent de balayer le paysage sans l'atteindre. On voit bien qu'ils fonctionnent, mais on dirait que la lumière se perd dans le brun, le sale, le mort, le pourri de l'automne, avant de toucher quoi que ce soit. Même Marc qui se tient debout tout à côté, livide, ne la reflète plus. Denis se met à pleurer. Ses gémissements ridicules, ses plaintes, ses reniflements, tout ça se perd dans le bois tandis que Marc rage, tourne en rond, frappe des roches du bout de la botte en se désarticulant comme un pantin.

— MARC

J'aurais juste envie de te lapider.

Il se retient, il voudrait le démolir, pense que ça le soulagerait, sait que ça ne réglerait rien. Rien de légal. Mais quelque chose en lui, quand même. Il voudrait encore écraser Denis face contre terre, le traîner dans la gravelle du chemin. Mais il se retient, et son partenaire le sent.

Marc donne un coup à une branche qui vole et tourbillonne jusque dans le fossé marécageux. Il tourne en rond, ne sait pas ce qu'il pourrait faire d'autre, à part sortir son arme, lui aussi.

— MARC, *pense*

Je pourrais crisser mon camp aux États par le bois, laisser Denis là avec son cancer, sa prostate qui le tient par les couilles. J'irais passer mes dernières années à l'ombre des Amériques, quelque part dans le bois au nord du Maine, à me concrisser de lui, pis de ce gars-là qui s'est assis dans le char sans nous demander quoi que ce soit.

Denis n'est pas dupe. Il sait ce qui se passe dans l'esprit de Marc.

— DENIS, *pense*

Il a envie de me tirer, de m'achever. Mais il le

fera pas. Il le fera pas.

Un sanglot porcin lui sort de la gorge tandis qu'il se laisse retomber sur le dos, épuisé.

– DENIS, *pense*

Je suis prêt s'il veut en finir avec moi. Mais il le fera pas. Pas Marc. Je pense qu'il va me dire : envoye, viens-t'en, on va trouver une solution. Qu'il va me dire : tu vas assumer, Denis, c'est correct, mais tu vas vivre avec, par exemple. Il est comme ça, Marc, un cœur sur deux pattes. C'est ce que diraient de lui tous ceux qui le connaissent, sa mère, sa femme, ses collègues, le type du dépanneur, son vieux voisin. Tout le monde.

– LA VOIX DE MARC

Sauf que là, tout de suite, je suis pas si fin que ça, faudrait pas croire. J'ai surtout pas envie de l'aider, l'gros. Je voudrais juste tout crisser ça là : Denis qui braille comme un p'tit cul, le cadavre qu'il s'est cuisiné pis tout' le trouble qui va venir avec, les plaintes de chienne ennuyeuse qui lui sortent de la gueule, sa morve écœurante pis son ostie de prostate.

– MARC

Te tirer une poignée de garnotte, c'est de ça que j'aurais envie.

Il rage, se convainc presque de tout abandonner pour de vrai.

– MARC, *pense*

Jʼai juste à le faire, juste à prendre le bord du
bois, on doit pas être loin des États, me semble,
jʼen aurais pour trois ou quatre heures de
marche, peut-être cinq, ça me ferait juste du
bien dʼme perdre, de toute façon, loin dʼicitte.

Il se voit partir tout nu par le bois, laissant son uniforme chiffonné sur le gravier dʼun chemin de bois, à
côté dʼune autopatrouille souillée, de ses gyrophares
épuisés, du sang et des problèmes qui sont en train de
lentement sʼéchafauder en obstacles autour dʼeux. Probablement en état de choc, Marc sue à grosses gouttes.

– MARC, *pense*

Fait chaud, baptême, même pas de soleil, mais
maudit quʼy fait chaud.

Il arrête de marcher, se tourne vers Denis qui pleure et
qui gémit et qui renifle et qui se plaint.

– MARC

Tu viens tellement de nous mettre dansʼ
marde, mon Denis, si tu savais comment
jʼtʼhaïs de nous avoir fait ça.

Ça y est, il a crié. Il prend une longue inspiration, se
trouve une poignée de courage quelque part, puis
retourne près de lʼauto. Le gars est vraiment magané.
Par la portière ouverte, il se penche sur le dégât,
observe et sacre. Sait que lʼhomme nʼa aucune chance
dʼêtre vivant. Mais il avance deux doigts vers la carotide
étirée par la gorge déployée mais immobile.

– MARC

Préserver la vie. Préserver la vie.

Et il répète en boucle cette maxime qui est au cœur de
son engagement depuis le début de sa carrière, comme
si ça pouvait changer quelque chose à la situation.

– MARC

Préserver la vie.

Mais, devant l'innommable chaos de fluides et de chairs
qui s'est produit dans la voiture, Marc se sent impuissant.
Il regarde le corps, voit le sang, voit le dégât, voit le pare-
brise explosé, mais il voit surtout son équipe qui vient de
voler en éclats. Il lève la main vers l'émetteur et, tandis
que les gyrophares continuent leur balai répétitif dans le
décor brun, leur lumière diffractée par le visage devenu
translucide de l'agent, il appelle des renforts.

– MARC, *la bouche contre l'émetteur*

On a besoin de *backup*, y a mort d'homme. Un
civil. Ça va prendre un 07. (*Il se tourne vers son
équipier et affirme sans ambages :*) C'est Denis
qui a tiré. Je répète, besoin d'un *backup*, on a
un civil touché.

Denis tourne le regard vers le bois, se perd dans les
feuilles rouille rongées qui tapissent l'automne.

– DENIS

Le show est fini. Je pense que je viens de tirer
ma révérence.

avant la poursuite

Il y a trois quarts d'heure au moins qu'ils roulent depuis qu'ils ont quitté le restaurant Chez Mado. Vingt minutes depuis qu'ils ont pris le bois en direction des États. Ils n'ont toujours pas vu de véhicule répondant à la description qui leur a été faite avant leur départ du poste. Le gars serait un cambrioleur de chalets. Le monde de la place n'a pas de patience pour ça. C'est le maire de Paris qui a appelé pour qu'on se bouge au bureau de la SQ.

Les chaudières de café qu'ils tiennent entre les cuisses sont déjà tiédasses. C'est un mercredi matin, ils ne croisent à peu près personne sur la route qui se faufile entre les ramures effeuillées des érablières vallonnées. Denis demande si, des fois, Marc ne penserait pas comme lui, qu'on les dépêche parfois dans ce coin reculé en sachant fort bien qu'ils risquent de ne rien trouver.

— DENIS

C'est vrai, peut-être qu'ils se débarrassent de nous autres, qu'ils veulent nous éloigner de Montmagny. Penses-tu qu'il se passe quelque chose chez nous qu'il faut pas qu'on voie ?

– MARC, *avec un rire bref soufflé par le nez*
T'écoutes trop de films, vieux. T'es pas la victime d'un complot. Bois ton café frette pis
laisse faire.

Jusque-là, la route se passe sans anicroche, mais, dans
le creux d'un vallon forestier, Denis n'en peut plus,
c'était prévisible, demande qu'on arrête le véhicule,
rêve d'uriner dans le fossé, n'espère plus que l'air frais
sur son visage et la satisfaction de se soulager entre les
touffes cotonneuses des asclépiades.

L'autopatrouille s'arrête, Denis sort, l'avant-midi
est frisquet dans ce creux de paysage que le soleil
vient à peine de trouver. La portière de son côté reste
ouverte. À contresens, une Civic grise apparaît. À bord,
Alexandre et son père.

– LE PÈRE, *sa voix qui tonne dans l'habitacle*
Ah bin. Ç'a l'air que c'est là que ça va se passer.
Penche-toi, mon homme. Que personne puisse
te voir.

Denis Lorain, fier patrouilleur de la Sûreté du Québec,
a *le jambon à l'air*, comme il dit, et sifflote en visant une
roche du fossé, faisant un beau jet d'urine en forme
d'arche.

– DENIS
On va muscler ça, c'te prostate-là !

Quand son jet commence à manquer de puissance, il
se met à faire des ronds minuscules dans l'herbe déjà
brûlée. Le mois de septembre a été sec et, malgré la

pluie des derniers jours, la végétation est restée marquée par le manque.

La Civic passe une première fois sans se faire remarquer. Marc fait encore une fois semblant de prendre des notes dans le cartable métallique qui était posé tout près. Il n'a même pas de crayon, cette fois.

Denis, de son côté de l'auto, se tient toujours du bout des doigts, mais prend l'air du gars qui cherche quelque chose dans le fossé. Une fois la voiture disparue derrière le faîte de la côte derrière eux, il se secoue comme du monde, s'enculotte.

     – DENIS

Ça roulait pas trop vite, ça ?

     – MARC

Bah, quatre-vingt-seize, pas de quoi s'énerver.

De l'autre bord de la côte, les jeux sont en train de se faire. Le père fait faire demi-tour à sa voiture sur une *trail* s'enfonçant dans une érablière. Lorsqu'il parle, sa voix est distante dans l'habitacle poussiéreux.

     – LE PÈRE

Je pensais pas qu'on pourrait les poigner si
proches. On est chanceux à matin, si on peut
dire. Ils ont fait ça vite.

L'auto grise reprend son chemin dans le sens inverse et s'arrête au faîte de la colline. Le père observe. Alexandre stresse, tapote nerveusement l'appuie-bras de sa portière.

– LE PÈRE
Calme-toi. Tu sais ce que t'as à faire.
Quelque chose bat tout croche. C'est peut-être dans la
poitrine d'Alexandre, peut-être dans sa tête. C'est peut-
être juste dans ses doigts.

dérapages

Cent soixante-quatre kilomètres à l'heure. C'est la vitesse enregistrée par le radar fixé à la console de l'autopatrouille quand, pour la deuxième fois, la Civic d'André passe près des policiers. Denis s'engouffre dans la voiture en sacrant.

> – DENIS
>
> C'était quoi, ça ?

Aussitôt son équipier affalé sur la banquette, sirène, gyrophares, crissement de pneus et gravelle qui roule, Marc enfonce l'accélérateur, comprimant leurs corps contre les dossiers. La portière que Denis n'a pas eu le temps de refermer claque violemment.

> – MARC
>
> As-tu remarqué ?

> – DENIS
>
> Quoi ? De quoi tu parles, Marc ? Tu vois bin que c'est pas le temps de niaiser.

> – MARC
>
> Le char, Denis. Je pense que c'était le même que tantôt.

Quinze minutes de poursuite, c'est pas fini encore. Denis se tient de la main droite à la portière, de la gauche au tableau de bord. Ça vire dans tous les sens, ça prend des chemins fantômes, ça dérape dans la poussière des rangs, sur l'accotement serré.

> – MARC, *constate*
> Du monde de la place, c'est certain. Y connaissent bin le chemin.

Agrippé au volant, il peine à suivre, surtout dans les chemins de terre, quand la poussière lève jusqu'à lui faire perdre tout contact visuel avec le poursuivi. L'impression que tout est brun autour : les arbres, le bord du chemin, le chemin lui-même. Et, à cette vitesse-là, ça ne s'arrange pas. Mais le nuage s'estompe plus loin, la route étant apparemment plus humide. La pluie des derniers jours a transformé le rang en chemin forestier, boueux comme c'est pas possible. Des éclaboussures opaques font écran au monde lorsque glisse la voiture avant d'être rattrapée.

> – DENIS
> Je le sens pas, Marc. On devrait peut-être laisser faire. C'est pas pantoute une Civic qu'on devait surveiller.
> – MARC
> T'as pris le numéro de plaque ?
> – DENIS
> Non, pas pu.

Dérapages semi-contrôlés sur la gravelle et dans la boue, Marc ne se laisse pas impressionner.

– MARC

Toi qui avais peur de t'ennuyer.

Devant eux, à cinq cents mètres environ, les poursuivis freinent brusquement.

– DENIS

Il joue du *break* à bras, à c't'heure, l'enfant de chienne.

La Civic recule d'une demi-douzaine de mètres et s'enligne sur un véritable chemin de bois, promettant quelques défis au conducteur suivant.

– DENIS, *secoué par une giclée d'adrénaline*

On va les avoir, ostie ! Sont faites ! Des rats !

À partir de ce moment, la poursuite est moins rapide. Les autos sont bordassées de tous les bords – la Civic abandonne même son silencieux sur une butte. Denis a oublié ses réticences. Il sacre de bonheur, crie comme s'il était monté dans un manège.

– DENIS

C'est trop fort, j'aime ma job, ostie que j'aime ma job !

Sur le chemin de bois, les deux policiers perdent complètement de vue la Civic grise qu'ils poursuivent. Denis baisse la vitre, entend rugir l'autre auto devant.

– DENIS

C'est correct, on va l'entendre de loin, pas de *muffler*. T'avais pas pensé à ça, hein, mon ostie.

Dans le bruit assourdissant du cahotement de l'auto-patrouille, Denis en rajoute, joue du tam-tam sur le tableau de bord et continue de crier pour évacuer l'intensité qui le ronge. Marc, imperturbable, évite les plus grosses pierres avec adresse.

Et arrive le ponceau.

reportage

La mère de l'Ours vient s'asseoir près d'Alexandre sur le grand divan de cuir où chaque journée se termine, dans la maison du maire Mercier. Elle pose doucement sa main sur le genou du garçon. Comme d'habitude, elle ne dit rien. Le garçon l'aime bien.

À la télévision d'État, sous le visage impassible de la lectrice de nouvelles, on a écrit en lettres capitales blanches les mots « POLICIERS ACCUSÉS ». Sur fond écarlate, le texte percute. L'animatrice, qui avait annoncé le sujet un peu plus tôt, fixe le vide en parlant. C'est comme si elle voyait à travers le film lumineux de l'écran télévisé ce trou qui se creuse lentement dans la tête d'Alexandre, sculptant en cristaux étincelants la silhouette de son père.

– L'ANIMATRICE, *presque sans bouger les lèvres*

J'en parle avec notre journaliste, Julie Forêt-Rivière. Alors Julie, deux agents de la Sûreté du Québec sont accusés d'homicide involontaire.

Il faut un temps avant que la communication se rende, quelques secondes tout au plus. On palpe la distance dans l'épaisseur du silence, tandis que la journaliste écoute patiemment, braquée devant le poste de la SQ de Montmagny, tenant un parapluie agencé avec son foulard bleu. On entend la vie suivre son cours autour d'elle, des voitures qui passent sur le boulevard tout près. Avec le cinéma maison payé au prix fort par Mario Mercier, c'est comme si elles roulaient derrière le divan, les voitures. Aussi les gouttes de pluie qui pianotent sur le tissu tendu entre les baleines qui coiffent la femme sur le point de commencer son monologue.

– JULIE FORÊT-RIVIÈRE

Oui. Et c'est la suite, à la suite, dis-je, du décès d'André Marchant, un habitant de Paris-du-Bois pris en filature il y a de cela près de huit mois pour un excès de vitesse, filature qui a mal tourné. Quand les policiers ont réussi à rejoindre le véhicule, une poursuite à pied s'est engagée dans un boisé jusqu'à ce que monsieur Marchant revienne sur ses pas et cherche refuge dans l'autopatrouille. Alors la situation a vite dégénéré. Au moins un coup de feu a été tiré et, donc, André Marchant est mort par balle.

Alexandre s'est levé. Il a mis ses bottes. Et il est allé marcher.

René

Tison n'a pas trop mal vieilli. Quand il regarde autour
de lui, le monde a embelli. La surface de son potager a
triplé, il a construit un clapier et un poulailler minuscule qu'il ouvre le jour pour que les poules se dégour-
dissent autour de la maison. Il vit de son jardin, de
ses poules et de ses lapins plutôt que des articles qu'il
écrit plus rarement. Et puis, maintenant qu'il n'est
plus seul, tout est plus facile. Car Tison a dorénavant
une femme dans sa vie.

    – LA VOIX DE TISON

    C'est arrivé par hasard. C'est drôle comme les
    gens les plus importants dans ma vie ont tous
    trouvé le chemin de la maison sans s'annoncer.

Leur rencontre : une cycliste passe par le rang. Concentrée sur son coup de pédale, elle chute sur l'asphalte
magané. Ça se passe à portée de vue de Tison, qui travaille à revirer la terre du jardin. Il plante sa pelle ronde
dans le sillon, y pose le poignet, attend qu'elle se relève.
Ce qu'elle ne fait pas.

    – LA VOIX DE LA CYCLISTE

    C'est la première fois que ça m'arrivait.

Mais, d'abord, chute et blessure, perte de conscience.
Pour ajouter à l'urgence, Minus, le chihuahua qui partage maintenant la vie de Tison, se met à hurler dans la maison.

> – TISON, *qui s'inquiète*
> Elle se relève pas.

Il dévale le tertre et enjambe les hémérocalles et traverse la grande allée de gravier, saute le fossé et rejoint le corps inanimé.

> – TISON, *avec emphase*
> Madame, vous allez bien ?

Il observe ses membres repliés et coincés dans la tubulure de son vélo, ses bras étirés de chaque côté d'elle formant comme une croix de femme couchée au bord du rang.

> – TISON
> Pauvre fille, qui saigne de la tempe. Pauvre
> fille, le saut que tu vas faire quand tu vas te
> réveiller et que tu vas me voir la face.

Elle respire bien, ne semble pas en trop mauvais état. Tison tâte ses membres sans trop insister, elle n'a apparemment rien de cassé, la démêle du cadre d'aluminium, la prend dans ses bras – en forçant quand même un peu, faudrait pas croire.

Ça fait qu'il a Marie dans les bras,

> – LA VOIX DE TISON
> Sauf que je sais pas encore son nom.

une femme qui sent la femme, une femme molle à une telle proximité.

– LA VOIX DE TISON

C'est plus d'intimité que tout ce que j'ai pu
vivre depuis... En tout cas, depuis ça.

Il la porte jusque dans sa maison, laissant au bord du
chemin le vélo abîmé.

– TISON, *vers le chien qui ne cesse de hurler*

Minus, suffit !

Il étend doucement la blessée sur le divan, appelle les
services d'urgence, puis va fermer le store du salon pour
baigner la place de pénombre et va quérir une débar-
bouillette, humide et fraîche, afin d'éponger le visage
de l'accidentée, d'aussi nettoyer le sang qui ne semble
pas vouloir cesser de couler de sa tempe fendue.

– TISON, *pense*

Comme Alexandre.

Lorsqu'elle ouvre les yeux, sa tête repose sur un coussin
près de la cuisse de Tison qui caresse distraitement ses
cheveux, éponge son front, essuie ses joues. Puis, il lit
une revue qui traite de danse et de théâtre.

– LA VOIX DE TISON

Je lis pas, en fait, je fais semblant.

Le magazine est un rempart pour atténuer le choc. Bien
placé entre leurs deux visages, il empêche la blessée de
voir l'homme qui l'a recueillie.

Puis, cette peur, lors des premiers mouvements.

– TISON, *pense*

Ça y est. J'ai la chienne. S'il fallait, je sais pas,
qu'elle se mette à hurler. Qu'elle se sauve en
courant.

Mais il ne bouge pas, sinon qu'il ferme les yeux, se retourne légèrement, pour ne pas lui faire face, lui exposant seulement le moins abîmé de ses profils. Elle se redresse soudainement,

TISON, *pense*
Voilà, elle va s'enfuir.

mais elle cesse de bouger. Elle regarde Tison sans réagir, lève sa main vers lui dans un mouvement suscité par un mélange d'émotions.

– MARIE, *pense*
C'est quelque part entre le dégoût et le désir, et soudainement, j'avoue, il me semble que les deux sont pas si éloignés.

Puis elle touche le visage défait de Tison, comme une enfant curieuse touche le menton de son père qui n'a plus de barbe.

– MARIE, *pense*
Je sais qui il est.

Elle dépose ses doigts sur la joue de Tison comme lui-même l'a fait à Alexandre autrefois, mais elle va plus loin, se relève, dit merci et l'aborde de ses lèvres, attrapant le coin de sa bouche.

Et alors, dans la pénombre du salon, tandis qu'elle s'appelle Marie pour faire plus court, il s'appelle René et n'a jamais si bien porté son nom.

un lieu sans écho

Le téléphone sonne.
>   – ALEXANDRE
>   Tison ?

Une seule personne l'a jamais appelé ainsi directement.
Un temps, puis :
>   – ALEXANDRE
>   C'est Alexandre
>   – RENÉ
>   Oui, je sais.

Vient ce silence qui s'impose quand deux personnes
ne se sont pas parlé depuis longtemps. Les questions
se posent et jactent dans ce mutisme comme une
volée de migrateurs. À cet instant, les deux hommes
occupent le même lieu sans écho. Ils sont dans la
vieille cuisine de René, avant qu'il ne la repeigne,
avant qu'il ne change les rideaux, avant qu'il n'accroche cette toile magnifique offerte par Marie, une
abstraction fine évoquant une immense fleur de
flammes bleu et vert, indociles et courantes. Joints par
ce silence de ligne tendue, ils se retrouvent dans la
maison d'avant, le seul lieu qu'ils aient jamais occupé

ensemble. Ils sont face à face, ébahis et plus jeunes de douze ans.

On ne veut pas aller trop vite. Il faut laisser le temps aux choses de se placer autour d'eux. La table. Les chaises. Les murs et leur couleur d'autrefois. Le papier peint. Et le vieux chien aussi, qu'il s'approche, qu'il pue comme un vieux chien, qu'il relève sa truffe sèche contre la cuisse de l'un ou de l'autre. Et que retombe la poussière. Dans le silence qui s'étire entre les deux récepteurs. Puis, un soupir. Le monde reprend un peu de sa stabilité.

– ALEXANDRE

Fait longtemps.

– RENÉ

Sûr. Tout va bien ?

– ALEXANDRE

Oui-oui. Je t'appelle parce que, vois-tu, le père, il avait commencé à bâtir un camp quelque part sur son lot et, comme j'ai pas de contrat cet automne, je voudrais, je sais pas, aller faire un tour, travailler sur le camp. Sur le lot. (*Silence.*) J'aurais besoin d'aide, je pense. De ton aide, ce serait encore mieux.

Dans la tête d'Alexandre remontent deux images du père, les seules qui subsistent et qui soient toujours le moindrement claires, où sa tête n'est pas mangée par une mine de cristaux irisés. Il y a : le père au camp, heureux comme un pinson, jouqué sur un échafaudage de fortune gossé à même des tronçons d'épinettes, frappant du marteau le même clou depuis toujours, s'adonnant à la même improvisation sifflée, ne s'arrêtant que pour vérifier que la planche de pruche est bien droite avec son niveau jaune de quatre pieds. L'autre image, c'est le père, la peur au ventre et la colère dans les yeux, assis carré dans une autopatrouille et dans la ligne de mire d'un policier.

surgit l'Ours

En arrivant, Alexandre n'a fait qu'y passer, mais il a pu remarquer que Paris-du-Bois n'a pas beaucoup changé. On n'a pas essayé de tout déguiser pour les touristes, sinon en ajoutant cette poignée de réverbères un peu trop fignolés qui jurent avec le reste du décor. Et un banc devant le presbytère devenu un semblant d'hôtel de ville. La succursale de la caisse et le bureau de poste ont fermé. Alexandre se souvient que, déjà à l'époque, Tison en avait long à dire sur la question.

– LA VOIX DE TISON

Ce village-là, de toute façon, aurait rien pu devenir. Y a rien, ici. Si au moins on était proches du fleuve, le monde pourrait venir s'installer parce que c'est beau. Nous autres, on a juste la Petite-Seine. Si un maire avait pas eu la drôle d'idée de faire croire au monde qu'on pouvait se prendre pour un Paris d'Amérique, ça serait une rivière comme n'importe quelle autre. La même rivière plate qu'on voit dans tous les autres villages. Avec même pas de saumons pour la remonter.

Des rivières pis des montagnes, y en a partout
au Québec. Pis des plus belles que les nôtres. Et
c'est peut-être correct comme ça. On est peut-
être pas obligés de devenir autre chose.

Quand il a garé la Camry de location dans le stationnement de l'église pour se diriger vers l'épicerie, le cœur
de Paris-du-Bois était désert. Devant le spectacle de
ce village qui vivote, Alexandre s'est dit que le monde
avait fini par comprendre aussi. Que la course au touriste, c'était fini. Qu'on avait juste enfin accepté.

   – ALEXANDRE, *pense*
   J'avais quand même imaginé que quelqu'un
   passerait, qu'on me reconnaîtrait peut-être.

C'est quand il est arrivé au comptoir de l'épicerie que
la situation s'est redressée. La surprise a été grande,
en fait. Un pain de boulange sur le comptoir, une bouteille de vin – Ladouceur est un point de service de
la Société des alcools –, et, quand il a relevé la tête,
Alexandre a reconnu l'homme en face de lui, tout souriant, les yeux écarquillés. L'Ours lui-même, en chair
et en os, avec pas beaucoup plus de chair que d'os.
Il avait pratiquement fondu. Et, s'il avait pu douter
de l'identité de celui qui était devant lui, Alexandre
aurait pu jeter un œil sur sa poitrine, où une épinglette
certifiait qu'il ne se trompait pas. En lettres dorées, on
pouvait lire : « Roselin Mercier ».

   Devant l'ébahissement d'Alexandre, qu'il était lui-
même surpris de voir, l'Ours s'était mis à rire.

    – ROSELIN

Gros changement, hein ! Ils m'ont broché l'estomac. C'est drôle. T'étais le Fils-à-Broche, pis
moi, à c't'heure, je suis le Broché.

Il sourit. Resplendit.

    – LA VOIX DE ROSELIN

Bin là, c'est sûr que je resplendis ! Je travaille,
à c't'heure !

L'Ours est sorti de son trou, de sa lancinante hiberna-
tion. Et il travaille. Derrière Alexandre, une femme qui
attend pour payer ses achats se dérhume en retrait.

    – LA FEMME DE LA FILE, *pense*

Ç'a l'air d'un bien beau moment qu'ils par-
tagent, tous les deux, mais j'ai autre chose à
faire, moi.

Roselin se tourne vers elle et lui offre son plus beau
sourire.

    – ROSELIN, *joyeux comme un pinson*

Bonjour, madame Aline.

Alexandre commence à s'avancer vers la porte, toujours
abasourdi. Roselin glisse la main sur le sac de sucre
posé sur le comptoir par la cliente et, sans s'arrêter de
la servir, continue d'entretenir la conversation avec
le survenant. Ils se demandent ce qu'ils deviennent,
se racontent sans insister, comme on le fait quand on
retrouve des gens qui ont fait partie de notre passé.
Puis, au moment de se séparer :

– ROSELIN

Alexandre ?

Celui-ci s'immobilise devant la porte de verre entre-bâillée de l'épicerie, se retourne.

– ROSELIN

Tu sais, Alex, tu m'as sauvé la vie.

cet homme déjà vieux

À bord de sa voiture louée, Alexandre arrive un peu avant l'heure du souper chez Tison. Devant la maison, il s'étonne que deux véhicules aient remplacé la vieille camionnette qui trimbalait Tison jusqu'au village à l'époque. Alors que les pneus de sa trop grosse voiture frictionnent la gravelle de l'allée dans un bruissement gris de roulement étiré, la porte de la maison s'ouvre pour laisser sortir deux silhouettes. Celle de Tison, qu'il reconnaît sans peine. Et celle d'une femme.

Un chihuahua les suit, se précipite devant eux et se met à scander des jappements secs et aigus.

– RENÉ

Minus, non !

L'animal se presse contre les pieds de l'homme qui vient de parler, lève la tête, attend. Tison se penche, le prend dans ses bras et s'avance vers la voiture qu'Alexandre a garée sous le feuillage argenté d'un érable.

Le chauffeur ferme les yeux, garde les mains soudées au volant, respire lentement. Il attend en silence que son rythme cardiaque se calme, prenant de grandes respirations. Trois petits coups rapides contre la vitre côté chauffeur le sortent de sa méditation. La voix étouffée d'une femme s'adresse à lui.

– LA FEMME

Ça va, Alex ?

La surprise est totale. La femme qui se penche à quelques centimètres de lui et sourit, il la connaît. C'est Marie-Soleil. Décontenancé, il détache sa ceinture de sécurité puis ouvre la porte, et il s'extrait maladroitement du véhicule.

– ALEXANDRE

Mais voyons donc, j'en reviens pas, voyons donc, Marie-Soleil, qu'est-ce tu fais là ?

On se promet en riant de s'expliquer tout ça, on se dit qu'on en reparlera, que rien ne presse, mais on s'embrasse gauchement, on est émus, on sourit. Le chien se précipite vers l'inconnu, inspire par secousses brèves, saccadées.

> *ça sent propre sent loin sent la ville de très loin*
> *sent les livres comme dans la maison mais pas les mêmes livres que dans la maison et sent que c'est tout seul aussi ça sent*
> *tout ce qui se sent seul*

Chacun de ses gestes est prompt, de l'ordre du réflexe, et le museau à peine gros comme un pouce d'homme fouille les replis du bas de pantalon d'Alexandre.

sent propre sent l'homme sent la
poussière et la terre qui colle aux
semelles des espadrilles usées par les
pas qui frottent contre les chemins
quand on marche
beaucoup
ça sent que ça marche beaucoup
sent l'homme sans animal mais ah
sent l'ami ça ira ça ira

Puis, il abandonne le nouvel arrivant, retourne flairer le sol dans la cour, repasse ses repères, la troisième pierre de la rocaille, la racine du pin qui s'avance vers l'entrée, et tous les autres, un à un, qui ramènent à la maison par le chemin le plus long.

– ALEXANDRE, *pense*

Il fait comme moi, dans le fond. Pareil comme moi. Je suis un chien qui retrouve son chemin.

Alexandre s'est longtemps demandé comment pouvait vieillir un visage comme celui de Tison.

– ALEXANDRE, *pense*

Douze ans, c'est long pour tout le monde, mais, quand la peau de ta face est déjà une cicatrice, peut-être que tu restes juste pareil, ou peut-être que tu te remmieutes, comme disait le père, si t'es chanceux. Peut-être.

Au bout du compte, c'est Tison qui a le choc le plus grand. Il n'aura fallu que douze ans à Alexandre pour devenir cet homme déjà vieux.

Déjà tous ces cheveux blancs.

Déjà l'œil fatigué. Cerné.

Déjà le corps voûté.

Un vieillard de vingt-neuf ans.

Il n'y aura pas de grandes effusions, pas de soupirs ni d'exclamations. On continue de se sourire. On s'approche. On se prend dans ses bras l'un l'autre. Une, deux, trois secondes.

    – RENÉ

    Tu vas bien ?

    – ALEXANDRE

    Oui, ça va. Toi aussi ?

    – RENÉ

    Bin oui.

Et ces banalités sont suffisantes. On se lâche. Et on entre.

je suis l'Amérique

Dans la cuisine, depuis le matin, une choucroute cuit lentement, dégageant des parfums gras et suaves qui promettent un bourrage de panse réglementaire. Alexandre dépose son baise-en-ville près de la porte, que le chien nerveux s'empresse d'aller renifler. Encore secoué, Alexandre ne sait plus quoi dire. Sans cérémonie, il abandonne sur la table le côtes-du-rhône acheté au village.

Marie-Soleil s'amuse de la surprise du visiteur.

– MARIE-SOLEIL

C'est une drôle d'histoire, si tu savais !

On ouvre une bière, puis deux, on ne les compte plus. On refait l'histoire des douze dernières années. On parle de choses convenues. De ce qui est différent, de ce qui ne peut pas changer.

Alexandre évoque Marianne, la bouquinerie de Jean-Pierre, les cours qu'il donne parfois au cégep et à l'université. Il se rend compte qu'il fait rapidement le tour de cette douzaine d'années desquelles il ne retient pas grand-chose d'autre que les meilleurs livres qu'il a lus.

Marie-Soleil en a plus long à raconter. Son voyage à vélo en Norvège.

> – MARIE-SOLEIL
> Un pays magnifique, si tu voyais ça, les gens ont pas tort de dire que ça ressemble à chez nous.

Et puis il y a eu l'Islande, et le Guatemala, et puis la 66 à moto, de Chicago à Los Angeles.

> – MARIE-SOLEIL
> Sentir qu'on est vraiment de ce continent, je te jure, tout le long j'avais en tête que l'Amérique c'était moi, et personne d'autre, que j'étais faite de cette terre-là, que mon sang brassait les mêmes eaux boueuses, faisait les mêmes torrents. (*Puis elle se met à déclamer :*) Tu vois ?
> Je suis l'Amérique !

Elle se met à jouer, rit exagérément, se lève et le scande toujours en tournoyant sans véritable grâce, ivresse nuisant, et elle est bientôt imitée par les deux autres qui se moquent mais l'envient beaucoup.

> – LES TROIS, *plus ou moins en même temps*
> Je suis l'Amérique !

On rit, on boit au continent, on boit à Marie-Soleil d'Amérique, et on rit toujours. Tison la regarde avec cette admiration qui consolide le désir pour en faire quelque chose de plus stable, de plus docile.

> – RENÉ, *rigole en prenant la main de Marie-Soleil*

Et l'Amérique est venue s'échouer dans le
croche du rang de la Brûlée...

    – MARIE-SOLEIL

    J'étais due pour m'arrêter, il faut croire.

Elle s'approche de lui, le prend dans ses bras. L'embrasse dans le cou, du côté Tison de son visage. Cette
tendresse secoue Alexandre.

    Glorieuse choucroute qu'on partage à s'en rompre
l'estomac. On refait une ixième tournée de vin, on voit
déjà le cul de la bouteille virer au sec. Tison se lève pour
aller en chercher une autre à la cave, suivi de Minus
qui ne le lâche jamais d'une semelle. Ses pas frappent
leur *decrescendo* jusqu'en bas, et le silence vient envelopper le bruit des fourchettes au fond des assiettes où
on pigrasse comme on le fait en fin d'appétit.

    Marie-Soleil relève des yeux gênés.

    – MARIE-SOLEIL

    Tu sais, ton père...

Alexandre accuse le coup, n'avait pas vu se pointer ce
sujet dans leur conversation.

    – MARIE-SOLEIL

    C'était un bon gars, André. Faut que tu le
    saches.

Remonte tout à coup à la surface une émotion qui a
longtemps fait souffrir Alexandre sans qu'il se l'avoue
véritablement. Il sent ses tripes se tresser comme autrefois aux fils rouges de la jalousie et de l'incompréhen-
sion. Il revoit Marie-Soleil passer à la maison pour voir

son père, mais pas lui. Il voit l'adolescente se précipiter vers l'atelier du père, grimper à l'étage pour le rejoindre là où personne d'autre n'avait le droit d'aller.

– LA VOIX D'ALEXANDRE

Personne, jamais. J'y suis jamais allé, même après sa mort.

la mezzanine

Dans l'atelier, il y a la vieille truie sifflante que le père chauffait dès qu'il entrait, comme on répète un rituel. Parfois même en été, quelques bouts de bois sec, pour chasser l'humidité soufflée là par le ruisseau rampant dans la coulée derrière.

Au milieu de la place, l'une des deux vieilles Civic du père, celle au capot toujours ouvert, reposant sur des blocs, le moteur encombré d'outils et de pièces laissées là.

    – LA VOIX D'ALEXANDRE

    Il les aura jamais rangés.

L'autre voiture, celle qu'il avait remontée, a fini sa course dans le chemin de son lot à bois. Elle y est restée. Après les événements.

En haut de l'escalier qui joue presque à être une échelle, l'étage du père, sa mezzanine, comme il disait, où lui seul se ramassait jamais, l'habitude perpétuant une interdiction tacite.

    – LA VOIX D'ALEXANDRE

    S'il avait fallu qu'il me trouve en haut, il m'au-
    rait jeté en bas, je pense. Je me serais égrené

les os du corps en aboutissant sur la dalle de
béton, ou alors je me serais cassé le dos en
m'échouant sur la Civic la plus proche.
Au bord de l'étage, pour seul garde-corps, une barrière
de caisses de bière pleines de bouteilles vides, accumu-
lées là depuis des années.

– LA VOIX D'ALEXANDRE
Combien de fois le père a-t-il failli se tuer en
redescendant soûl de là-haut ?

Alexandre s'est dit souvent qu'il n'avait plus besoin
d'attendre. Que, s'il allait chercher la consigne de ces
cinquante, soixante caisses de bière bien comptées, ça
lui ferait juste assez d'argent pour foutre le camp.

– ALEXANDRE, *pense*
Aller en ville, me débrouiller. Crisser mon camp.

Maintenant que le père est mort, maintenant
qu'Alexandre est seul, c'est moins pressant.

Maintenant que le père est parti, qu'il est lui aussi
sur le point de devoir s'en aller, que le maire Mercier
l'héberge avant qu'il n'aille en ville pour étudier, le garçon se dit qu'il faudra bien qu'il monte faire du ménage
dans tout ça. Mais, au moment de s'engager le corps
dans l'escalier droit et chambranlant, la même peur
instinctive le retient, lui accroche les pieds au sol ou
aux premières marches.

– ALEXANDRE, *pense*
Y a rien qui presse. La dèche du père peut bien
attendre avant d'être mise au jour. Quelqu'un

d'autre s'en occupera.
Quelqu'un d'autre s'en est occupé.

la corvée

C'est le maire Mercier, grand-oncle de Marie-Soleil, qui s'est occupé de trouver quelqu'un pour tout nettoyer. La maison, les véhicules, l'atelier. S'est aussi chargé du cas d'Alexandre, qui n'a pas eu besoin d'aller attendre sa majorité dans un centre jeunesse. Sur la promesse d'aller étudier au cégep à Québec et devant la preuve de son inscription, on a fait comme si.

Comme s'il n'avait pas été dans la voiture avec son père.

Comme s'il n'avait pas fui ce jour-là.

C'était peut-être aussi pour l'aider à oublier la mort de son père.

Alexandre a fait ses bagages, rempli quelques boîtes de reliques. Le maire lui a donné trois cents dollars qu'il est allé dépenser à la librairie en arrivant à Québec, et il a racheté la maison d'André pour libérer le garçon, qui s'est installé dans cet appartement qu'il occupe encore aujourd'hui, avenue Myrand. Il y a beaucoup d'étudiants aux alentours, jamais les mêmes. Alexandre les trouve beaux à voir, mais leur adresse rarement la parole.

Au village, après son départ, ce sont les hommes de bras de Mercier, Normand et Hervé, qui se sont occupés de tout. Comme toujours. Ces hommes-là sont prêts à faire beaucoup pour le patron, on ne s'imagine pas. Ils ont vendu du stock, négocié fort, jeté le reste. Il a fallu quelques semaines, des allers-retours à Montmagny, plusieurs voyages à la dompe. Alexandre n'a jamais regretté de s'être débarrassé de cette corvée.

— ALEXANDRE

Ils m'ont donné tout l'argent ramassé. Avec les prêts et bourses, ça m'a soutenu des années. Il en reste encore. Puis, de toute façon, le père, il avait quoi ? Deux vieux chapeaux de cow-boy, une casquette John Deere, une douzaine de chemises, une collection de pantalons de travail, sa grosse ceinture de cuir, la même ceinture tout le temps, son rasoir – sa pioche, comme il disait –, son portefeuille, bien trop vide, sa camionnette, ses deux voitures, son VTT, ses outils. Pis je pense que ça fait pas mal le tour.

Marie-Soleil secoue la tête.

l'autre fille

Marie-Soleil connaissait plusieurs des secrets d'André.

    – MARIE-SOLEIL
    Il me refusait pas grand-chose, tu sais. Il me
    donnait même une bière à l'occasion.

Elle n'était qu'une adolescente, à l'époque, mais Alexandre s'était souvent demandé quelle était la nature de leur relation.

    – LA VOIX D'ALEXANDRE
    La mère, elle, avait pas l'air de s'inquiéter. Faut
    dire qu'elle aussi, elle l'aimait pas mal, la p'tite
    d'en face, comme elle l'appelait. Marie-Soleil
    venait souvent faire la cuisine avec elle, plus
    jeune. Des biscuits à l'emporte-pièce. De la
    confiture de prunes. De la sauce à spaghetti. Des
    rouleaux de printemps. Des beignes aux patates.

Consciente de ce qu'elle sait, et tout à la fois de ce qu'Alexandre ne semble pas savoir, elle prend une nouvelle gorgée de vin, jette un coup d'œil vers la porte de la cave.

    – MARIE-SOLEIL
    Je sais que ce doit être dur à croire pour toi, que

tu as dû trouver ça difficile, ce qui s'est passé.
Moi non plus, j'ai pas compris. Mais tu peux pas
imaginer tout ce qu'il a fait pour moi, André.
Alexandre n'imagine pas.

dans les bras d'André

C'est André qui tient Marie-Soleil contre lui. Elle est assise sur son avant-bras, face à lui, une jambe de chaque côté de son torse, avec sa petite jupe blanche à plis et à pois qui retrousse. Il l'enserre doucement, sa main droite enveloppant la nuque minuscule, ses longs doigts pris dans la tignasse mêlée de la fillette.

     – ANDRÉ, *pense*

     C'est si fragile, je peux pas croire.

Et c'est une phrase qui se répercute en lui, laissant à chaque écho une trace plus douloureuse.

     L'appartement où ils se trouvent occupe le sous-sol d'un duplex. Au centre de la cuisine sombre, où ne filtre aucune lumière du jour, une table en formica imitant mal le marbre bleu turquin. Sur son plateau, un verre de jus d'orange a été renversé au cours de l'altercation, éclaboussant l'assiette où s'imbibe un morceau de pain graissé de margarine blanche. Une cigarette fume toute seule dans le cendrier de verre, brûlant le papier des mégots qui y reposaient déjà. Un bol de céréales a aussi valsé, laissant des traces blanchâtres sur la surface autour, de longues langues de lait qui coulent jusqu'à la bordure chromée ceinturant le meuble. Quelqu'un s'est rapidement levé, secouant la table d'un coup de genou. Une chaise a été renversée. En plus de la fillette, quatre hommes s'entassent dans la pièce réduite, et pourtant il n'y a plus aucun bruit, aucun mouvement.

Le temps est fixé comme un insecte par une aiguille. Tout semble mort, mais on dirait bien que ça pourrait se remettre à bouger n'importe quand. Quelque part entre une vague impression et une presque certitude. Quelque chose comme un souhait.

commando

Ils rentreront à trois gars. Il y a André, on le sait. Aussi Hervé, manœuvre au moulin. Et Normand, le grand boss et propriétaire de la tourbière du rang 4. Trois types que rien n'aurait dû rapprocher, mais qui ont un ami commun haut placé. Ce n'est pas la première fois qu'ils font une job ensemble.

— ANDRÉ, *pense*

Mais comme celle-là, c'est assez inhabituel,

comme on pourrait dire.

Dans l'auto, sur la route, ils se mettent d'accord sur la procédure. C'est André qui frappera à la porte. Si c'est la mère de la petite qui vient répondre, il devra l'amener à sortir en silence. Il sait parler, André, et pourra la convaincre sans l'effaroucher. Lui intimer de se rendre à l'auto. Pour les mêmes raisons, et parce qu'il est le seul des trois à avoir déjà un enfant, c'est aussi lui qui s'occupera de la petite ensuite.

Normand est le plus baraqué des trois et, avec l'ouvrage à la tourbière, il est sans doute aussi le plus fort du groupe. Il devra s'occuper du gars.

— NORMAND

Y croira même pas à ce qui va y arriver.

Il parle fort pour se donner une contenance, mais ça sonne creux dans l'habitacle où tout le monde respire un peu trop fort.

Hervé, de son côté, ira faire les bagages. De la petite, et de la mère. Il a une poignée de sacs de poubelle dans ses poches, ça devrait être suffisant. Il ramassera l'essentiel. Les vêtements, quelques babioles qui pourraient avoir de l'importance.

– ANDRÉ

Tu verras si la p'tite a pas une doudou sur son lit, quelque chose. C'est important.

Il est assis en arrière, le père. Sur la banquette qu'il devra partager au retour avec la petite et sa mère. Près de lui, il a déposé un toutou qu'il a subtilisé dans la couchette d'Alexandre avant de partir. Le bébé ne s'en rendra pas compte. Il dormait encore au départ du père. Il ne se souviendra jamais de tout ça. Il aura simplement l'impression que son père était allé travailler, comme tous les jours où il va au moulin.

Entre les trois hommes, il y a une heure de route et de silence. On appréhende les cris. On regarde devant. On économise son souffle comme on peut. La colère sait parfois patienter. Après quarante-cinq minutes à rouler, quand le fleuve apparaît enfin par la fente que fait le chemin dans le paysage, André se redresse, ses muscles se bandent déjà.

L'adrénaline lui vient du large.

juste assez loin

  – NORMAND

    Toi, tu bouges pas d'icitte.

Contre le mur, ça joue dur. Normand prend son rôle au sérieux. Entre la peur et la rage, empoigné par la gorge, le gars mal pris respire avec difficulté, n'attrape que l'air qui peut lui passer entre les dents. Avec le sang qui afflue vers son visage, ses cheveux blonds coupés en brosse donnent l'impression de virer au blanc. Il ne pleure pas, pas encore, mais la morve lui coule sur la lippe et il crache en expirant. Normand serre un peu plus fort. Soulève un peu plus haut.

  – NORMAND

    Tu fais moins fier, là ? T'aimes mieux avoir le

    contrôle, hein ?

Sauf qu'à ce moment précis, c'est Normand qui maîtrise la situation.

    Hervé regarde Normand.

    André regarde Normand.

    La petite regarde André.

    André regarde toujours Normand.

    – ANDRÉ, *pense*
    Juste assez loin, mon Norm... Juste assez, pas
    trop.
Tout se passe comme ils l'ont prévu. Dans les bras
d'André, la petite Marie-Soleil n'a plus rien à craindre.
Il caresse délicatement ses cheveux fins.
    – ANDRÉ, *chuchote*
    T'as plus de raison d'avoir peur, ma belle. T'as
    plus rien à craindre, on s'en va.
Et il la fait sautiller sur son bras d'un mouvement répétitif, comme le bébé quand il a des coliques. Il imagine
qu'elle est sa propre fille et lui vient cette écume de
colère à la bouche. Ça lui baigne les dents, comme si
c'était la dernière étape avant qu'il pleure ou vomisse
son déjeuner. Il serre la mâchoire en même temps que
le petit corps de Marie-Soleil contre lui. Sur les cuisses
de la fillette, il a vu des marques violacées.

    Dans la chambre de la petite, Hervé s'active, vide les
tiroirs, en fait une poche pleine. Il sort de là avec le sac
qui traîne derrière lui et, sous le bras, une poupée-qui-
fait-pipi comme on l'annonce à la télé, coincée entre
un cahier à colorier et une boîte d'aquarelle. Il passe
en trombe dans la cuisine sans lever les yeux vers les
autres hommes, immobiles. Il laisse son fardeau dans
le coffre de la voiture, revient pour les vêtements de
la mère. Il ne se presse pas. Sifflote. Tout baigne. Dès
que le blond veut se déprendre, Normand réagit d'un
coup de genou, d'un coup de pied au mur, de quelques

menaces vives. Il a appris ses meilleures répliques au cinéma, surjoue la colère.

— NORMAND

Où tu penses que tu t'en vas comme ça ?

ses mains

André fait quelques pas, porte l'enfant jusque dans une chambre de fillette dévastée. Par la fenêtre, au-delà des talus de groseilliers et d'une haie de cèdres fraîchement taillée, on voit le fleuve se répandre. Prisonnier du carré de verre, entre la verdure et un ciel poudreux, il donne l'impression d'être immobile depuis toujours.

> – ANDRÉ, *vers la fillette*
> Est-ce que tu vois autre chose que tu voudrais emporter en voyage, ma belle ?

Il tente de la déposer doucement au sol pour qu'elle soit libre de ses gestes. Il l'imagine s'élancer vers une cachette très secrète où elle aurait entreposé des trésors d'agates, de cristaux blancs, de cailloux roses, de plumes d'oiseaux et de fleurs séchées. Sauf qu'elle reste accrochée à sa chemise, comme si elle ne voulait même pas poser le pied sur le linoléum. Il n'insiste pas, remonte son corps minuscule sur sa hanche, jusqu'à ce qu'elle puisse enfoncer son visage dans le parfum d'après-rasage de son cou maigre aux tendons saillants. Au contact de la joue humide, André sent que veulent venir ses propres larmes, alors il décrète venu le moment de la retraite.

    – ANDRÉ

    OK, c'est assez, on y va.

Dans la cour, une bicyclette verte tient en équilibre, reposant sur l'une de ses roulettes blanches, comme restée penchée sur son dernier coup de pédale. D'autres jouets, un ballon bleu nuageux en caoutchouc, un panier rose aux fleurs excessives, un seau de plastique canari, un tamis blanc et des pelles usées. Pas de place pour tout ça dans le convoi d'urgence.

    – ANDRÉ

    On va t'en trouver d'autres, ma belle Marie-Soleil. T'inquiète pas

Hervé sort derrière eux avec une poche et demie de vêtements pour la mère. Sous son bras, cette fois, un album de photos dont l'une des feuilles pendouille, à moitié arrachée. Et un bouquet de roses séchées.

    À l'intérieur de l'appartement, les cris recommencent. Par la porte restée ouverte, on entend que ça tonne, que quelqu'un se fait bordasser. Quelque chose est cassé. Vivant à l'étage, les propriétaires ameutés ouvrent le rideau et observent la scène. Un vieil homme. Une vieille femme.

    Ils sourient.

    Quand elle l'aperçoit dans les bras d'André, la femme envoie à Marie-Soleil un baiser en soufflant sur le bout de ses doigts.

– LES LÈVRES DE LA VIEILLE FEMME
Adieu, petite. Adieu. Il était temps.

La mère de Marie-Soleil est déjà assise dans la voiture. Droite. Elle pleure, mais seulement des yeux. Son visage est sans expression. André va la rejoindre, glisse la petite sur la banquette près de sa mère, mais il reste debout à l'extérieur. Au cas où.

Hervé met tout son poids pour refermer le coffre de la voiture. Il doit s'y prendre à deux fois avant d'entendre le loquet. Il sourit de satisfaction.

– HERVÉ
On y est arrivés.

Dans l'appartement, le blond baraqué mange une volée.

– NORMAND, *qui menace en chuchotant*
T'es chanceux que je te fasse pas disparaître
dans ma tourbière.

– NORMAND, *pense*
C'est bien le dernier endroit où j'enterrerais
quelqu'un. Il paraît que les corps se décomposent pas s'ils sont ensevelis dans une tourbière. Je me mettrai pas à produire des momies
sur mes terres. Mais c'est juste pour la forme.

Quand il sort de là, Normand a du sang sur les mains. Les autres aussi, et pour longtemps. Mais, pour Norm, ce n'est pas seulement une façon de parler. Il s'est fendu les jointures en frappant le mur pour appuyer ses menaces, comme il avait vu faire son père à bien des reprises quand il était enfant.

– NORMAND, *pense*

Le monde gentil dira ce qu'il voudra, y a pas
plus convaincant que celui qui est prêt à saigner
pour soutenir ses arguments.

Norm en est persuadé, et il ne s'est pas gêné pour en
mettre. De la voix, des coups, de l'haleine.

– NORMAND

Si tu t'approches encore de la mère ou de la
fille, on va être moins fins avec toi, avise-toi
pas de revenir les écœurer.

Deux, trois, quatre coups de poing dans le ventre, et un
lourd coup de pied une fois le corps effondré. Le souffle
coupé, une côte fêlée. Et une flaque de bave rosâtre près
de la bouche sur le plancher. Le type a eu tellement
peur que, sans s'en rendre compte, il s'est mordu la
lèvre à en saigner.

Normand regarde l'homme. Regarde ses mains.
Quelques secondes passent.

NORMAND, *pense*

Ça fait que c'est comme ça que ça se passe. La
vengeance, la violence, la justice des hommes.
Celui qui est le plus fort poigne les nerfs, prend
le dessus, écrase l'autre. Pis il s'en va, les mains
pleines de sang.

Il fixe ses mains blessées dressées devant son corps et,
entre ses doigts, voit le corps geignant du blond qu'il
vient d'agresser.

– NORMAND, *pense*

Eh ! merde.

Il croise les bras, cache ses mains sous ses aisselles, tourne les talons et rejoint les autres sans même fermer la porte.

– NORMAND, *pense*

J'avais pas le choix, j'imagine. C'est sûr, j'avais
pas le choix.

Voilà tout le monde dans l'auto. Le moteur ronronne, on commence à reculer. André sort précipitamment. Il se dirige vers une corde à danser qui traîne près de la bicyclette.

– ANDRÉ

Attendez. Ça, on peut l'apporter.

Marie-Soleil relève la tête pour voir sa mère qui pleure et qui sourit en même temps, qui fixe le vide. La petite abandonne l'épaule de la femme pour trouver, de l'autre côté, celle d'André. Et, sur sa cuisse, le toutou d'Alexandre qui patiente.

Entre les cinq passagers, il y a une nouvelle heure de silence, ponctuée des chuchotements de Marie-Soleil qui meuble le temps d'histoires inventées. On regarde la route. Il n'y a rien d'autre à dire avant d'arriver à la maison en face de chez André, qui appartient au maire Mercier.

– LE MAIRE MERCIER

Je vais les héberger dans ma maison, au bout
du village. Le temps qu'il faudra. Comme ça,

André, tu pourras être là pour elles.

– LA VOIX DU PÈRE

C'est le maire qui avait demandé qu'on aille chercher sa nièce, et la fille de sa nièce. Qu'on les sorte de là. On a fait la job.

Elles prendront racine.

craquements

– ALEXANDRE
Je savais pas tout ça.
Il est ébahi. Ce n'est pas ainsi qu'il connaissait son père.
Il savait qu'il travaillait souvent pour le maire.

– ALEXANDRE
Mais je pensais pas que c'était ce genre d'ou-
vrage.
Alexandre soulève sa coupe, la fait danser sur son pied.
Posera-t-il la question ?

– ALEXANDRE
Mais qu'est-ce qui s'était passé pour qu'ils
aillent te sortir de là, au juste ?
Marie-Soleil se tourne vers la fenêtre, se perd dans le
paysage fade qu'on voit de là, de cimes effeuillées et
de ciel chaulé.

– MARIE-SOLEIL, *pense*
Il veut pas le savoir. Veut pas que je lui raconte.
Les claques. Les coups de poing sur les pieds.
Les coups de ceinture quand la nuit avait
mouillé mon lit.
Elle n'est plus là. Elle s'est perdue ailleurs, se calme

dans ce détachement. Ne veut pas avoir l'air de se plaindre, surtout, de vouloir faire pitié.

> – MARIE-SOLEIL, *pense*
> Ce sentiment de honte, il est pire quand on choisit de dire les choses. On a honte de vouloir attirer l'attention là-dessus. Il me semble.

Alexandre remarque comme elle a vieilli.

> – ALEXANDRE, *pense*
> Elle est encore plus belle, maintenant. Ou alors c'est moi qui ai vieilli.

Il attend qu'elle reprenne la parole.

> – MARIE-SOLEIL, *pense*
> Il veut pas savoir cette honte. L'inquiétude qui reste. Parce qu'on sait pas si. Parce qu'on sait pas quand. Parce qu'on sait pas pourquoi. L'explosion.

Craquements de maison dans le vent, elle n'est pas étanche. C'est à ça que ressemble le silence chez Tison. Il s'accumule, entre par les fentes. Comme dans la tête d'Alexandre. Comme dans le cœur de Marie-Soleil.

> – MARIE-SOLEIL, *pense*
> Il veut pas que je dise. La chaleur qu'il faisait sous l'épaisse douillette rouge à fleurs quand je pleurais parce que j'avais mal, parce que je voulais me sauver aux toilettes.

Alexandre fouille de l'œil par la fenêtre, comme si voir ce que Marie-Soleil regarde pouvait lui permettre de la retrouver. Si des années ne les avaient pas séparés, il aurait sans doute la force de la prendre dans ses bras, comme André l'a fait, longtemps auparavant, pour la consoler.

> – MARIE-SOLEIL, *pense*
>
> Il veut pas savoir tout ça. Personne veut savoir.
> On fait pas de bonnes histoires avec ces choses.
> C'est correct, de pas savoir. De pas dire. De
> pas parler de ces choses-là quand c'est réglé,
> je pense. C'est mieux.

Un silence qui égratigne les tympans. Devient lourd. Tison a pris son temps pour choisir la prochaine bouteille, mais il reviendra bientôt. Alexandre insiste du regard, soulevant les sourcils pour qu'elle comprenne qu'il attend toujours.

> – MARIE-SOLEIL
>
> C'est pas important. C'est inutile. T'as pas
> besoin de ça. Mais tu avais le droit de savoir
> à quel point ton père et moi, on a été proches.
> Tu avais le droit de savoir qu'il m'a peut-être
> sauvé la vie. (*Pause.*) Que j'ai été sa fille, à ton
> père. J'ai été sa fille, moi aussi.

Des pas dans l'escalier. Tison siffle un coup sec, la langue contre le palais, pour attirer Minus qui se roule dans la poussière du vide sanitaire, puis il tire sur la chaînette pour éteindre la lumière de l'escalier.

La porte s'ouvre. Deux belles bouteilles de rouge pendent au bout des bras de Tison dont les épaules s'affaissent exagérément.

– RENÉ

Je pense qu'on pourrait avoir besoin de tout ça,
pas vrai ?

Il vient déposer son fardeau sur la table entre les deux autres. Marie-Soleil se lève, va chercher le tire-bouchon. Elle ne dira rien de plus. Préférera les clowneries de René, qui ne se souvient pas avoir été si heureux depuis très longtemps. Qui l'est chaque jour un peu plus depuis que cette femme s'est enfilée dans la trame de sa vie, bout de laine rouge dans tout le gris.

La soirée se terminera dans le capharnaüm où le vieux sofa et la table de chevet usée ont été remplacés par une montagne de coussins colorés. On se lira quelques lignes, quelques strophes, quelques passages qu'on discutera avec véhémence, dont on questionnera la vérité profonde, desquels on critiquera la vacuité ou la lourdeur. René, ivre mort, sera le premier à s'endormir, griffant la nuit de rares mais puissants ronflements. Et, tandis qu'Alexandre entamera les premières pages de *L'avalée des avalés* sans retrouver l'émotion qui l'avait foudroyé lorsqu'il en avait fait sa première lecture, Marie-Soleil se couchera aussi, fermera l'œil en serrant l'un des coussins contre sa joue et sa lèvre molles. Alexandre la suivra au milieu d'une phrase.

René-ivre-mort. Alexandre lisant. Marie-Soleil fredonnant. Les trois ensemble passeront la nuit répandus sur les coussins du capharnaüm, comme des enfants inséparables qui auraient refusé de retourner à la maison.

– LA MÉMOIRE D'ALEXANDRE

C'est un professeur de français, en cinquième secondaire – professeur qui avait des exigences quasi militaires et des propos obscurs sur le langage, à l'occasion –, qui m'avait initié à Ducharme. Jean-Marie Lapensée, qu'il s'appelait, avec son prénom mi-homme, mi-femme. Il me faisait peur, à force d'exigences, mais m'avait fait goûter à certaines nuances de la langue qui, apparemment, pouvaient changer la réalité.

Ces mots qui changent le monde. Quand on le nomme. Autrement.

un sac de deuils

Il ne se réveille pas en panique, n'a pas rêvé à elle, n'a pas eu de certitude obscure. Mais, quand il ouvre les yeux, quand il voit près de lui les épaules nues et pailletées d'éphélides de Marie-Soleil, simplement il pense à Marianne. Se demande si. Se dit que oui, probablement.

> – ALEXANDRE, *pense*
> À l'heure qu'il est, elle doit être partie. Ce doit être terminé.

Il se retourne, ému. Il regarde autour de lui. Il envie la bibliothèque de René, son organisation, ses installations. Il repense à son propre appartement.

> – ALEXANDRE, *pense*
> C'est ça, ma vie, aujourd'hui. Quelques boîtes de livres mal rangés. Un appartement vide. Un gros sac de deuils.

Ici, dans la maison de René, tout semble avoir trouvé sa place. Marie-Soleil y a trouvé la sienne. Et, dans le capharnaüm, chaque livre est au bon endroit, bien posé, comme une bûche cordée, donnant l'impression de soutenir le suivant. Comme si toute la littérature du monde reposait sur chacun des livres rangés là.

Alexandre ferme les yeux, refait dans sa tête ce qu'ont dû être les dernières minutes de Marianne.

– ALEXANDRE, *pense*

Sans panique. Sans personne pour pleurer sur sa mort. Elle a juste ouvert les yeux, et elle est partie.

Les yeux ouverts. Comme s'il fallait bien voir là où on va, quand on y va enfin.

Marie-Soleil se retourne vers lui dans son sommeil. Elle dort toujours, les paupières entrouvertes.

la page vingt-trois

Le lendemain de veille écrase Alexandre dans les coussins du capharnaüm. Il sue, se sent déshydraté, respire la bouche fermée. La lumière du matin entre, horizontale, par la fenêtre sale, se projetant sur la poussière en suspens et sur le corps des deux autres qui dorment. Observant Marie-Soleil avec curiosité, Alexandre se dit qu'il pourrait être en amour, encore.

> – ALEXANDRE, *pense*
> Avec elle, ce serait facile.

Lever de là ce corps ne sera pas de tout repos. Alexandre sent son cœur battre dans la vase. Tandis qu'il se traîne vers la porte en enjambant les coussins empilés, Marie-Soleil se retourne vers René qui respire fort par son nez défait, l'embrasse en soupirant. Elle regarde un instant Alexandre.

> – MARIE-SOLEIL
> Déjà ?

Il fait signe que oui, puis met l'index sur ses lèvres pour la supplier de ne pas réveiller Tison.

> – MARIE-SOLEIL
> On ira te rejoindre plus tard.

Il acquiesce. Dans la cuisine, Minus s'excite, veut sortir. Alexandre ouvre la porte. Puis, il fouille dans son sac pour trouver ses médicaments.

> – ALEXANDRE, *pense*
>
> Mon premier bonjour de chaque matin. Tout ce qu'ils veulent, n'importe quoi pour plus voir se répandre le gris.

Distrait, Alexandre attrape l'un des livres que lui a suggérés Jean-Pierre, se dit qu'il pourrait les offrir à Tison en remerciement pour son accueil. Il le feuillette un peu, voit qu'il est annoté, raturé, commenté. Il est déçu.

> – ALEXANDRE, *pense*
>
> Ça fera pas un très beau cadeau, finalement.

Et, au moment de le refermer pour l'enfourner dans son sac, il le feuillette de nouveau, rapidement. Et tombe sur la page vingt-trois. Cette page où son cœur fait tache d'encre.

Il se remet à fouiller dans son sac de toile, attrape enfin ses bêtabloquant et anticoagulant, qu'il avale en glissant ses lèvres directement sous le robinet. Ce trou qui perce la valve de son cœur, tout à coup, lui semble béant. L'organe pulse lâchement, comme s'il le faisait contre son gré.

> – ALEXANDRE, *pense*
>
> Comme si mon corps voulait me dire que je devrais pas.

Sauf que c'est toujours ainsi qu'il se sent, un lendemain de veille. Ça n'a rien à voir avec ce qu'il doit faire ou non. Il s'arrête un instant devant la fenêtre. Voit Minus qui suit la trace d'un écureuil, s'immobilise sous un arbre, se met à japper. Il a trouvé l'animal. Le ciel est couvert, le paysage monotone.

> – ALEXANDRE, *pense*
> Sauf que, s'il l'attrape, il saura même pas quoi faire avec.

> – ALEXANDRE, *sourit, puis s'adresse au chien*
> On est pathétiques de même tous les deux, mon Minus.

Alexandre ouvre la porte, le chihuahua cesse de faire le guet, revient docilement. Il change de chemise, brosse ses dents. Au moment où il pose la main sur la poignée, la voix de Marie-Soleil chuchote depuis le capharnaüm.

> – MARIE-SOLEIL
> À tantôt.

cœur saignant

Le chemin Bélanger, c'est un chemin de terre entre deux rangs qui commence dans un champ – autrefois de patates, aujourd'hui c'est du maïs – et se termine dans une érablière. Juste après la ferme des Bélanger, au bord du champ, avec une vue sur le ramassis de vallons qui tient lieu d'horizon, on trouve un sanctuaire. Debout sur un socle en plâtre, un Christ au cœur saignant, bras ouverts, regarde le sol comme s'il n'avait rien d'autre à faire, arborant l'air modeste de celui qui vient de se faire remercier.

— LE CHRIST
Y a pas d'quoi, fiston. T'en fais pas.

Je respecte ça, une foi assez grande pour bâtir des affaires de même. Le père, lui, il crachait à terre chaque fois qu'il passait devant.

— LE PÈRE
La religion, c'est la pire invention du monde, mon homme. Ça te demande de croire, mais faut surtout pas que tu demandes pourquoi. Ça te demande de croire dans un livre, comme si la vérité se trouvait pas ailleurs.

Encore aujourd'hui, autour du sanctuaire, quelqu'un s'occupe des fleurs. On a repeint les clôtures et la cage de verre où le Christ est enfermé, le cœur à vif, mais à l'abri des fientes et des intempéries. L'une des filles Bélanger, toujours aussi ronde et souriante dans sa blouse à fleurs, passe justement le terreau des plates-bandes au peigne de ses doigts boudinés.

La foi n'est pas génétique. Elle s'apprend jusque dans le silence d'une femme penchée sur des mauvaises herbes.

De ce lieu saint sans l'être, on aperçoit la ligne montante du village qui semble se terminer avec la flèche de l'église, pointant vers un fond de ciel blanc. Au pourtour, le coteau donne plus l'impression d'un rapiéçage que d'une courtepointe régulière, percé par les touffes forestières et les carrières. Plus loin, du bois. Et la Petite-Seine qui cisèle le décor comme une cicatrice en pleine face. Et encore, au sud, le Borgne Blanc, tête de géant à l'œil énucléé reposant sur le coussin des champs, toujours aussi impressionnant. Alexandre frissonne en scrutant le trou laissé dans la tempe gauche du colosse impassible, déversant par son orbite creuse une rivière de pierraille dans le boisé à proximité.

– ALEXANDRE, *pense*
C'est comme s'il avait été couché là pendant des millénaires pour seulement présager ce qui devait arriver au père.

– LA MÉMOIRE D'ALEXANDRE

Plusieurs fois, entre le père et la mère, j'ai vu se produire des chicanes. Le silence de la mère. La colère du père. Le silence, encore de la mère. Et le père qui se tournait vers moi. « Tant de choses s'apprennent dans le silence d'une femme. » Qu'il me disait.

le même espace

S'il avait voulu embrasser son enfance, c'est à cet
endroit qu'Alexandre se serait arrêté. Tout est là, sous
ses yeux. Pas grand-chose, finalement. Son passé à
Paris-du-Bois se résume à si peu. L'ancienne maison, le
vallon derrière. La petite école, évidemment. Le terrain
de l'hôtel où il allait faire du vélo.

> – ALEXANDRE, *pense*
> Ils ont tout démoli. Remblayé la piscine. Quelle
> merde.

Et, plus loin encore, les champs des Morel, au bord du
lac Fontaine Claire. Les champs où le père allait chasser
la volaille, chaque automne, il y a très longtemps. Là
où Alexandre est allé chasser avec lui, aussi. Une fois.
Une seule.

Il reste quelques centaines de mètres à peine avant le
rang des Érables et si peu, ensuite, avant le lot du père.
Il continue sa route sans attendre que Linda Bélanger le
reconnaisse et qu'elle veuille se rappeler avec lui le bon
vieux temps de la petite école. Derrière la voiture qu'il
a louée, la poussière lève, épaisse, comme une fumée
beige prête à tapisser tout ce qui existe.

Arrive le rang des Érables.

Arrive le chemin du lot.

Alexandre est calme, malgré les circonstances. S'il n'était pas drogué à grands coups de bêtabloquants, sans doute son cœur battrait-il encore la chamade. Mais, si le corps reste apparemment impassible, l'émotion est tout de même intense. Engagé sur le chemin étroit et cahoteux qui coupe la forêt, il arrête soudainement la voiture. Au même endroit.

– ALEXANDRE, *pense*

C'est ici que ça s'est passé. Y a plus rien qui
paraît, depuis le temps.

Monsieur Caron et ses fils, avec la permission d'Alexandre, ont continué d'exploiter le lot, de le nettoyer. C'était donnant-donnant. Tandis qu'ils se payaient en cordes de bois, ils permettaient à la terre de garder sa valeur. Ils ont retravaillé le chemin, retapé le ponceau, même, il y a quelques années. C'est plus facile pour les Caron de rejoindre leur propre terre en passant par là. C'est facile de s'arranger, avec les Caron.

L'eau se ramasse encore sur le côté du chemin, garde la terre gorgée. Les fougères sont vigoureuses, la mousse tapisse le reste. Autour, octobre n'a pas su tuer toutes les fleurs dans l'éclaircie. Bel hommage.

– ALEXANDRE

Dans le fond, le père, c'était la meilleure place
qu'il pouvait trouver pour mourir.

Sa voix était crue dans l'habitacle. Il réfléchit à ce qu'il vient de dire, puis se justifie auprès de lui-même.

> – ALEXANDRE
>
> Dans le bois, je veux dire. Pas dans un char de police.

Derrière le volant, il occupe à peu près le même espace que le père lorsqu'il a reçu une balle dans la tête. Il ferme les yeux. Cet espace est sans doute la chose la plus intime qu'ils aient jamais partagée.

Le père, c'est un trou dans la tête d'Alexandre.

l'héritage

Quinze minutes au moins qu'il marche dans le bois, juste pour voir ce qu'il a perdu, ce dont il se souvient. Il a marché dans le silence impossible, dans les parfums lourds de terre. Puis, il est revenu à la voiture pour rouler sur les deux cents derniers mètres.

Quelques minutes de conduite hésitante sur un chemin de bois de moins en moins praticable avant que la voiture ne s'arrête de nouveau. Alexandre sort du véhicule, appuie la fesse contre l'aile avant de la Camry et observe, avec la distance d'une douzaine d'années qui le sépare de ce paysage comme un tampon cotonné recouvrant une plaie. Le camp se trouve dans une zone légèrement surélevée. D'un côté, celui où suinte la Petite rivière Brûlée, on voit la cime d'arbres effeuillés. Par là, le lot n'a pas été aussi bien soigné depuis la mort du père, à cause du sol marécageux. Plusieurs branches grises et dénudées grafignent la ligne d'horizon.

— ALEXANDRE, *pense*
Les racines, c'est fort. Ça tient un arbre debout
longtemps après sa mort.

Autour, la grisaille insiste, salie de taches cendre et anthracite. Les feuilles des arbres virent à l'envers, soufflées par un vent du sol qui promet de l'averse. Tant que les éléments feront leurs menaces sans les exécuter, Alexandre attendra dehors.

– ALEXANDRE, *pense*

Y a rien qui presse. Il faut prendre le temps.

Pour Alexandre, tout est à voir d'un œil nouveau. Dans son souvenir, le camp du père était moins avancé. Il n'a jamais vu terminés le revêtement de pruche grisonnée, les cadres aux fenêtres. N'a jamais vu non plus la galerie et son escalier abrupt. Il faut dire qu'au cours des mois qui ont suivi la mort de la mère, le père se sauvait souvent seul dans le bois, laissant son fils à la maison.

– ALEXANDRE, *pense*

Partait sans rien dire. Foutait le camp dans sa camionnette. Revenait seulement après plusieurs jours... Je dois tout de même avouer que c'est plus avancé que je pensais.

Il fait le tour de la cabane. De toute évidence, le coin sud s'est enfoncé de quelques centimètres, il faudra le redresser, mais c'est moins dramatique que ça ne pourrait le sembler.

– ALEXANDRE, *pense*

Va juste falloir apporter des blocs, un bon cric, un peu de matériel.

Il fait une lente lecture du terrain. Le mouvement a pu être causé par le gel et le dégel des douze derniers hivers.

Et la pluie n'a pas dû aider, avec les profondes rigoles qui se sont creusées. La terre, autour, a évidemment été reconquise par la végétation. Les topinambours que le père avait plantés font une masse de verdure impressionnante à l'orée du bois. Le rond de feu sera à refaire. Mais, pour Alexandre, ça ne presse pas, ces affaires-là. L'érable que le père avait voulu sauver survit à la misère, mais pas plus que ça. Il est cassant de partout. À son pied, plusieurs branches tombées. L'une d'elles semble avoir volé jusqu'à la fenêtre du camp. La vitre en a été fêlée.

Tandis qu'il arpente le terrain, retardant le moment d'entrer, un bruit de moteur se fait entendre. Ça ne peut être que René et Marie-Soleil. De la main, il fouille dans sa poche et gravit, calmement, les six marches de l'escalier. Il insère distraitement sa clé dans la serrure, fait sauter le verrou, ouvre la porte. Et voit.

Une table.

Deux longs bancs pour la flanquer.

Un comptoir, du rangement.

Un poêle à bois, des briques à chauffer.

Un lit en hauteur, l'échelle pour s'y rendre. Pas de couvertes, mais déjà une sorte de cocon vierge.

Cette tête de chevreuil qu'il reconnaît, accrochée au-dessus d'une fenêtre.

Et partout, sur tous les murs, dans tous les coins, des tablettes en bois, solides. Plusieurs.

    – ALEXANDRE, *pense*

Douze ans que ça m'attendait.

Ce n'est pas seulement un *shack* dans le bois que bâtissait le père. C'est autre chose. Alexandre prend les trois livres qui sont dans son sac. Les trois sont annotés et ont appartenu à la même personne. Il les place sur l'une des tablettes, se retourne. Il pleure pour la première fois la mort de son père.

— LA VOIX D'ALEXANDRE

Tout ce temps j'ai eu des livres sans avoir de place pour les ranger. Et, pourtant, tout ce temps j'ai eu une bibliothèque vide à occuper.

René et Marie-Soleil descendent de voiture, viennent le rejoindre. Marie-Soleil le prend dans ses bras. René entre et comprend.

les voix

L'héritage du père, finalement : une bibliothèque hors du temps, au milieu d'une forêt.

J'ai vingt-neuf ans, je me lève, je viens toujours de voir mourir le père, sa tête percée, sans façon, son visage arrêté dans une sorte d'explosion. Même quand je ferme les yeux, il est toujours là, parfois c'est moi que je regarde, je suis le trou vrillé dans la tête de mon père. Un trou, un vide. Une absence, ramassis de trésors d'agates, de cristaux blancs qui scintillent autour d'un cœur de néant, de cailloux roses, de plumes d'oiseaux et de fleurs séchées, rappelant infiniment que tout ce qui pourrit brille du dedans.

J'ai trente-sept ans, je viens de voir mourir le père, je m'échappe encore.

J'aurai quarante ans dans pas long, je viendrai de le voir partir.

J'aurai cinquante-trois, soixante, quatre-vingt-un ans, il viendra toujours de mourir, sera à peine disparu. Et je n'aurai jamais compris plus que ça : ce trou lové dans sa tête, ce vide, ce fond noir qui me représente. Où j'existe.

Tous les livres ont été rapatriés, ceux du père, les miens. Ils ceinturent dorénavant ce camp-bibliothèque du milieu du bois. Tandis que la neige étouffe ce qui reste du monde extérieur, la truie siffle dans son coin en chauffant de l'épinette, et je suis étendu sur le lit surélevé où j'ai beaucoup trop chaud pour dormir. Des raquettes reposent près de la porte, sous lesquelles sèchent encore les traces de quelque flaque sur le plancher. Une fenêtre entrouverte laisse entrer un peu de fraîcheur et de flocons, comme une caresse réconfortante au milieu de la nuit. De la vitre opacifiée par la suie qui scelle l'arène du feu se dégage une lumière jaune et hésitante qui fait danser les ombres autour. On pourrait croire qu'il y a un début d'incendie. Mais alors tout brûle infiniment. La seule fumée est celle soufflée par l'éternité.

Je ne suis pas seul. Il y a les voix. Évoquant tantôt le réchauffement guttural de comédiens attroupés dans des loges ou sur la scène baignée d'ombre d'une salle encore vide, tantôt le grondement sourd d'une mer à marée montante ou le rythme guerrier des hakas maoris, muant jusqu'au rugissement, faisant battre plus fort mon cœur fuyant, pourtant apprivoisé par les bêtabloquants auxquels on me dope pour éviter les emballements. Ça glousse, ça vrombit, ça respire autour de moi. Ça vit. Elles se sont suivies, se sont fait écho, ont chanté, récité, murmuré, crié. Le texte à peine commencé, elles étaient déjà nées pour se faire entendre.

Elles n'existaient que pour cela : venir au monde. Constamment. Se répercutant dans l'espace insécable entre le réel et la fiction.

Le père est assis à table, près de moi. C'est du trou dans sa tête que vient la nuit, quand le soleil se couche. Et toutes les voix de cette histoire se retrouvent quelque part autour. Chacune se prépare à jouer son rôle. La mère est là, qui a troqué sa jaquette d'hôpital contre la dignité d'un tailleur rose poudre à la Jackie Kennedy. Marianne s'est assise près du poêle pour jouer de la canne contre la brique à chauffer, ses doigts ondulent dans l'air chaud. Même le petit Alexis à René est debout près de l'échelle du lit. Jean-Pierre, finalement parti avant son canari, s'est aussi joint à mon chœur qui se prend au jeu du vent dans les conifères. Et d'autres voix venues du village se réchauffent.

Autour de moi, il n'y a plus que des personnages, dorénavant et pour toujours. Et on se raconte, sans cesse, la même histoire, mais en empruntant chaque fois des mots nouveaux.

La mort de tout cela est impossible. Tant qu'est ouvert le livre. La mort n'existe pas. Je m'en retourne dans mon lit. C'est là que je resterai dorénavant. Mon cœur croche, la lumière hésitante, et ces voix, sans fin, qui racontent.

Sans fin. Tant qu'on lira.

NOTES

1. Adaptation libre de la litanie contre la peur du rituel du Bene Gesserit. *Dune*, Frank Herbert, 1965.

2. *Le survenant*, Germaine Guèvremont, 1945.

3. *Les fleurs du mal*, Charles Baudelaire, 1857, et *Justine ou Les Malheurs de la vertu*, marquis de Sade, 1791.

4. *Le vrai monde ?*, Michel Tremblay, 1987.

5. *Forêt vierge folle*, Roland Giguère, 1978.

6. « Les chants de Maldoror », *Œuvres complètes*, Lautréamont, 1938.

7. Adaptation libre, *Le mythe de Sisyphe*, Albert Camus, 1942.

8. Premier vers du sonnet « Le vaisseau d'or » [1899], d'Émile Nelligan, *Émile Nelligan et son œuvre*, Louis Dantin, 1903.

9. *La bête lumineuse* (film), Pierre Perrault, 1982.

10. *Fahrenheit 451*, Ray Bradbury, 1953.

11. « Vous parlez pas. Je le sais. Faut vous deviner. » Extrait de « Le feu sur la grève », *Adagio*, Félix Leclerc, 1943.

12. « Le feu sur la grève », *Adagio*, Félix Leclerc, 1943.

13. *En attendant Godot*, Samuel Beckett, 1952.

14. Extrait de la chanson « Dommage que tu sois pris, j'embrasse mieux que je parle » (Stéphane Lafleur), de l'album *Dommage que tu sois pris*, Avec pas d'casque, 2013.

15. « Tout ce qui vit, du fait qu'il vit, a une forme et par cela même doit mourir: sauf l'œuvre d'art qui, précisément, vit à jamais, car elle est forme.» Préface de *Six personnages en quête d'auteur*, Luigi Pirandello, 1921.

16. *Prochain épisode*, Hubert Aquin, 1965.

REMERCIEMENTS

Je voudrais remercier le Conseil des arts et des lettres du Québec pour son soutien financier à la création de ce roman.

Merci à mon premier lecteur de toujours, Pierre-Olivier Hudon, pour son regard critique et ses réflexions pertinentes.

Merci, bien sûr, à Mylène Bouchard et à toute l'équipe de La Peuplade, qui arrivent chaque fois à me transformer en écrivain.

Un merci tout particulier à Marie-Jo et mes deux gars, Matisse et Damir, qui m'apprennent chaque jour à être un homme meilleur, et même un père pas trop mal. Merci aux pères que j'ai eus, ceux qui se reconnaissent, mais les autres aussi.

Merci aux écrivains de continuer à écrire et à questionner le monde. Surtout, aux lecteurs, qui donnent la vie à nos personnages et nos histoires.

AUX ÉDITIONS LA PEUPLADE
DU MÊME AUTEUR

Des champs de mandragores, 2006
Nos échoueries, 2010
Rose Brouillard, le film, 2012

AUX ÉDITIONS LA PEUPLADE

FICTION

APOSTOLIDES, Marianne, *Elle nage*, 2016
BACCELLI, Jérôme, *Aujourd'hui l'Abîme*, 2014
BOUCHARD, Mylène, *Ma guerre sera avec toi*, 2006
BOUCHARD, Mylène, *La garçonnière*, 2013
(1ère édition, 2009)
BOUCHARD, Mylène, *Ciel mon mari*, 2013
BOUCHARD, Mylène, *L'imparfaite amitié*, 2017
BOUCHARD, Sophie, *Cookie*, 2008
BOUCHARD, Sophie, *Les bouteilles*, 2010
BOUCHET, David, *Soleil*, 2015
CANTY, Daniel, *Wigrum*, 2011
CARON, Jean-François, *Nos échoueries*, 2010
CARON, Jean-François, *Rose Brouillard, le film*, 2012
CARON, Jean-François, *De bois debout*, 2017
DESCHÊNES, Marjolaine, *Fleurs au fusil*, 2013
DROUIN, Marisol, *Quai 31*, 2011
GUAY-POLIQUIN, Christian, *Le fil des kilomètres*, 2013
GUAY-POLIQUIN, Christian, *Le poids de la neige*, 2016
LAVERDURE, Bertrand, *Bureau universel des copyrights*, 2011
LAVERDURE, Bertrand, *La chambre Neptune*, 2016

LEBLANC, Suzanne, *La maison à penser de P.*, 2010

LÉVEILLÉ, J.R., *Le soleil du lac qui se couche*, 2013

LÉVEILLÉ-TRUDEL, Juliana, *Nirliit*, 2015

Mc CABE, Alexandre, *Chez la Reine*, 2014

NASRALLAH, Dimitri, *Niko*, 2016

SCALI, Dominique, *À la recherche de New Babylon*, 2015

TURCOT, Simon Philippe, *Le désordre des beaux jours,* 2007

VERREAULT, Mélissa, *Voyage léger*, 2011

VERREAULT, Mélissa, *Point d'équilibre*, 2012

VERREAULT, Mélissa, *L'angoisse du poisson rouge*, 2014

VERREAULT, Mélissa, *Les voies de la disparition*, 2016

FICTIONS DU NORD

GYRÐIR, Elíasson, *Les excursions de l'écureuil*, 2017

OLLIKAINEN, Aki, *La faim blanche*, 2016

POÉSIE

BERNIER, Mélina, *Amour debout*, 2012

CARON, Jean-François, *Des champs de mandragores*, 2006

DAWSON, Nicholas, *La déposition des chemins*, 2010

DULUDE, Sébastien, *ouvert l'hiver*, 2015

DUMAS, Simon, *La chute fut lente interminable puis terminée*, 2008

GAUDET-LABINE, Isabelle, *Mue*, 2011

GAUDET-LABINE, Isabelle, *Pangée*, 2014

GILL, Marie-Andrée, *Béante*, 2015 (1ère édition, 2012)

GILL, Marie-Andrée, *Frayer*, 2015

GRAVEL-RENAUD, Geneviève, *Ce qui est là derrière*, 2012

LÉVESQUE, Aimée, *Tu me places les yeux*, 2017

LUSSIER, Alexis, *Les bestiaires*, 2007

NEVEU, Chantal, *mentale*, 2008

NEVEU, Chantal, *coït*, 2010

NEVEU, Chantal, *La vie radieuse*, 2016

OUELLET TREMBLAY, Laurance, *Était une bête*, 2015
(1ère édition, 2010)

OUELLET TREMBLAY, Laurance, *salut Loup!*, 2014

PARENT, Anne Martine, *Je ne suis pas celle que
vous croyez*, 2016

SAGALANE, Charles, *29carnet des indes*, 2006

SAGALANE, Charles, *68cabinet de curiosités*, 2009

SAGALANE, Charles, *51antichambre de la galerie
des peintres*, 2011

SAGALANE, Charles, *47atelier des saveurs*, 2013

SAGALANE, Charles, *73armoire aux costumes*, 2016

TURCOT, François, *miniatures en pays perdu*, 2006

TURCOT, François, *Derrière les forêts*, 2008

TURCOT, François, *Cette maison n'est pas la mienne*, 2009

TURCOT, François, *Mon dinosaure*, 2013

TURCOT, Simon Philippe, *Renard*, 2015

RÉCIT

APOSTOLIDES, Marianne, *Voluptés*, 2015

CANTY, Daniel, *Les États-Unis du vent*, 2014

KAWCZAK, PAUL, *Un long soir*, 2017

LA CHANCE, Michaël, *Épisodies*, 2014

LAVOIE, Frédérick, *Allers simples : Aventures journalistiques en Post-Soviétie*, 2012

LAVOIE, Frédérick, *Ukraine à fragmentation*, 2015

HORS SÉRIE

ACQUELIN, José, Louise DUPRÉ, Teresa PASCUAL, Vìctor SUNYOL, *Comme si tu avais encore le temps de rêver*, 2012

CANTY, Daniel, Caroline LONCOL DAIGNEAULT, Chantal NEVEU, Jack STANLEY, *Laboratoire parcellaire*, 2011

DUCHARME, Thierry, *Camera lucida : entretien avec Hugo Latulippe*, 2009

INKEL, Stéphane, *Le paradoxe de l'écrivain : entretien avec Hervé Bouchard*, 2008

GRANDS CAHIERS

LÉVESQUE, Nicolas, *Lutte*, 2013

DE BOIS DEBOUT

De bois debout est le soixante-quatorzième titre publié
par La Peuplade, fondée en 2006
par Mylène Bouchard et Simon Philippe Turcot.

Design graphique et mise en page
Atelier Mille Mille

Direction littéraire
Mylène Bouchard

Révision linguistique
Aimée Verret

Correction d'épreuves
Vicky Gauthier

.

Œuvre en couverture
Mariery Young

De bois debout a été mis en page
en Lyon, caractère dessiné par Kai Bernau
en 2009 et en Din Next, caractère dessiné
par Akira Kobayashi en 2009.

Achevé d'imprimer en février 2017
sur les presses de l'imprimerie Gauvin à Gatineau
pour les Éditions La Peuplade.